LES DERNIERS VESTIGES

LES ENQUÊTES DE DÉTECTIVE KAY HUNTER

RACHEL AMPHLETT

CHAPITRE 1

Lee Temple laissa le vélo en carbone ralentir et il tourna ses chevilles vers l'extérieur pour libérer ses chaussures des pédales lorsque les pneus rencontrèrent la surface rugueuse.

Il freina à côté d'un des autres cyclistes et il remarqua l'expression d'agacement qui traversa furtivement le visage de Nigel Simpson.

— Ton pneu a crevé ?

— C'est la deuxième fois cette semaine, dit Nigel. À ce rythme, ce pneu va finir en lambeaux.

— Tu as une chambre à air de rechange ?

— Oui, merci. C'est juste énervant, c'est tout.

Lee grogna, puis il jeta un coup d'œil par-dessus son épaule alors que le reste du groupe s'arrêtait sur l'aire de repos.

Le groupe de quatre hommes avaient créé leur club de cyclistes huit mois plus tôt, et il avait été surpris de la rapidité avec laquelle son niveau s'était amélioré. L'idée du club avait été évoquée pour la première fois un soir autour d'une bière dans leur pub local, ils s'étaient lancés dans ce nouveau passe-temps avec enthousiasme. Cela amusait leurs épouses qui leur avaient donné trois mois tout au plus avant qu'ils ne s'en lassent.

Au fil du temps, ils avaient appris où se trouvaient les meilleurs cafés, et Lee salivait à l'idée du roulé à la saucisse qu'il avait l'intention de dévorer dans leur endroit préféré, de l'autre côté de Boughton Monchelsea. Non pas qu'il l'aurait dit à sa femme – elle pensait que le bol de céréales qu'il avait consommé une heure plus tôt suffirait à rassasier son appétit et à maintenir son régime sur la bonne voie.

La sortie avait bien commencé, l'itinéraire était l'un de leurs favoris, parfait pour un dimanche matin d'été. Ils avaient évité la circulation à travers Maid-stone et ils s'étaient retrouvés à six heures trente du matin quand l'air était encore frais, après être partis de West Farleigh. Ils avaient quitté le centre-ville animé et pris la route vers le sud en direction de Langley avant de se diriger vers l'ouest le long d'une petite route de campagne tranquille.

— Est-ce que ce nouveau cadre en carbone fonctionne bien ?

Il tressaillit en sentant la main lourde sur son épaule et força un sourire.

Paul Banks était un homme corpulent et inconscient de sa propre force. Lee pensait souvent que l'homme aurait dû jouer au rugby, plutôt que d'essayer de se percher sur un cadre de vélo trop léger, mais il ne semblait jamais avoir de mal à suivre le rythme du groupe.

— Ouais, bien. Je sens vraiment la différence, dit Lee, incapable de cacher la fierté dans sa voix.

— Peut-être que maintenant Heather verra que ça valait le coup.

— Elle le verra, une fois que j'aurai vendu les clubs de golf pour le payer.

Paul rit et lui tapa une nouvelle fois sur l'épaule. Il poussa son vélo vers l'endroit où les autres hommes discutaient.

Les clubs de golf étaient les restes de la dernière tentative du groupe de se remettre au sport.

L'intérêt de Lee pour le cyclisme avait commencé des années auparavant, lorsque l'étape initiale du Tour de France était passée par le comté. Quand il l'avait suggéré aux autres, ils avaient fait des remarques désobligeantes sur le Lycra moulant et ils en avaient ri, mais une fois qu'il leur avait prouvé que cela les maintiendrait en forme et leur donnerait une bonne excuse pour sortir de la maison quelques heures le dimanche matin, ils l'avaient vite rejoint.

Désormais ils attendaient tous avec impatience l'événement hebdomadaire et ce matin-là ne faisait pas figure d'exception.

Il retira ses lunettes de soleil et les essuya avec le coin de son maillot de cycliste, en plissant les yeux devant la lumière vive du soleil qui dépassait la haie. Rarement utilisée par les véhicules lourds, la route était baignée par le chant des oiseaux.

Il jeta un coup d'œil à Nigel, qui avait maintenant la roue avant de son vélo au sol pendant qu'il coinçait les démonte-pneus sur la jante. Paul s'était accroupi pour l'aider, et il semblait qu'ils allaient être là pendant au moins dix minutes.

Une soudaine envie de pisser lui fit mal au ventre et, en accrochant ses lunettes de soleil au col de son maillot, il s'éloigna du groupe.

— Tu vas où ? demanda Tony White alors qu'il passait devant lui.

L'aide-soignant portait un casque aérodynamique à la mode dernier cri, et Lee remarqua son reflet dans ses verres arc-en-ciel.

— Envie de pisser.

L'autre homme sourit.

— Pause technique. Autant en profiter.

— Exactement.

Lee s'éloigna vers l'extrémité de l'aire de repos, puis il remarqua des bottes de travail abandonnée sur le bord de la route.

Il s'était toujours demandé pourquoi on ne voyait qu'une seule chaussure au bord de la route, et pas deux. Son imagination d'enfant avait inventé un homme avec une seule chaussure, ne sachant pas ce qui était arrivé à l'autre.

La voix de Paul lui parvint au moment où il arrivait à la hauteur de la chaussure.

— Pisse dedans !

Lee rit et secoua la tête.

— Allez, vas-y. Je te mets au défi, cria Tony.

Une mouche bleue se posa sur sa joue, et il la chassa alors qu'une salve de rires provenait des autres hommes.

Puis il cligna des yeux et secoua la tête, la bile lui montait à la gorge.

Il les fixa du regard pendant un moment et les railleries des autres s'estompèrent. Une voiture passa, son mouvement secoua son corps alors qu'il se tenait debout, les bras le long du corps, en essayant de comprendre pourquoi cette chaussure était là, à qui elle appartenait et ce qu'il devait en faire.

Enfin, son cerveau réalisa ce que ses yeux voyaient.

Un pied sectionné, coupé à la cheville.

Une flaque de sang coagulé attirait les mouches qui bourdonnaient autour des lacets déchirés du cuir de la botte de travail.

Il fit un pas en arrière et son cri angoissé fit taire les autres.

Le cœur battant, il se tordit la cheville en se retournant, ses cales de chaussures glissèrent sur la surface inégale, et il boita jusqu'à la haie pour vomir son maigre petit-déjeuner.

CHAPITRE 2

L'inspectrice principale Kay Hunter ouvrit doucement la portière du véhicule de service et examina la scène qui s'offrait à elle.

Elle avait reçu un appel du commandant divisionnaire Devon Sharp alors qu'elle et son compagnon, Adam, prenaient un brunch paresseux le week-end sur la terrasse de leur jardin, à la périphérie de Maidstone.

— C'est exactement le genre d'histoire sensationnelle dont nous n'avons pas besoin en première page des journaux, avait-il dit. Je veux que tu diriges cette enquête, Barnes peut être ton adjoint, étant donné que nous n'avons toujours pas de nouvel inspecteur affecté à l'équipe. Je vais lui demander de venir te chercher dès que possible.

Kay avait ressenti une poussée d'adrénaline familière à la perspective d'une nouvelle enquête.

Elle devait aussi reconnaître le mérite du nouveau commandant divisionnaire qui venait d'être promu. Depuis sa promotion au grade d'inspectrice principale, Sharp s'était assuré qu'elle ait l'opportunité de travailler sur plusieurs enquêtes médiatiques entre ses obligations.

L'enquêteur Ian Barnes s'était présenté à sa porte vingt-cinq minutes après que Sharp avait terminé son appel téléphonique.

Kay appréciait travailler avec Barnes. Le quadragénaire avait à la fois de l'humour et de la force de caractère qui avaient été un remède face aux sombres crimes auxquels ils étaient souvent confrontés.

Debout à côté du véhicule, alors qu'elle scrutait la route où flottait au vent une bande de ruban de scène de crime, elle se tourna vers lui tandis qu'il claquait la portière côté conducteur et la rejoignait.

Barnes était un peu plus grand que Kay, il avait des cheveux brun clair qui avaient viré au gris sur les tempes, et à son grand désarroi, il avait commencé à porter des lunettes.

— Toujours contente d'être sortie du bureau ?

demanda-t-il alors qu'ils observaient l'équipe médico-légale travailler dans l'aire de stationnement.

— Dommage pour les circonstances, répondit-elle en repoussant une mèche de cheveux blonds derrière son oreille.

Elle redressa les épaules.

— Ok. Allons voir ce qui se passe.

Elle s'engagea sur la pente ascendante de la route et salua d'un signe de tête les agents de la route, ils empêchaient les automobilistes de s'attarder devant la scène et s'assuraient que le trafic restait à une vitesse constante et réduite pour éviter un accident avec les secours présents sur les lieux.

La police scientifique avait installé un écran entre la route et leur zone de travail, tandis que deux agents en uniforme se tenaient en dehors du ruban de la scène de crime pour dissuader les curieux. Une policière en uniforme et son collègue avaient rassemblé un groupe de cyclistes aux vêtements criards, et ils levèrent les yeux lorsque Kay et Barnes s'approchèrent.

Kay se détendit lorsqu'elle reconnut un visage familier. Debbie West était agente depuis ses vingt ans, et Kay avait de grands espoirs pour cette femme. C'était l'une des agentes les plus méticuleuses que

Kay connaissait et on pouvait compter sur elle pour gérer une scène de crime de manière rigoureuse.

— Bonjour, chef.

— Bonjour. Quelles sont les dernières nouvelles ?

Debbie fit un geste vers son collègue, qui éloigna les cyclistes du ruban de la scène de crime et continua à leur parler tout en prenant des notes. Elle se retourna vers Kay.

— Le type au maillot rouge et jaune est celui qui l'a trouvé. Lee Temple. Apparemment, lui et ses amis sont tous de West Farleigh et ils font du vélo ensemble le week-end.

Kay plissa les yeux contre le soleil éclatant en direction de l'homme qui se tenait à côté du collègue de Debbie, et elle remarqua la rangée de vélos coûteux appuyés contre un poteau télégraphique ou posés sur l'herbe épaisse qui bordait la route.

— Comment va-t-il ?

— Il a vomi son petit-déjeuner, mais heureusement pas sur les preuves.

— C'est déjà ça, je suppose.

Barnes fit un signe du menton vers l'endroit où les agents de la police scientifique vérifiaient méticuleusement les accotements et la haie bordant l'aire de stationnement, la tête baissée pendant qu'ils travaillaient.

— Est-ce qu'ils ont trouvé le reste du corps ?

Debbie fronça le nez.

— Pas encore.

Kay jeta un coup d'œil par-dessus son épaule et regarda le flux constant de véhicules qui passait maintenant devant la scène de crime. Elle dut admettre que Sharp avait raison de penser que les médias seraient impatients d'en parler aux informations de 18 heures ce soir-là, avec les maigres informations qu'ils pourraient glaner auprès des témoins.

— J'imagine que tu as averti M. Temple et ses amis de ne parler de cela à personne ?

— Absolument, répondit Debbie.

Barnes tapota sur le bras de Kay et on entendit un cri qui venait de l'autre côté de la zone délimitée. Elle se retourna pour voir l'un des enquêteurs de la police scientifique leur faire signe de venir.

— J'aimerais parler à M. Temple avant que tu ne le laisses partir, dit-elle à Debbie.

— Pas de problème. Je vais faire venir un mini-van taxi pour les ramener tous chez eux. Je n'imagine pas qu'ils aient envie de rentrer à vélo après ça.

— Bonne idée, merci. Je reviens dans une minute.

Elle suivit Barnes jusqu'au ruban jaune et s'arrêta.

— Bonjour, Harriet.

— Bonjour. Debbie m'a dit que vous arriviez tous les deux.

Kay nota la fatigue dans la voix de l'enquêteuse et se promit de la laisser continuer sa tâche dès que possible.

— Qu'est-ce qu'on a ?

Harriet leur tendit un ensemble de combinaisons jetables et elle attendit qu'ils les enfilent et placent les surchaussures assorties sur leurs chaussures, puis elle souleva le ruban pour qu'ils puissent passer dessous avant de les conduire derrière l'écran vers l'extrémité de l'aire de stationnement via un chemin délimité.

— Avant que vous ne le demandiez, les seules empreintes de pas que nous avons relevées ici correspondent aux chaussures des cyclistes, assez faciles à déduire à cause des cales qu'ils portaient pour s'accrocher à leurs pédales.

L'enquêteuse de la police scientifique ralentit en arrivant près de la botte de travail.

Maintenant qu'ils savaient ce qu'elle contenait, elle semblait incongrue à côté de l'herbe haute du bas-côté, et pourtant Kay se rappela de nombreuses occasions où elle avait vu des chaussures solitaires similaires jetées au bord d'une route sans y prêter attention.

Elle s'accroupit à environ un mètre de la botte et

chassa une mouche de son visage tandis que Harriet poursuivait.

— La victime est un homme, d'après ce que nous pouvons voir sans retirer la chaussure. La botte est faite de cuir de qualité, mais usée, comme si c'était une de ses paires préférées. Le talon a disparu d'un côté, mais Lucas pourra vous en dire plus sur notre victime une fois qu'il l'aura examinée.

Kay marmonna une réponse. Elle avait déjà travaillé avec Lucas Anderson, le médecin légiste du quartier général, à plusieurs reprises, et son attention pour les détails ainsi que sa ténacité à fournir autant d'informations que possible sur une victime l'avaient aidée plus d'une fois.

Elle ne doutait pas de sa capacité à ajouter des éléments au portrait de la victime qu'ils devraient établir s'ils voulaient trouver le responsable.

— Et aucun signe des autres parties du corps ?

— Non, nous avons presque terminé notre recherche préliminaire. Évidemment, je vous tiendrai au courant s'il y a du nouveau.

— Tu penses qu'elle est ici depuis combien de temps ?

— Difficile à dire, pour être honnête. Une grande partie de la saleté et de la poussière sur le cuir de la tige a été causée autant par le passage des véhicules que par le mauvais temps que nous avons eu au début du mois. Encore une fois, Lucas pourrait être en mesure de vous donner une estimation approximative de l'heure du décès pour vous aider à le déterminer.

Kay se redressa et se tourna vers Barnes, dont la lèvre supérieure se retroussa en regardant les mouches se rassembler sur le moignon ensanglanté. Elle pivota sur ses talons et tendit le cou jusqu'à ce qu'elle puisse voir au-delà de l'écran et apercevoir la route qui disparaissait en ligne droite dans chaque direction.

— Il va falloir qu'on parle aux propriétaires le long de ce tronçon de route. On ne sait jamais, ils pourraient avoir des caméras de sécurité.

Barnes hocha la tête.

— Je vais en parler à Debbie pour que les agents commencent tout de suite. Je vais aussi appeler Gavin et Carys cet après-midi pour m'assurer qu'ils arrivent tôt demain matin.

Ils retournèrent au périmètre de la scène de crime, et tandis qu'elle retirait la combinaison de protection de ses vêtements pour la remettre à l'un des assistants de Harriet, Kay laissa son regard se poser une dernière fois sur le pied amputé.

— Qui diable es-tu ? murmura-t-elle.

CHAPITRE 3

Debbie et son collègue firent une pause dans leurs interrogatoires lorsque Kay et Barnes s'approchèrent, puis ils les présentèrent aux quatre cyclistes.

Kay remarqua la pâleur délavée des traits de Lee Temple et les expressions presque honteuses que portaient ses amis.

Elle ne cessait de s'étonner que les témoins d'un crime se sentent souvent coupables de ce qu'ils avaient vu, bien qu'ils n'aient aucune autre implication.

Ou peut-être était-ce simplement l'effet d'être entouré d'agents de police en uniforme et d'enquêteurs de la police scientifique.

Elle se concentra sur Temple et l'éloigna doucement des autres.

— Monsieur Temple, je suis l'inspectrice principale Kay Hunter et voici mon collègue, l'enquêteur Ian Barnes. Je crois comprendre que c'est vous qui avez trouvé la botte en premier ?

Il hocha la tête, puis avala sa salive et Kay recula au cas où l'homme serait sur le point de vomir à nouveau.

Il agita la main comme pour repousser la sensation.

— Ça va, je vais bien.

— Vous avez eu un terrible choc, et vous vous en sortez très bien, dit-elle. Je sais que vous et vos amis avez parlé à l'agente West, mais j'aimerais avoir un mot avec vous avant de vous ramener tous chez vous.

Elle jeta un coup d'œil à sa droite alors qu'un minivan aux couleurs de la police s'arrêtait un peu plus loin de l'aire de repos et que le conducteur mettait les feux de détresse, avant de reporter son attention sur Temple.

— Voilà ce qu'on va faire, on va mettre vos amis et tous vos vélos dans le taxi, et ensuite Barnes et moi allons vous ramener chez vous une fois qu'on aura discuté.

Il laissa échapper un souffle tremblant, puis il passa sa main dans ses cheveux bruns mi-longs que le casque qu'il tenait désormais dans ses mains avait aplatis.

— D'accord, merci.

Les trois autres cyclistes étaient pleins de sollicitude pour leur ami alors qu'ils lui serraient la main avant de suivre les agents en uniforme vers le taxi.

— Je passerai te voir plus tard, dit le plus grand des hommes, avant de prendre un deuxième vélo sur le bas-côté et de le pousser vers le taxi.

Kay observa Temple lever la main en signe d'au revoir alors que le véhicule s'engageait à nouveau sur la route, son expression était mélancolique.

— Chef ? On a de la compagnie.

Kay pivota sur ses talons aux mots de Barnes et elle réprima un gémissement à la vue d'une silhouette familière qui s'extirpait d'une voiture à quatre portes garée plus haut dans la rue.

Malgré la distance qui les séparait, elle sentait l'excitation qui émanait de Jonathan Aspley alors qu'il se précipitait vers le ruban de la scène de crime de l'autre côté de l'écran.

— Emmène Lee à la voiture, Ian. Je vous rejoins dans une minute.

Elle intercepta le journaliste alors qu'il arrivait à la hauteur de l'écran et elle le détourna de la direction de la voiture de Barnes.

— Ce n'est pas le bon moment, Aspley.

— Allez, Hunter, avant que les autres n'arrivent. Donnez-moi au moins une citation que je puisse utiliser.

Kay plissa les yeux.

— Croyez-moi, vous ne pourrez pas imprimer ce que je vais dire si vous ne reculez pas. Il y aura une conférence de presse plus tard aujourd'hui au quartier général. Venez-y, et je vous donnerai autant d'informations que possible à ce moment-là.

— Et je me retrouverai simplement avec la même histoire que tout le monde. Vous me devez bien ça.

— Pas du tout.

Elle soupira.

— Écoutez, il est trop tôt pour ça. Venez à la conférence de presse plus tard, laissez mon équipe faire son travail maintenant, et je verrai ce que je peux vous envoyer dans quelques jours.

— En exclusivité ?

— Ça dépendra de Sharp, mais je ferai de mon mieux.

— Vous voulez dire que vous m'utiliserez si vous avez besoin de distiller des informations.

— Je peux les donner à l'un de vos concurrents, si vous préférez ?

Sa bouche se pinça.

— À plus tard.

Kay attendit qu'il ait rejoint sa voiture, puis elle pivota sur ses talons et se dépêcha de retourner là où Barnes était assis dans son véhicule, Lee Temple sur la banquette arrière.

— Désolée.

Kay fouilla dans son sac pour prendre son carnet et un stylo avant de se retourner sur son siège.

— Bien, je sais que vous avez déjà parlé à nos collègues en uniforme de ce que vous avez trouvé, Lee, mais est-ce que vous pourriez me raconter ce qui s'est passé ce matin ? Dites-moi tout, même si vous pensez que ce n'est pas important.

Il se mordit la lèvre, puis hocha la tête et entreprit de décrire sa matinée depuis son départ de chez lui jusqu'à sa découverte des restes macabres dans la botte de travail. Son ami, Tony White, avait été celui qui avait appelé le numéro d'urgence.

Kay resta silencieuse pendant qu'il parlait, prenant des notes et griffonnant ses réponses à ses questions tout en écoutant.

Bien que Debbie et son collègue aient pris les premières déclarations des témoins auprès des quatre cyclistes, Kay préférait entendre elle-même les récits des témoins chaque fois que possible. Souvent, quelqu'un comme Lee se souviendrait d'un détail la deuxième fois qui n'avait pas été mentionné auparavant alors que son esprit continuait de traiter ce qu'il avait vécu.

Quand il eut fini de parler, elle lui laissa un moment pour se ressaisir, puis elle s'éclaircit la gorge.

— Quand vous approchiez de l'aire de repos, est-ce que vous avez remarqué des véhicules ?

— Non, nous avions la route pour nous tout seuls. Nous roulions côte à côte, avec moi et Nigel devant. Nigel m'a dépassé, avant de remarquer qu'il avait crevé. C'est à ce moment-là qu'on s'est arrêtés sur le côté. Il n'y avait pas de véhicules devant nous, et la première fois que j'en ai vu un, c'était après avoir trouvé la botte.

— C'est un de vos itinéraires habituels ? demanda Barnes.

— Ça l'était, marmonna Lee, puis il baissa les yeux et tourna son casque de vélo entre ses mains.

— Depuis combien de temps empruntez-vous cette route ? dit Kay.

— Environ huit mois.

— Vous avez déjà vu quelqu'un sur cette aire de repos ?

— Je suis désolé, je ne m'en souviens pas.

— Ce n'est pas grave. Quels types de véhicules voyez-vous par ici ?

— Des véhicules normaux, je suppose. Des voitures, des motos. Parfois une camionnette, peut-être. C'est généralement calme sur ce tronçon. C'est pour ça qu'on vient par ici.

Son front se plissa.

— Je ne suis pas très utile, n'est-ce pas ?

— Vous vous en sortez très bien, dit Kay. Tout cela nous aide.

— Ok.

— Quand est-ce que vous avez fait du vélo ici pour la dernière fois ?

— Il y a environ quatre semaines.

— Avez-vous remarqué quelque chose à ce moment-là ? Quelque chose qui semblait anormal ?

— Non, nous ne nous sommes arrêtés aujourd'hui que parce que Nigel a crevé. Sinon…

Elle vit Barnes lever un sourcil tandis qu'elle rangeait son carnet dans son sac et elle acquiesça.

Il n'y aurait plus de questions pour Lee Temple aujourd'hui. Elle allait laisser l'homme se reposer, puis elle lui parlerait à nouveau dans un jour ou deux, pour voir si le temps avait ajouté quoi que ce soit à ses souvenirs du parcours et des circonstances dans lesquelles il avait découvert la botte de travail.

Kay attacha sa ceinture de sécurité.

— Quelle est votre adresse, Lee ?

Le cycliste la récita rapidement et Barnes hocha la tête en signe de reconnaissance, avant de s'éloigner de la scène de crime.

Une demi-heure plus tard, Barnes mit le clignotant en ralentissant le véhicule, puis il tourna à gauche dans un chemin qui contournait West Farleigh et passait devant la gare.

Il s'arrêta doucement devant une rangée de maisons mitoyennes, puis il descendit de la voiture et ouvrit la portière arrière pour Temple. Il lui tendit une carte de visite avant de le laisser partir et de se glisser à nouveau derrière le volant.

— Pauvre bougre, murmura-t-il.

Kay se mordit la lèvre en voyant la porte de la maison s'ouvrir en grand.

Une femme apparut, ses cheveux blond foncé relevés en queue de cheval et une petite fille calée sur sa hanche.

Lee tituba sur le seuil et se jeta dans les bras de la femme. Ils restèrent ainsi un moment, puis elle le conduisit à l'intérieur et ferma la porte.

Barnes relâcha le frein à main et éloigna doucement la voiture du trottoir.

— Je ne pense pas que M. Temple fera beaucoup de vélo dans un avenir proche.

— Je ne peux pas lui en vouloir, dit Kay. J'imagine qu'il va faire des cauchemars pendant un bon moment encore.

CHAPITRE 4

Kay déboutonna les manches de son chemisier et les remonta jusqu'aux coudes.

La matinée s'était réchauffée au moment où ils avaient atteint le commissariat de Maidstone, tandis que le ciel sans nuages offrait une journée d'été parfaite.

Même s'ils auraient tous préféré être chez eux avec leurs familles, elle savait que l'équipe se concentrerait maintenant sur les tâches à accomplir. Elle était contente que Barnes et elle aient été de garde, sinon la scène de crime aurait été confiée à quelqu'un d'autre, et elle aurait été coincée dans un atelier de trois jours intitulé « Techniques de gestion avancées » dès lundi matin.

Mais son soulagement était tempéré par l'idée que

quelqu'un avait pu être blessé ou mourir dans des circonstances horribles, et qu'elle ferait tout son possible pour traduire le responsable en justice.

La salle des opérations bourdonnait d'activité lorsqu'elle poussa la porte et traversa la pièce jusqu'à son bureau. Phillip Parker avait pris l'initiative d'installer un tableau blanc et de trouver des ordinateurs supplémentaires pendant que Barnes et elles étaient sur la scène de crime.

Elle avait rencontré l'officier pour la première fois alors qu'il terminait sa période probatoire douze mois plus tôt, et il était évident que, sous la tutelle de l'agent Norris, le jeune homme s'adaptait bien à son rôle Il avait aussi pris de l'assurance – là où il était autrefois un jeune homme maigrelet dans la vingtaine, il avait ajouté du poids à sa silhouette fine, et Kay se rendit compte qu'il l'avait probablement fait pour affronter certains des personnages les plus hauts en couleur de Maidstone.

Les vendredi et samedi soir pouvaient être terribles dans le centre-ville, et Parker aurait sûrement été une cible pour les fauteurs de troubles.

— Excellent travail, Phil, dit-elle en s'approchant.

Il sourit.

— J'ai pensé que ça nous ferait gagner du temps.

— Merci.

Elle jeta un coup d'œil par-dessus son épaule au reste de l'équipe.

Pour l'instant, il n'y avait que quatre autres agents en uniforme pour les assister, mais cela changerait le lendemain matin une fois que les emplois du temps seraient ajustés.

Elle ne serait pas populaire, c'était certain.

Kay décida d'emmener ses collègues prendre un verre dans quelques semaines pour les remercier de leur aide dans cette affaire, puis elle focalisa son attention vers le tableau blanc.

Parker avait imprimé une grande carte en couleur de la région de Maidstone, l'emplacement de la macabre découverte du matin déjà mis en évidence par une grande punaise rouge. Il avait obtenu des images de la route via un logiciel de cartographie en ligne et les avait épinglées à côté de la carte.

Elles feraient l'affaire jusqu'à ce que les enquêteurs de la police scientifique fournissent leurs propres photographies.

Une fois satisfaite que le côté administratif de l'enquête ait été organisé, elle retourna à son bureau et feuilleta son carnet jusqu'à ce qu'elle trouve l'entretien de Lee Temple et elle commença à taper ses gribouillages.

Une nouvelle enquête serait créée dans la base de

données HOLMES par un agent spécialement désigné plus tard dans la journée, et elle ajouterait son entretien à la masse croissante d'informations rassemblées, commençant ainsi le processus d'enquête.

Elle leva les yeux alors que Barnes s'affaissait dans la chaise en face de son bureau et remuait sa souris pour réveiller son ordinateur.

— Tu as parlé à Gavin et Carys ?

— Oui, ils seront là à sept heures demain. Ils ont tous les deux proposé de venir aujourd'hui, si tu veux ?

— Non, ça va. Je préfère qu'ils se reposent aujourd'hui, Dieu sait quand ils auront à nouveau du temps libre, et nous avons besoin que tout le monde soit concentré sur cette affaire.

Elle leva les yeux lorsque Sharp s'approcha de leurs bureaux, l'inspecteur chevronné dégageait un air d'efficacité qu'il avait conservé de son temps dans l'armée, puis des années passées en tant qu'inspecteur principal dans la région de la police du Kent.

— Qu'est-ce-que nous avons ? demanda-t-il.

— Tout d'abord, nous allons devoir organiser une conférence de presse pour cet après-midi, répondit Kay. Jonathan Aspley du Kentish Times est arrivé alors que nous partions avec le témoin, et il ne sera pas le seul à fouiner pour trouver une histoire. Nous devons gérer cela dès le début pour éviter que les médias ne créent de la panique et des spéculations.

Sharp passa une main sur ses courts cheveux poivre et sel et soupira.

— Je suis d'accord, j'aurais préféré attendre un jour ou deux, mais avec la scène de crime dans un endroit aussi public, je suis surpris que nous n'ayons encore rien vu sur les réseaux sociaux.

— Les premiers intervenants et l'équipe de Harriet ont fait un excellent travail pour protéger la zone des voitures qui passaient, chef, dit Barnes. De toute façon, personne ne pourra rien prendre en photo.

— Ils sont à l'affût des drones, et je sais de source sûre que l'hélicoptère des informations locales est en révision cette semaine, ajouta Kay, donc personne ne va obtenir de vue aérienne non plus.

— Bien.

Sharp se retourna et tira une chaise, sur laquelle il s'installa avant de reprendre la parole.

— J'ai compris qu'il y avait quatre cyclistes, et que l'un d'eux a trouvé la botte ?

— Oui, Lee Temple, confirma Kay. Il est instituteur à Paddock Wood. Il vit à West Farleigh, et lui et ses trois amis font du vélo ensemble tous les dimanches matin. Cette route est l'un de leurs itinéraires habituels pour aller à Boughton

Monchelsea, mais c'était la première fois en quatre mois qu'ils s'arrêtaient sur cette aire de repos.

— Donc, on ne sait pas depuis combien de temps ce pied sectionné se trouvait là ?

— Harriet ne voulait pas se risquer à donner une estimation. Avec un peu de chance, Lucas Anderson pourra nous en dire plus quand il fera l'autopsie.

Sharp hocha la tête et se pencha en arrière dans sa chaise.

— Vous comprenez tous les deux que nous allons être surveillés de près dans cette affaire. Surtout que l'équipe manque toujours d'un inspecteur depuis ta promotion, Kay. Nous avons des entretiens prévus pour la semaine prochaine, et on s'attend à ce que tu participes à certains d'entre eux, alors assure-toi d'en tenir compte dans les tâches que tu attribues à tout le monde.

Il leva un sourcil vers Barnes.

— Vous êtes sûr qu'on ne peut pas vous persuader de postuler ?

La bouche de Barnes se tordit au coin.

— Non merci, chef.

Sharp haussa les épaules.

— Ça valait le coup d'essayer.

Il n'ajouta rien de plus, mais Kay sentait sa déception face à la décision de Barnes. Souvent, il était plus facile de recruter au sein d'une équipe établie que d'amener une nouvelle personne en espérant que cela ne perturberait pas la dynamique entre le personnel existant.

D'un autre côté, elle respectait la décision de Barnes – cela n'avait aucun sens qu'il accepte le rôle s'il n'avait pas envie de le faire. Ils se partageaient les tâches d'inspecteurs entre eux en attendant, mais ils ne pourraient continuer comme ça – pas avec une enquête pour meurtre en cours.

Elle ne pouvait pas reprocher à Sharp d'avoir essayé. Elle avait mentionné le poste à Barnes la semaine dernière quand ils s'étaient faufilés en dehors de la salle des opérations et avaient déjeuné près de la rivière derrière le palais de l'évêque.

Il avait été catégorique, cependant, et il avait dit qu'il était satisfait de rester enquêteur.

Sharp se leva de sa chaise et la rangea sous un autre bureau.

— Bien, je vais vous laisser travailler. Kay, sois au quartier général à seize heures cet après-midi pour que nous puissions faire cette conférence de presse ensemble. À demain matin, Barnes.

— Au revoir, chef.

Kay se retourna en entendant un *ping* venant de son ordinateur et elle se rapprocha de l'écran.

— Harriet vient de m'envoyer par courriel les premières photos de la scène, Ian.

Barnes contourna les bureaux pour la rejoindre et ils parcoururent les images.

Pendant qu'elle examinait la scène choquante sur les photos, elle ne pouvait s'empêcher de se demander ce qu'il avait fait pour mériter une fin aussi brutale.

— Quel genre de personne fait ça ? dit Barnes.

Elle ferma la dernière pièce jointe et se frotta l'œil droit.

— Et avant toute chose, quelle était sa destination, et où est le reste ?

CHAPITRE 5

La première impression de Kay fut celle d'un pur pandémonium lorsqu'elle entra à grands pas dans la grande salle de réunion réquisitionnée pour la conférence de presse de l'après-midi.

Il semblait que la nouvelle s'était répandue rapidement parmi les journalistes du Kent, toutes les chaises étant occupées et les caméramans et photographes se bousculaient pour trouver de la place le long des murs.

Elle plissa le nez en sentant le léger arôme de cigarettes froides qui s'accrochait aux vêtements des journalistes alors qu'elle avançait dans l'allée en direction de l'estrade où une longue table avait été installée.

Joanne Thomas, une assistante administrative du

quartier général qui avait été amenée pour aider à la conférence de presse, avait dit à Kay que certains journalistes étaient arrivés une heure à l'avance pour s'assurer d'avoir une place au premier rang, et Kay se demanda combien d'entre eux mouraient d'envie de leur prochaine dose de nicotine.

Le niveau sonore était assourdissant lorsqu'elle déposa son sac à main derrière la table et fit face à la salle.

Six mois auparavant, elle aurait été terrifiée à l'idée de faire face à toutes ces personnes, aux objectifs des caméras avec leurs yeux impassibles braqués sur elle et à la crainte de commettre une erreur.

Maintenant, elle observait la foule rassemblée d'un œil expert, prenant son temps et jaugeant son auditoire.

Elle salua d'un signe de tête quelques visages familiers et elle ignora le regard noir que lui lança une journaliste aux cheveux de jais – elle avait eu une altercation avec Suzie Chambers il y a quelque temps, mais elle fut surprise de la voir perchée sur l'un des sièges du premier rang. D'habitude, cette femme travaillait comme reporter itinérante pour le journal télévisé local, et Kay se demanda si Chambers avait dû agacer ses patrons d'une manière ou d'une autre pour être reléguée à couvrir l'enquête sur le meurtre.

En l'occurrence, elle était assise avec une expression orageuse, les bras croisés sur la poitrine.

Un remue-ménage près de la porte attira l'attention de Kay et elle regarda Jonathan Aspley se précipiter dans l'allée, à la recherche d'une chaise libre.

Les yeux pâles du journaliste croisèrent les siens un instant et il repoussa ses cheveux de son visage, avant que sa tête ne se tourne brusquement vers la gauche à la suite d'un sifflement sonore, et Kay vit un autre journaliste faire signe à Aspley de le rejoindre, lui indiquant un siège à côté de lui.

Des grognements s'ensuivirent lorsque les journalistes se levèrent pour le laisser passer avant que le brouhaha ne retrouve son niveau tapageur précédent.

Kay se retourna vers son sac et en sortit les notes qu'elle avait tapées dans la salle des opérations. La première page contenait une déclaration qu'elle allait lire, incluant les points clés qu'elle voulait que les médias rapportent dans l'espoir de faire avancer l'enquête. La deuxième page couvrait les questions auxquelles elle s'attendait à devoir répondre de manière à protéger Lee Temple et ses amis, et elle incluait également des aspects opérationnels qu'elle préférait laisser à Sharp.

Souvent, son aboiement militaire intimidait le journaliste le plus persistant.

Comme un signal, la porte au fond de la salle s'ouvrit et le commandant divisionnaire apparut, ajustant sa cravate et balayant du regard les médias assemblés alors qu'il rejoignait Kay derrière la table.

— On va leur donner encore quelques minutes pour s'assurer que tout le monde est là, et puis on va commencer, dit-il.

— Ça me va. Voici ce que j'ai préparé.

Il prit les pages, les parcourut rapidement, puis les lui rendit avec un bref hochement de tête.

— Bon travail.

Il tira la chaise à côté de la sienne contre la table et s'assit avec un soupir mal dissimulé.

— Ça va ? demanda Kay du coin de la bouche.

— La politique. Comme d'habitude. Toi et moi allons devoir gérer ça pour ne pas trop empiéter sur les autres dossiers, la commissaire m'a déjà mis la pression concernant le nombre d'effectifs supplémentaires que j'ai réussi à soutirer à la division.

— J'ai pensé qu'on pourrait peut-être organiser un pot une fois que tout ça sera terminé ? Pour compenser un peu le fait de les avoir laissés en sous-effectif.

— Ils vont nous ruiner et finir par avoir une cirrhose du foie.

Elle étouffa un rire. Sourire lors d'une conférence

de presse sur un meurtre n'était jamais une bonne idée.

Sharp pensait manifestement la même chose, car il se leva de son siège et beugla par-dessus le bruit.

— Mesdames et messieurs, veuillez prendre vos places et nous allons commencer.

L'effet fut immédiat, l'ensemble de la presse se tut. Un faible murmure persistait au fond de la salle jusqu'à ce qu'un journaliste plus âgé jure et dise au photographe fautif de se taire, puis tous les yeux se tournèrent vers Kay et Sharp.

Kay s'éclaircit la gorge et scruta ses notes, résistant à l'envie de cligner des yeux lorsque le flash d'un appareil photo explosa de lumière depuis le premier rang.

— Plus tôt dans la journée, la police du Kent a été appelée sur une aire de stationnement d'une route à l'est de Boughton Monchelsea, commença-t-elle. Un groupe de cyclistes a signalé avoir trouvé des restes humains, et après une enquête plus approfondie par les officiers de la police scientifique, cela a été confirmé.

Elle fit une pause, sentant l'envie irrépressible de l'interrompre qui venait des journalistes devant elle. Elle les fusilla du regard et remarqua une main levée

au fond de la salle qui disparut de vue, son propriétaire réprimandé.

— À ce stade, aucun autre détail ne peut être partagé.
Nous pouvons confirmer que, depuis une heure, la route
a été entièrement rouverte à la fin de nos recherches dans
la zone. Nous tenons à remercier les résidents locaux
pour leur patience. Nous en sommes aux tout premiers
stades de notre enquête et nous vous fournirons plus de
détails dès que cela sera possible. En attendant, nous
demandons à toute personne ayant des informations
d'appeler le numéro de Crimestoppers. Je rappelle à tous
que tous les appels sont traités de manière anonyme.

Elle baissa la page et jeta un coup d'œil à Sharp,
qui hocha la tête avant d'ajuster le microphone sur la
table devant lui.

— L'inspectrice principale Hunter dirigera l'enquête de la police du Kent avec mon soutien total, dit-
il. Jusqu'à ce que nous ayons plus d'informations,
nous vous demandons de ne pas spéculer sur cette
découverte. Pour l'instant, nous traitons cela comme
un incident isolé. Kay ?

— Merci. Des questions ?

La main au fond de la salle se leva à nouveau
avant que quiconque n'ait eu la chance de le faire.

— Oui ?

Un jeune homme à lunettes d'une vingtaine d'années se leva, un carnet et un stylo à la main.

Kay vit ses lèvres bouger mais ne put l'entendre à cause des conversations chuchotées autour d'elle.

— Excusez-moi.

Elle frappa du poing sur le microphone jusqu'à ce que les coupables se taisent.

— Merci. On ira beaucoup plus vite si vous restez silencieux pendant que quelqu'un d'autre parle. À moins que vous ne vouliez manquer votre créneau pour le journal de 18 heures ?

Une rangée de visages la fixa du regard.

— Merci. Vous disiez ?

— L'endroit où les restes ont été trouvés n'est qu'à quelques kilomètres du quartier général de la police. Pourquoi a-t-il fallu attendre jusqu'à maintenant pour les découvrir ?

Tous les yeux se tournèrent vers Kay et elle gémit intérieurement. Elle savait que la police serait critiquée sur ce point, mais elle avait espéré avoir plus d'informations à communiquer aux médias avant que la question ne soit soulevée.

— Les restes, malheureusement, ne sont pas complets et n'ont pas été trouvés dans un endroit fréquenté par le public, dit-elle, avant de tourner son attention vers un visage familier.

Jonathan Aspley parvint à esquisser un sourire de remerciement avant de parler.

— Les cyclistes qui ont trouvé les restes, sont-ils soupçonnés ?

Kay déglutit. Elle devait choisir ses mots avec soin.

Si les médias pensaient que Lee Temple et ses amis étaient des cibles légitimes, les hommes et leurs familles subiraient l'indignité d'être harcelés jusqu'à ce que l'affaire soit résolue.

— Ils nous assistent dans notre enquête, répondit-elle, et nous demandons que leur vie privée soit respectée en ce moment.

Elle dirigea son attention vers Suzie Chambers et lui lança un regard d'avertissement.

Cette femme avait la réputation de faire des articles sensationnalistes, et Kay décida de demander à l'un des agents en uniforme de l'équipe de parler aux cyclistes et de les informer de leurs droits au cas où la journaliste et ses collègues ne tiendraient pas compte de son avertissement.

Au fur et à mesure que la conférence de presse progressait, les questions se firent répétitives et Kay leva la main.

— C'est tout pour aujourd'hui. Notre service des

relations médias vous contactera quand nous aurons de nouveaux éléments à partager.

Elle repoussa sa chaise, fourra ses notes dans son sac et se dépêcha de suivre Sharp à travers la porte au fond de la salle.

Elle soupira lorsque la porte se referma derrière elle, laissant ses épaules se détendre, et elle ferma les yeux en essayant de soulager un torticolis.

— Bon travail Hunter, dit Sharp.

Elle cligna des yeux.

— Merci, chef.

— Je suis sûr qu'ils vont un peu embellir tout ça, mais on ne peut pas l'empêcher. Ça arrive tout le temps.

Il regarda sa montre et haussa un sourcil.

— Tu ferais mieux d'y aller. Tu commences tôt demain. Transmets mes amitiés à Adam, tu veux bien ?

— Merci, chef.

CHAPITRE 6

Kay passa la porte de la salle des opérations à six heures et demie le lendemain matin, un plateau en carton contenant quatre gobelets de café à emporter dans une main et son téléphone portable dans l'autre.

Il sonna alors qu'elle se précipitait vers son bureau, et dans sa hâte de répondre avant que l'appel ne bascule sur le répondeur, son sac à main glissa le long de son bras et du café chaud se renversa sur sa main. Elle jura à voix basse, laissa tomber son sac à main au sol et tendit la main vers une boîte de mouchoirs tout en appuyant sur le bouton pour répondre au téléphone.

— Hunter.

Elle tamponna sa main avec un mouchoir avant d'éponger la flaque sur son bureau, puis elle jeta le tout dans une corbeille à ses pieds et s'affala dans sa chaise.

— C'est Jonathan Aspley. Je me demandais si vous aviez le temps de discuter ?

Kay soupira.

— Je n'ai pas de nouvelles informations, Jonathan. Vous avez entendu tout ce que nous savons lors de la conférence de presse d'hier.

— Allez, vous devez me donner plus que ça. Mon rédacteur en chef s'attend à ce que je fournisse une mise à jour sur notre site web avant neuf heures ce matin, nous essayons de prendre de l'avance sur tout le monde.

Kay ferma les yeux et se força à compter jusqu'à dix avant de répondre.

— Vous poussez votre chance. Vos taux d'audience ne sont pas mon problème, j'ai une équipe d'enquête qui débarque dans ce bureau dans quinze minutes pour une réunion. Quand nous aurons plus de détails, notre responsable des relations médias vous contactera.

Elle mit fin à l'appel avant qu'il ne puisse répondre et fit glisser le téléphone sur son bureau.

Kay avait déjà travaillé en étroite collaboration avec le journaliste auparavant, mais c'était la première fois qu'il essayait de profiter de leur amitié.

Elle se mordit la lèvre. À l'avenir, elle se promit d'être plus prudente – elle ne pouvait pas se permettre d'être distraite.

Elle jeta un coup d'œil par-dessus son épaule vers le bureau de Sharp, mais le commandant divisionnaire était absent.

Depuis sa promotion, elle avait réussi à le convaincre de rester dans son bureau – elle était heureuse à sa place, au cœur de toute l'agitation de la salle des opérations, elle ne voulait pas s'isoler du tumulte des enquêtes et elle espérait qu'il résisterait à la tentation de la déménager à l'étage ou, pire encore, au quartier général.

Ses pensées furent interrompues par l'arrivée de deux de ses collègues, les enquêteurs Gavin Piper et Carys Miles.

En voyant le tailleur-pantalon élégant que portait l'enquêteuse et l'expression déterminée sur son visage, Kay avait du mal à se rappeler qu'elle avait vu Carys pour la dernière fois en train de chanter à tue-tête dans un bar karaoké du centre-ville samedi soir pour célébrer son trentième anniversaire. Kay n'avait rien dit à Sharp, mais c'était en partie la raison pour laquelle elle n'avait pas insisté pour que les deux enquêteurs se présentent à la salle des opérations vingt-quatre heures plus tôt.

Gavin Piper, le plus jeune des deux enquêteurs, semblait encore mal en point et pour quelqu'un qui avait dit à Kay qu'il ne buvait pas beaucoup, elle se souvenait l'avoir vu descendre des shots de tequila au moment où elle et Adam avaient quitté le bar et titubé jusqu'à une station de taxis.

Elle indiqua les cafés à emporter sur son bureau.

— J'ai pensé que vous en auriez besoin.

— Chef, tu es une légende, dit Gavin en déchirant deux sachets de sucre et en les versant dans le liquide chaud, ses cheveux blonds en épis encore plus désordonnés que d'habitude.

— J'imagine que vous êtes tous les deux bien reposés ?

Le visage de Carys pâlit contre ses cheveux foncés.

— Je ne boirai plus jamais. Je ne me suis pas réveillée avant midi hier, et je me suis sentie mal jusqu'à neuf heures hier soir.

Gavin fit un clin d'œil.

— C'est parce que tu es vieille maintenant. Plus de soirées tardives pour toi, ma grande.

Kay rit alors que Carys lui lançait une balle anti-stress, puis elle se retourna lorsque Barnes apparut à la porte.

Il s'avança d'un air nonchalant vers l'endroit où

elle était assise et il prit le café qu'elle lui tendait avec un signe de tête reconnaissant. Sa bouche tressaillit à la vue des deux autres détectives.

— Ah, être jeune et stupide à nouveau, dit-il d'une voix traînante.

— Laisse tomber, dit Carys en réprimant un bâillement. Est-ce que l'un d'entre vous a du paracétamol ?

Kay fouilla dans son bureau, sa main chercha le paquet qu'elle gardait dans le tiroir du haut, puis elle s'arrêta et lança un regard furieux à Barnes alors qu'il s'asseyait en face d'elle.

— Tu as encore piqué des trucs dans mon bureau ?

Il leva les mains.

— Ne me regarde pas comme ça. J'ai retenu la leçon après ces fichus cours de dactylographie que tu m'as fait faire quand j'ai emprunté ton agrafeuse.

— Emprunté ? Je ne l'ai jamais revue !

— J'en ai, dit Gavin, et il ouvrit une poche sur le côté de son sac à dos avant de lancer un paquet à Carys.

Kay repoussa sa chaise alors que la pièce se remplissait d'agents en uniforme et de personnel administratif, et elle fit un geste vers le tableau blanc au bout de la salle.

— Venez, vous tous. On commence.

Elle ouvrit la marche vers le groupe d'officiers qui s'agitait près du tableau blanc, elle fit un signe de tête à quelques visages familiers et elle prit une feuille de tâches que Debbie avait imprimée à partir de la base de données HOLMES.

En jetant un coup d'œil à la liste, elle nota les points principaux que le système informatique avait mis en évidence et elle éleva la voix au-dessus du vacarme.

— Du calme, tout le monde. Prenez un siège.

Elle passa les vingt premières minutes de la réunion préparatoire à mettre les nouveaux venus au courant des dernières informations, la salle était silencieuse à l'exception du crissement des stylos dans les carnets ou, dans le cas de Debbie, du tapotement de ses doigts sur son clavier d'ordinateur.

— Donc, les prochaines étapes, dit Kay. Lucas Anderson m'a envoyé un courriel pour confirmer que l'autopsie sera effectuée demain après-midi, à ce moment-là nous aurons, espérons-le, des informations que nous pourrons commencer à traiter pour déterminer qui est notre victime. En attendant, Carys, tu peux travailler avec Debbie et contacter le service des routes pour savoir quand cette aire de repos a été nettoyée pour la dernière fois ? Je suppose qu'ils doivent avoir une sorte de planning pour faire ça, surtout pendant les mois d'été.

— Très bien, chef.

Carys inclina la tête, son stylo volant sur la page de son carnet.

— Barnes, Gavin, j'aimerais que vous fassiez le lien avec les agents en uniforme pour passer en revue les déclarations recueillies auprès des résidents locaux afin de déterminer lesquels d'entre eux ont des caméras de sécurité installées sur leurs propriétés. Il semble qu'il y ait aussi quelques personnes dans ce secteur qui gèrent des entreprises depuis chez elles, donc j'espère qu'elles sont suffisamment soucieuses de leur sécurité pour avoir une sorte de système de surveillance externe qui pourrait être orienté vers la rue. Si quelqu'un vous semble particulièrement intéressant, faites-le-moi savoir immédiatement, nous verrons si nous pouvons commencer à collecter des images cet après-midi.

— On s'en occupe.

Gavin se pencha vers Barnes et murmura quelque chose, le détective plus âgé acquiesça avant de reporter son attention sur Kay.

Pendant que Kay énumérait le reste des tâches du jour à son équipe, elle fut frappée par la façon dont ils s'étaient bien soudés au cours des dix-huit derniers mois.

Cependant, elle s'inquiétait de l'effet que l'arrivée d'un nouvel inspecteur pourrait avoir sur la dynamique qu'elle chérissait. Malgré toute sa brusquerie, Barnes était le ciment de l'équipe, et Gavin et Carys montraient tous deux un grand potentiel pour progresser dans leur carrière au sein de la police du Kent.

Elle soupira intérieurement en écoutant le sergent Hughes lire le planning qu'il avait établi pour s'assurer que l'enquête serait bien menée, et elle réalisa que jongler avec le personnel était une tâche de gestion supplémentaire qu'elle avait acceptée sans le savoir en recevant sa promotion au poste d'inspectrice principale.

Comment diable était-elle censée mener une enquête tout en introduisant un élément inconnu dans le groupe et en maintenant l'équilibre ?

CHAPITRE 7

Kay feuilleta le document de trois pages qu'elle tenait entre ses mains, le texte régulièrement espacé se brouillait alors qu'elle peinait à se concentrer.

Tandis que la salle des opérations bourdonnait de l'activité d'une équipe d'officiers en train de passer des appels téléphoniques, de se crier des informations à travers la pièce et que deux photocopieuses ronronnaient sans arrêt dans le coin, Kay se tenait la tête entre les mains et essayait de se concentrer sur la pile de CV que le service du personnel lui avait envoyés par courriel.

Sharp avait insisté pour qu'elle soit impliquée dans le processus d'entretien et de sélection de leur nouvel inspecteur, et elle fut soudain prise d'une envie de jeter le tout par terre.

— Oh, bon sang, Ian, écoute celui-ci. « Démontre une grande capacité à maintenir les dossiers du bureau. » Donc, en gros, il est bon pour mettre à jour HOLMES. Ça va de soi, non ? Je veux dire, s'il ne savait pas utiliser correctement le système, il ne postulerait pas pour ce poste, n'est-ce pas ?

— Je parie qu'il ne sait pas taper non plus, dit Barnes en souriant.

— Plus jamais, dit Kay en jetant le CV sur une pile grandissante à son coude. Pas maintenant que je t'ai formé.

Une expression sérieuse passa sur le visage de Barnes.

— Le commandant divisionnaire Larch ne revient vraiment pas, alors ?

Elle secoua la tête et laissa tomber la pile de documents dans un bac au coin de son bureau.

— Non, il ne reviendra pas. Sharp a dit qu'après le décès de sa femme, Larch a décidé qu'il en avait assez et il a choisi de prendre sa retraite anticipée. Je crois qu'il prévoit de retourner dans les Midlands pour être plus proche de sa fille cadette.

— Donc, Sharp sera le grand patron de façon permanente.

— J'imagine.

— C'est bien. Il peut être brusque, mais au moins on sait à quoi s'en tenir avec lui.

Kay leva la main alors que son téléphone de bureau sonnait.

— Allô ?

— Inspectrice Hunter ?

— Oui ?

— C'est Helen Box.

Kay fronça les sourcils et fouilla ce nom dans sa mémoire, mais rien ne lui vint.

— Je suis désolée, est-ce que nous nous connaissons ?

— Je suis la conseillère départementale de Boughton Monchelsea. Que faites-vous pour trouver ce tueur ?

— Mademoiselle Box—

— C'est Madame. J'ai reçu appel sur appel ces dernières vingt-quatre heures de mes administrés, tous inquiets pour leur sécurité. Que dois-je leur dire, hein ?

— Madame Box, nous sommes au début de notre enquête et comme vous pouvez le comprendre, le temps est crucial. Nous avons fait une déclaration aux médias à laquelle vous êtes libre de renvoyer vos administrés. Si vous me donnez votre adresse électronique, je demanderai à notre responsable des relations médias de vous en envoyer une copie. Dès que nous aurons plus d'informations que nous pourrons partager avec le public, nous le ferons.

— Ce n'est pas suffisant. Avez-vous déjà arrêté quelqu'un ? Je ne peux pas avoir des gens terrifiés ainsi.

Kay jeta un coup d'œil de l'autre côté du bureau et elle vit Barnes qui la regardait, un sourcil levé. Elle fit tourner son index en l'air, à quoi il mit ses mains en porte-voix et lui cria :

— Inspectrice Hunter, il y a un appel urgent pour vous.

Kay lui fit un clin d'œil, puis reporta son attention sur Box.

— Je suis désolée, madame Box, je dois m'occuper d'une urgence. Je vous appellerai quand j'aurai des nouvelles.

Elle reposa le combiné sur son socle avec un soupir.

— Je te revaudrai ça, Ian.

Il sourit.

— Il y a toujours un casse—

— Chef ?

Kay regarda par-dessus son épaule à la voix de Gavin.

— Qu'est-ce qu'il y a ?

Le jeune détective s'approcha d'eux, son téléphone portable à la main.

— J'ai parlé à un type nommé David Carter, il habite à environ un kilomètre de l'aire de repos. Les agents ont essayé de l'interroger hier mais il était parti pour le week-end. Il dit qu'il pourrait avoir quelque chose sur les images de sa caméra de sécurité qui pourrait nous aider.

— Tu es en route pour y aller ?

— Oui. Tu veux—

Kay repoussa sa chaise et glissa son téléphone portable dans son sac.

— Oui. Barnes, garde la boutique. Je serai de retour à temps pour la réunion préparatoire.

— Ok. Et pour les candidats ?

Il jeta un coup d'œil à la pile de candidatures dans son bac. Elle grimaça.

— Ceux qui sont là peuvent aller à la poubelle, mais il y en a sept dans ce dossier qui pourraient valoir la peine d'un entretien. Je vais appeler Sharp en chemin vers Boughton Monchelsea pour qu'il puisse s'en occuper avec les RH.

— ALORS, je peux te demander comment tu trouves ton nouveau rôle ?

Gavin fit sortir la voiture dans Palace Avenue et accéléra pour passer un feu de circulation déjà orange.

Kay laissa passer cette petite infraction sans commentaire et soupira.

— Eh bien, disons-le comme ça, Gav. Ne te précipite pas pour monter les échelons, d'accord ?

Il rit.

— Compris.

— Comment ça se passe pour toi ?

— Ça a été une matinée lente à passer en revue toutes les dépositions des témoins, mais on avance. Avec un peu de chance, ce type pourrait nous donner un coup de pouce dans la bonne direction.

— Qu'est-ce qu'il fait ?

— Semi-retraité maintenant. Il travaillait avant pour l'une des grandes compagnies pétrolières. Il a voyagé autour du monde pour leurs systèmes informatiques. Il fait un peu de conseil ici et là ces jours-ci.

Kay sortit son téléphone de son sac et parcourut ses courriels, avant de décider que tous les messages pouvaient attendre son retour au poste de police, et elle s'installa confortablement pour le court trajet.

La campagne du Kent avait explosé de couleurs durant la première semaine de juin, et maintenant que l'été battait son plein, ce ne serait plus qu'une question de semaines avant que les longues vacances scolaires ne commencent et que les routes ne deviennent encore plus encombrées.

Elle et Adam avaient prévu de prendre des vacances de dernière minute sur le continent avant que les prix ne s'envolent à la fin de l'année scolaire – ils discutaient des destinations potentielles lorsque Sharp l'avait appelée dimanche, et elle se résigna donc au fait qu'ils ne pourraient pas partir avant septembre.

Elle serra la mâchoire et reporta son attention sur la route tandis que Gavin ralentissait la voiture et mettait son clignotant à gauche en s'approchant d'un portail métallique.

Un interphone avait été fixé sur le pilier en crépi de droite, et pendant que Gavin annonçait leur arrivée, elle scruta la maison au-delà.

Beaucoup de maisons le long de la route étaient d'anciens bâtiments qui avaient été rénovés au fil du temps. La maison de David Carter se démarquait des autres, car elle n'avait que quelques années et était moderne.

Des structures en forme de boîte saillaient du côté supérieur gauche de la maison, tandis qu'une longue fenêtre rectangulaire commençait à droite de la porte d'entrée et s'étendait sur toute la longueur du bâtiment, l'intérieur étant caché derrière un verre teinté.

Gavin relâcha le frein à main et fit avancer doucement la voiture alors que le portail s'ouvrait vers l'intérieur, et Kay s'émerveilla de l'aménagement paysager qui bordait l'allée asphaltée, tandis qu'un mélange d'arbres protégeait le bâtiment de ses voisins.

— Waouh. C'est comme quelque chose sorti de cette émission de télé avec toutes les maisons flashy, dit-elle.

— Je n'ose pas imaginer combien ça a coûté.

— Le conseil en informatique, ça doit bien rapporter.

La porte d'entrée s'ouvrit alors que Gavin arrêtait doucement la voiture et Kay descendit.

David Carter se tenait sur le pas de la porte, ses cheveux gris étaient coupés mi-longs, ses yeux bleus attentifs. Il portait une chemise bleu clair sur un pantalon couleur crème et il tendit la main alors qu'ils approchaient.

— J'espère que ce n'est pas une perte de temps,

détectives, mais j'ai pensé que je devais vous appeler quand j'ai vu les informations.

— Nous vous en sommes reconnaissants, dit Kay en franchissant le seuil et en essuyant ses pieds sur un tapis qui s'étendait sur un sol en béton poli. Nous préférons entendre les gens qui pensent avoir quelque chose pour nous plutôt que de rester dans l'incertitude.

Il ferma la porte derrière Gavin et leur fit signe.

— Mon bureau est à l'étage. Ne vous inquiétez pas pour vos chaussures. Venez.

Il les conduisit à travers un hall et monta un escalier entouré de chaque côté par des murs rouge vif entrecoupés d'alcôves. Dans chacune d'elle, une sculpture ou un objet de décoration haut de gamme était positionné sous un spot, et Kay prit son temps pour admirer les pièces en suivant Carter et Gavin.

En haut, le consultant en informatique se mit de côté et Kay se retrouva dans un bureau ouvert, comme elle n'en avait jamais vu auparavant.

Elle réalisa qu'elle se tenait au bord des structures en forme de boîte qu'elle avait vues depuis l'allée, qui, à l'intérieur, créaient une série de grandes alcôves autour d'un espace de travail central.

Dans l'une d'elles, un hamac pendait du plafond

avec une grande lampe sur le côté pour la lecture. Dans une autre, une série d'étagères avaient été fixées de manière à ce que chacune puisse glisser vers la pièce, un système d'index inscrit à l'extrémité permettant à Carter de voir d'un coup d'œil ce qu'il y avait à l'intérieur.

Le long du mur gauche, une fenêtre du sol au plafond avait été installée dans chacune des alcôves, pour laisser la lumière inonder l'espace de travail.

— C'est incroyable, parvint-elle à dire.

Carter sourit.

— J'ai toujours voulu un espace de travail comme celui-ci quand je voyageais autour du monde. Quand j'ai lancé ma propre entreprise, je me suis dit « pourquoi pas ? » Certains diraient que c'est prétentieux, mais ça me plaît.

Il fit un geste vers le bureau.

— J'ai les images de sécurité sur mon ordinateur portable ici. Je sais que vous voudrez tous les enregistrements, mais je n'ai pas pu résister à y jeter un coup d'œil moi-même. Je connais la plupart des véhicules de mes voisins, voyez-vous ? Mais je n'ai jamais vu celui-ci auparavant, c'est pour ça que je vous ai appelés.

Ils le suivirent et attendirent pendant qu'il se connectait et affichait les images à l'écran.

Kay se pencha de plus près lorsque les images prirent vie quand il appuya sur une autre touche.

Les nuits d'été avaient été claires avec une lune à mi-chemin de son cycle, et la route devant la maison de Carter avait été baignée d'une lumière bleue froide au moment de l'enregistrement.

— Ces images datent de quand ?

— Celle-ci date d'il y a cinq nuits. Chaque film est sauvegardé par blocs de deux heures, dit-il. Nous sommes à environ cinquante-cinq minutes de celui-ci. Voilà.

Il tapota l'écran alors qu'un pick-up de couleur pâle passait en trombe devant la caméra.

— Vous pouvez ralentir la vidéo ? demanda Gavin.

— Bien sûr.

Carter tendit la main et tapa sur le clavier pour remettre l'enregistrement au point avant l'apparition du véhicule, puis il appuya à nouveau sur le bouton « lecture ».

Cette fois, le pick-up passa lentement et Kay plissa les yeux.

— Une idée de quelle marque il s'agit, Gav ?

— Pas d'ici, mais plutôt ancien, la forme ne correspond à aucune marque ou modèle actuel. Je pense qu'il doit avoir une vingtaine d'années. Et même si nous prenons une copie de ceci pour Grey et son équipe de criminalistique numérique, ça ne nous sera pas très utile. Regarde.

Kay jura entre ses dents.

— Sa plaque d'immatriculation a été retirée, bon sang.

CHAPITRE 8

Kay poussa la porte d'entrée de sa maison et trébucha sur le seuil alors que la fatigue la submergeait.

Elle n'avait même pas vu Adam ce matin-là ; il était parti avant l'aube après un appel téléphonique d'un éleveur d'alpagas au-delà de Hacking.

Kay l'entendait dans la cuisine maintenant, le rythme d'un couteau sur la planche à découper et l'arôme piquant d'oignon chatouillait ses sens tandis qu'elle enlevait ses chaussures et jetait son sac sur la première marche de l'escalier.

Elle se dirigea pieds nus le long du couloir et attacha ses cheveux en queue de cheval avant d'entrer dans la cuisine et de se glisser sur l'un des tabourets près du plan de travail.

Adam se détourna de la plaque de cuisson et

sourit, une cuillère en bois à la main alors qu'il remuait une sauce bolognaise.

Elle jeta un coup d'œil autour de la cuisine, perplexe.

— Qu'est-ce qui ne va pas ? demanda-t-il.

— Pas de visiteurs à fourrure ?

Il sourit.

— J'ai quelque chose de spécial pour toi, mais tu dois attendre.

— Oh non. Quoi ? Ne me dis pas que c'est encore un serpent.

— Je ne te ferais pas ça à nouveau, dit-il.

Il posa la cuillère sur le manche de la casserole, puis il ouvrit le réfrigérateur et sortit une bouteille de vin blanc avant de se diriger vers le plan de travail où elle était assise.

Kay fit glisser deux verres à vin vides vers lui et attendit pendant qu'il versait une généreuse dose dans chacun des verres.

— Tu n'as pas intérêt, dit-elle en faisant tinter son verre contre le sien.

Il lui fit un clin d'œil, prit une gorgée puis retourna à la plaque de cuisson.

— À quelle heure Barnes et Pia arrivent-ils demain soir ?

— J'imagine que Barnes et moi ne finirons pas

avant au moins dix-huit heures trente, donc peut-être dix-neuf heures trente ?

— Bien, ça me donne largement le temps de préparer le barbecue.

Kay écouta Adam décrire ce qu'il allait cuisiner le lendemain soir, y compris de la viande d'origine locale. Il faisait tout son possible pour soutenir ceux qui essayaient de maintenir les vieilles traditions, dont un bon nombre qu'il rencontrait lors de ses tournées dans les fermes du Kent près de Maidstone.

— Tu as besoin que je récupère quelque chose en rentrant ? demanda-t-elle en prenant une autre gorgée de vin et en reposant son verre sur le plan de travail.

— Non, c'est bon. J'en ai pris autant que je pouvais aujourd'hui, et j'ai Scott qui m'aide au cabinet demain. Il s'est proposé de s'occuper des urgences qui pourraient survenir demain soir, pour que je puisse me détendre un peu.

— Il semble bien s'adapter.

— C'est le cas, et il a un bon sens des affaires pour son âge, aussi.

Scott Mildenhall avait rejoint le cabinet huit mois auparavant après qu'Adam avait réussi à le persuader de quitter la petite clinique où il travaillait près de Paddock Wood. Avec la promesse d'élargir ses horizons et de travailler avec de plus gros animaux comme les bovins et les chevaux de course, Scott n'avait pas eu besoin de beaucoup de persuasion. Kay ne l'avait rencontré qu'une fois, mais le trentenaire costaud avait été amical et désireux de contribuer au succès de la clinique, et Adam avait appris à compter sur lui.

— Où est-ce que tu veux manger, ici ou dehors ? demanda Kay.

Adam quitta la plaque de cuisson et se dirigea vers la fenêtre de la cuisine en tendant le cou.

— Ici, je pense. Ils prévoyaient une averse ce soir. On devrait être tranquilles pour le barbecue demain, cependant.

— Ça me va.

Kay glissa du tabouret de bar et ouvrit un tiroir. Elle rassembla les couverts et les plaça sur le plan de travail avant de récupérer la bouteille de vin et de remplir à nouveau leurs verres pendant qu'Adam servait les spaghettis et la sauce dans deux assiettes carrées. Il avait déjà râpé une grande pile de fromage parmesan en forme de pyramide et tandis que Kay en saupoudrait généreusement son dîner, son estomac gargouilla bruyamment.

— Juste à temps, dit Adam en souriant. Je suppose que tu n'as pas eu le temps de manger aujourd'hui ?

Elle secoua la tête.

— Je meurs de faim.

— Eh bien, ne fais pas de manières, attaque avant de t'évanouir.

Ils mangèrent en silence et Kay savoura chaque bouchée. Elle avait de la chance qu'Adam aime tant cuisiner – ses propres tentatives se limitaient aux repas qu'elle avait préparés quand elle était encore étudiante à l'université, et après un épisode où Adam l'avait vue presque se couper le pouce avec un couteau à légumes, elle avait été reléguée au rang de chef de rangement du lave-vaisselle.

Alors qu'elle posait ses couverts sur son assiette pour la dernière fois, son téléphone portable se mit à sonner.

— Zut, marmonna-t-elle, et elle se précipita dans le couloir pour le récupérer dans son sac.

Le numéro de Carys apparut sur l'écran.

— Salut, qu'est-ce qui se passe ?

— Allume la télé, dit la jeune détective. Tu ne vas pas y croire.

Kay fronça les sourcils, puis haussa les épaules à l'attention d'Adam qui était apparu à la porte de la cuisine, les deux verres de vin à la main et une expression d'interrogation sur le visage.

— Carys dit d'allumer la télé.

— Les informations se sont terminées il y a dix minutes.

— Je ne sais pas pourquoi, alors, elle a dit de l'allumer.

Il fit un geste vers la porte du salon avec les verres.

— Je te suis.

Kay porta à nouveau son téléphone à l'oreille et se dirigea vers le salon. Elle saisit la télécommande sur la table basse en s'asseyant et en la pointant vers la télévision.

— Qu'est-ce qui se passe, Carys ?

— Change pour la chaîne locale, pas la BBC.

Kay s'exécuta, puis jura abondamment, Adam fit de même une fraction de seconde plus tard.

À l'écran, Suzie Chambers présidait un petit groupe d'invités alignés sur un canapé rouge vif, le visage sérieux alors qu'elle s'adressait à la caméra.

— L'une de nos conseillères départementales, Helen Box, est ici pour parler de l'effet que cette découverte horrible a eu sur sa circonscription, et à sa gauche, nous accueillons Stephen Mannering, porte-parole du groupe des Amis de la paroisse qui ont offert leur soutien à toute personne affectée par ces terribles événements.

Kay gémit, elle laissa tomber la télécommande sur

la table devant elle, et elle prit le verre qu'Adam lui tendait alors qu'il se perchait sur le bras du canapé.

— Comment tu as su ? demanda-t-elle à Carys en regardant la télévision.

— Un de mes potes m'a appelée. Apparemment, l'émission est une nouvelle chose hebdomadaire sur l'actualité que le diffuseur teste. Le rôle de Suzie en tant que présentatrice a été gardé secret ces derniers mois. Ça a été dévoilé quand ils l'ont annoncé après les informations de dix-huit heures et ils ont fait un court clip promotionnel avec Suzie disant qu'elle avait une exclusivité sur les restes trouvés hier. Ils ont diffusé les gros titres sportifs, puis ils ont enchaîné directement avec ça.

Elle se tut tandis que la caméra se focalisait sur le visage de la conseillère municipale et que Suzie l'interrogeait sur ses préoccupations.

— Je pense certainement que la police pourrait être plus coopérative en ce qui concerne les informations présentées au public, renifla la femme. Après tout, nous avons un devoir de protection envers les résidents de la région.

— Vous ne pensez pas que ce qui a été rapporté par les médias jusqu'à présent est utile ? demanda Suzie en croisant les jambes et en se penchant en avant.

— Je pense que les médias font de leur mieux avec les informations dont ils disposent, dit Helen Box. Ce que je dis, c'est qu'il doit y avoir plus d'informations qu'ils peuvent communiquer aux dirigeants locaux, même s'ils ne sont pas prêts à les partager avec le grand public.

— Je savais que Box causerait des problèmes après lui avoir parlé plus tôt, dit Kay.

— Ne t'inquiète pas, dit Carys. Elle cherche à se faire un nom avant la prochaine élection. Elle sait que tu ne peux pas lui donner plus d'informations que celles que nous avons déjà. Elle essaye de glaner des renseignements, c'est tout.

Kay s'adossa contre les coussins.

— Je me demande quel est le jeu de Suzie ? Box et Mannering ne sont pas vraiment une exclusivité, n'est-ce pas ?

Elles se turent toutes les deux lorsque Suzie remercia ses deux invités, puis fit face à la caméra, qui zooma sur son visage parfaitement maquillé.

Son expression devint sérieuse lorsqu'elle parla, ses yeux exprimaient la compassion et l'inquiétude.

— Excellente actrice, dit Carys.

— Chut.

— Bien sûr, toute découverte de cette nature macabre est à la fois choquante et traumatisante pour les personnes impliquées, dit Suzie, et sa voix trahissait son excitation. Mon prochain invité connaît bien l'impact émotionnel et physique qu'une telle expérience peut avoir, car il était présent lorsque son ami a découvert les restes hier. Veuillez accueillir Paul Banks.

Kay s'étrangla avec son vin.

— Oh, bon sang.

CHAPITRE 9

Kay arpentait la salle devant le tableau blanc tandis que l'équipe d'enquête prenait place le lendemain matin. Elle attira leur attention dès que la dernière personne fut assise.

— J'imagine que vous avez tous entendu parler de la brève incursion d'un de nos témoins à la télévision aux heures de grande écoute.

Un murmure de mécontentement parcourut la salle.

— Le commandant divisionnaire Sharp et le service des relations médias sont actuellement en réunion avec Suzie Chambers et son producteur pour leur rappeler leurs obligations en matière de reportage à l'avenir. Étant donné qu'ils ont causé des dommages irréparables à notre enquête en interviewant Paul

Banks, je dois dire que je suis contente de ne pas être à leur place. En attendant, Barnes, je veux que tu contactes les autres cyclistes du groupe, en particulier Lee Temple, et que tu leur rappelles leurs obligations de garder le silence sur ce qu'ils ont trouvé. Tu connais la procédure, assure-toi qu'ils la suivent.

— Compris, chef.

Kay tapota une photographie sur le tableau blanc qui avait été prise à partir des images de sécurité de l'ordinateur de David Carter.

— Piper, fais-nous un point sur la vidéo que nous avons obtenue, s'il te plaît.

— J'ai parlé avec Andy Grey de l'unité de police scientifique numérique, dit Gavin en se déplaçant sur le côté de la salle et en se tournant vers ses collègues. Il travaille actuellement à améliorer ce que David Carter nous a donné pour voir s'il peut obtenir une image plus nette du visage du conducteur ou quoi que ce soit qui nous aidera à retrouver le véhicule. Je lui ai demandé de m'appeler dès qu'il trouve quelque chose qui relie ce pick-up au pied amputé qui a été trouvé.

— Qu'en est-il des autres véhicules qui passent ? demanda Carys. Est-ce que ça aurait pu être une autre voiture ?

Gavin secoua la tête.

— J'ai travaillé avec Debbie et d'autres agents pour passer en revue toutes les images des dix jours précédant la découverte. Aucun véhicule suspect n'a été trouvé de ce côté de la route. Aucun véhicule ne ralentit en passant devant la maison de Carter, donc personne ne s'est arrêté là-bas et les autres sont enregistrés auprès des propriétés voisines.

— Est-ce que nous sommes sûrs que le pied provenait d'un véhicule, plutôt que d'avoir été abandonné là par un piéton ? demanda un officier dans le fond de la salle.

— C'est un point à garder à l'esprit, dit Kay. Pour l'instant, ce véhicule est notre priorité cependant. Si l'un d'entre vous obtient des informations qui pourraient indiquer qu'un piéton est suspect au cours de vos enquêtes, prévenez immédiatement Barnes ou moi-même.

Un murmure parcourut la salle.

— Je vais travailler avec le conseil municipal de Maidstone pour obtenir les images de vidéosurveillance de la zone, ajouta Gavin. Nous allons essayer de retracer les mouvements du véhicule avant qu'il ne soit repéré par la caméra de Carter. Peut-être que de cette façon, nous pourrons découvrir où il allait, ou d'où il venait.

— Bien, dit Kay. En parlant du conseil municipal,

Carys, tu as réussi à organiser une réunion pour parler avec leur équipe de nettoyage ?

— Nous avons rendez-vous à quatorze heures, dit Carys. J'ai pensé que tu voudrais y assister. Je vais voir un certain Robert Wilson.

— Merci. Barnes, tu peux rassembler auprès des agents en uniforme les informations qu'ils ont déjà enregistrées concernant les entreprises locales ? Nous recherchons toute personne à l'écart qui pourrait avoir accès au type d'outils nécessaires pour séparer ce pied du reste du corps de notre victime.

— Je m'en occupe.

— Quelqu'un a des questions, ou vous êtes tous au clair sur les priorités d'aujourd'hui ?

Comme personne ne prit la parole, Kay mit fin à la réunion préparatoire et se fraya un chemin à travers la salle jusqu'à son bureau.

Elle s'affaissa dans sa chaise et jeta un coup d'œil aux nouveaux courriels du service du personnel qui étaient apparus pendant son absence, puis elle regarda avec envie l'horloge au-dessus du photocopieur.

Elle attendait quatorze heures avec impatience.

CARYS OUVRIT la marche depuis la salle des opérations jusqu'au parking. Elle attrapa le trousseau de clés que le sergent Hughes lui lança alors qu'elles passaient devant le bureau d'accueil, et le remercia par-dessus son épaule tandis qu'elle et Kay franchissaient les portes arrière du commissariat.

— Laquelle ?

— Celle avec la climatisation.

Carys sourit et se dirigea vers une voiture bleu pâle à quatre portes en dehors du parking.

— Hughes doit être de bonne humeur pour avoir pitié de nous comme ça.

— Je lui ai acheté un café glacé et une pâtisserie ce matin.

— Rusée. Bien joué.

Les bureaux du conseil municipal où elles se rendaient n'étaient qu'à une courte distance à vol d'oiseau du commissariat, mais en raison de travaux routiers et d'une déviation compliquée devant le lycée, il fallut plus d'une demi-heure à Carys pour atteindre le dépôt de Parkwood.

Elles se hâtèrent vers les portes d'entrée du bâtiment cinq minutes avant l'heure convenue.

Une bouffée d'air conditionné froid accueillit Kay alors qu'elle passait les portes pour entrer dans la zone de réception et se dirigeait vers le bureau.

L'homme derrière le bureau leva les yeux à son approche et elle remarqua qu'il avait la malheureuse habitude de remonter ses lunettes sur son nez avec son majeur. Elle se demanda combien de visiteurs avaient mal interprété ce geste.

— Puis-je vous aider ? demanda-t-il d'un ton assez amical.

Kay et Carys se présentèrent.

— Nous sommes ici pour parler à Robert Wilson.

— Oh, d'accord. Pas de problème. Inscrivez-vous ici et je vais l'informer de votre arrivée.

— Merci.

Elle s'éloigna du bureau et essaya de ne pas faire les cent pas pendant qu'elles attendaient. Heureusement, Wilson apparut quelques instants plus tard, la main tendue, un dossier sous l'autre bras.

— Détectives, bonjour. Suivez-moi, il y a une salle de réunion que nous pouvons utiliser qui nous donnera un peu d'intimité.

Il fit un geste vers une porte ouverte à côté du bureau de réception.

Kay le suivit alors que ses grandes enjambées le propulsaient devant les deux policières.

Il les guida le long d'un couloir qui longeait le bâtiment. À l'extrémité, il tourna à droite et ils entrèrent dans une salle de conférence sans fenêtres.

Wilson appuya sur les interrupteurs près de la porte, puis la ferma et indiqua les sièges autour de la grande table ovale au centre avant de repousser sa frange de ses yeux.

— Je vous en prie, asseyez-vous. Je peux vous offrir de l'eau ou autre chose ?

— Ça ira, merci.

— Je suppose que vous êtes ici à propos des restes humains qui ont été retrouvés dimanche.

Ses yeux verts pétillaient.

Kay remarqua le signe révélateur de quelqu'un qui appréciait le sensationnalisme des reportages tels que ceux de Suzie Chambers et qui était avide d'en apprendre davantage.

Il allait être déçu.

Elle croisa les mains sur la table et s'assura que Carys était prête à prendre des notes avant de commencer.

— Monsieur Wilson, pouvez-vous me dire quand cette aire de repos a été nettoyée pour la dernière fois par votre équipe ?

— Euh, ça devait être il y a cinq semaines, car elle devait être nettoyée à nouveau ce vendredi.

Il frissonna.

— C'est horrible. Je n'ose même pas imaginer ce que ça a été pour ce cycliste et ses amis.

— Cinq semaines ?

— Oui, c'est le cycle. Le conseil est responsable de tout le nettoyage des rues de la région ainsi que des abribus, des routes de campagne et des aires de repos.

— Et vous êtes sûr que chaque aire de repos est nettoyée ?

— Nous avons des indicateurs de performance clés pour chaque membre de notre personnel. S'ils ne faisaient pas correctement leur travail, les gens nous le feraient savoir, je peux vous l'assurer.

Il rit doucement et se renversa dans son siège.

— Nous allons avoir besoin des noms de l'équipe de nettoyage.

Son front se plissa.

— Oh, je vois. Cela pourrait être un peu délicat, car nous utilisons parfois du personnel temporaire pour compléter notre propre contingent d'employés.

— Ce personnel temporaire fait-il également l'objet d'évaluations de performance ?

— Non, nous les faisons venir selon les besoins.

— Donc, s'ils étaient responsables de cette route il y a cinq semaines, ils auraient pu manquer cette aire de repos et vous n'en sauriez rien.

— Comme je l'ai dit, nous en entendons généralement parler s'il y a des déchets qui traînent et qui n'ont pas été ramassés.

— Et si personne ne l'avait signalé ?

Sa mâchoire se crispa et il déglutit avant de répondre.

— Alors je suppose que ce serait fait lors du prochain cycle de cinq semaines.

— Vous avez des registres de ce personnel permanent et temporaire responsable de cette route ?

— Oui, bien sûr. Cela va juste prendre un peu de temps.

— Est-ce qu'il y a quelqu'un ici qui pourrait nous fournir ces informations cet après-midi ? Comme vous le comprenez, c'est une enquête importante et nous devons rapidement attraper la personne qui a fait ça.

Les joues de Wilson s'empourprèrent et il se leva de son siège.

— Attendez. Je vais voir ce que je peux faire.

Alors qu'il quittait la pièce, Kay se tourna vers Carys et leva les yeux au ciel.

— On aurait pu penser qu'il s'en serait occupé avant notre arrivée.

— J'avais fait la demande.

Carys soupira.

— Certaines personnes n'ont aucun sens de l'urgence, n'est-ce pas ?

CHAPITRE 10

Kay attendait aux côtés de Barnes tandis qu'il appuyait sur le bouton de l'interphone à droite des portes vitrées et annonçait leur arrivée au personnel de la morgue.

Elle aurait pu demander à Gavin ou à Carys d'y aller avec lui, mais elle aspirait toujours à l'action plutôt qu'à la paperasse et elle était heureuse d'avoir une excuse pour s'échapper pendant un moment. De plus, ils manquaient de personnel, et si une inspectrice principale choisissait de retrousser ses manches pour aider, personne ne s'en plaignait.

Sharp avait arboré une expression harassée à son retour d'une réunion au quartier général, et elle savait qu'il pensait la même chose que le reste d'entre eux – et si ce meurtre n'était pas un cas isolé ?

Ses pensées furent interrompues par le bruit du mécanisme de verrouillage qui se débloquait. Barnes ouvrit la porte et lui fit signe de le suivre à l'intérieur.

Un jeune homme dégingandé d'une vingtaine d'années leur tendit la main, ses yeux bleus étaient vifs, sa peau pâle et ses cheveux brun foncé. Kay se demanda s'il portait des lentilles de contact.

— Je suis Simon Winter. Le nouvel assistant de Lucas.

Kay et Barnes se présentèrent, puis suivirent Simon le long du couloir jusqu'au bureau. Ils attendirent pendant qu'il récupérait un dossier sur le bureau et l'ouvrait.

— Vous êtes là pour l'autopsie du pied qui a été retrouvé ?

— C'est exact.

— D'accord, eh bien, je vais assister Lucas aujourd'hui.

Il jeta un coup d'œil à l'horloge murale.

— Il termine une autre autopsie en ce moment, mais si vous voulez bien me suivre, je vais vous procurer des combinaisons. Vous voulez un thé, un café ou autre chose ?

Les deux détectives secouèrent la tête.

Kay ne s'habituerait jamais à la normalité que Lucas et son personnel affichaient à la morgue. L'idée de manger ou de boire à proximité d'un cadavre la dégoûtait.

Simon les conduisit du bureau aux vestiaires.

— Vous trouverez les combinaisons dans des sachets sur les étagères juste à l'intérieur des portes. Il y a des casiers là-bas pour vos affaires, et vous pourrez mettre les combinaisons dans les poubelles pour déchets biologiques prévues à cet effet quand nous aurons terminé.

Il leur indiqua l'entrée du pouce par-dessus son épaule.

— Je vous retrouve à l'intérieur. C'est la porte à droite, juste là.

Quinze minutes plus tard, Kay piétinait sur place en essayant d'ignorer les démangeaisons à l'arrière de son cou à cause de l'étiquette rebelle de la combinaison jetable qu'elle portait.

À côté d'elle, Barnes grommela dans sa barbe et regarda sa montre.

— Je croyais qu'il avait dit qu'il commençait à deux heures et demie.

— Ça a été chargé cette semaine, dit Simon. Il y a eu quelques accidents graves sur la M20 dimanche en plus de notre charge de travail actuelle, des touristes du continent. Il semble qu'ils aient oublié de quel côté de la route ils étaient censés conduire.

Kay grimaça. Les mois d'été amenaient toujours un afflux de voyageurs d'Europe, ce qui était une aubaine pour l'industrie du tourisme mais apportait un risque élevé d'accidents et de blessures sur les routes les plus fréquentées. Et cela avant même que les écoles britanniques ne ferment pour les vacances d'été.

La porte derrière elle s'ouvrit et Lucas apparut alors qu'il enfilait une nouvelle paire de gants. Un seul regard à son visage harassé mit fin à toute pensée désinvolte, et même Barnes se tut.

— Désolé, Kay, Ian. Une affaire difficile à côté, deux jeunes enfants. Un incendie dans une maison ce week-end à Leybourne.

Il soupira, puis tourna son attention vers l'objet que Simon avait préparé au milieu de la table d'examen. Il haussa un sourcil.

— On dirait que tu as l'habitude de m'apporter des parties de corps avec le reste de leur propriétaire manquant, Hunter.

L'ambiance morose s'allégea un peu et Kay et Barnes le rejoignirent à la table.

— Je ne sais pas pour toi, mais je trouve ça plus facile à gérer qu'une tête décapitée, dit-elle.

Lucas fit signe à Simon, qui tendit le bras et tira

sur un cordon, et une lumière vive clignota au-dessus de leurs têtes, illuminant le pied sectionné.

Le médecin légiste fournit un commentaire continu pendant qu'il travaillait, dictant dans un microphone accroché au revers de sa combinaison tandis que Simon lui tendait divers instruments chirurgicaux.

Kay savait par expérience que même si son rapport serait minutieux, il était souvent préférable d'assister à l'autopsie pour avoir l'opportunité de poser des questions au fur et à mesure qu'elles se présentaient, plutôt que d'attendre un appel téléphonique ou un courriel de retour pour clarifier quelque chose qui pourrait être urgent.

L'examen du médecin légiste fut terminé en trente minutes. Il éteignit son microphone et se tourna vers Kay et Barnes.

— Bon, il n'y a pas grand-chose à dire, mais votre victime était certainement morte quand son pied a été retiré. Il avait subi une blessure à son gros orteil ces derniers mois et semble avoir un problème persistant, juste ici. J'ai retiré un pansement qui avait été appliqué par un professionnel.

Kay se pencha pour regarder l'endroit qu'il indiquait et elle vit une zone de peau abîmée.

— Donc, on commence par les podologues locaux, les hôpitaux, ce genre de choses, dit Barnes.

— C'est notre meilleure chance. Voyons si quelqu'un a raté un rendez-vous récemment.

Kay jeta un coup d'œil à Lucas de l'autre côté de la table.

— Tu penses qu'il aurait eu un traitement régulier pour ça ?

Lucas acquiesça.

— Ça devait être douloureux pour marcher. En fait, j'irais jusqu'à suggérer qu'il avait déjà dépassé la date d'un rendez-vous.

— Qu'en est-il de la méthode de coupe utilisée ? Pour séparer le pied de la jambe, je veux dire.

— Eh bien, ce n'est pas un travail professionnel, mais ça ne veut pas dire que vous devriez exclure quiconque dans la profession médicale, je veux simplement dire que l'on n'a pas utilisé d'instrument chirurgical. C'est plutôt un outil rudimentaire.

Il utilisa son petit doigt pour indiquer le moignon.

— Sans parler des dommages causés par la faune avant qu'il ne soit découvert, la peau et le muscle ont été déchirés, probablement par un mouvement de va-et-vient, comme avec une scie, et vous pouvez voir ici les rainures faites dans l'os par cet instrument. Nous allons faire d'autres tests pour voir si nous pouvons déterminer un type d'objet exact.

Kay se redressa.

— Ok, retournons au poste. Nous avons déjà des gens qui examinent la base de données des personnes disparues. Si personne n'a été signalé comme ayant raté un rendez-vous médical, alors nous allons commencer par les cliniques locales et on élargira la recherche si nécessaire. Il date de quand ? Je veux dire, combien de temps s'est écoulé depuis qu'il a été—

— Séparé de son propriétaire ? Quelques jours, pas plus, répondit Lucas. Ce qui, bien sûr, soulève la question : où est le reste de son corps ?

— C'est ce qui nous inquiète, dit Barnes. Les agents en uniforme ont effectué des recherches dans l'aire de repos, la route, le bas-côté en face, et les haies. Ils n'ont rien trouvé.

Kay gémit.

— Ça ne peut jamais être facile, n'est-ce pas ?

— On n'a pas de jambe sur laquelle s'appuyer, dit Barnes, puis il poussa un cri quand elle lui donna une tape sur le bras.

CHAPITRE 11

Plus tard dans la journée, Kay força un sourire en se levant de son siège et elle tendit la main au candidat au visage grêlé une fois qu'il eut rassemblé ses notes et sa veste.

— Nous vous recontacterons, dit-elle en le guidant vers la porte et en lui indiquant qu'il devait continuer sans elle.

Après s'être assurée qu'il était hors de portée de voix, elle se tourna vers Sharp.

— Je m'attendais au moins à ce qu'il ait fait ses foutus devoirs, vu qu'il a demandé à être transféré ici, siffla-t-elle.

Il leva les yeux au ciel en guise de réponse et lui fit signe de sortir de la pièce.

Elle rattrapa le candidat, et une fois qu'elle

l'eut raccompagné à travers la zone d'accueil, elle se tourna vers le sergent Hughes derrière le bureau.

— Où est le prochain ?

Il fit un signe de tête vers une salle de réunion sur le côté.

— Là-dedans. Tu as l'air d'avoir besoin d'un verre.

— J'ai déjà bu deux cafés.

— Je parlais d'alcool.

Elle sourit.

— Plus tard, Hughes.

Il lui fit un clin d'œil, puis elle rajusta sa veste et ouvrit la porte de la salle de réunion.

Un homme arrêta de faire les cent pas dans la pièce lorsqu'elle entra et se retourna.

Ses cheveux bruns courts encadraient un visage rond souriant et il ajusta sa cravate.

— Brendan Rhodes ?

— Inspectrice principale Hunter, c'est un honneur de vous rencontrer en personne.

Rhodes s'avança vers elle si rapidement que Kay fit un pas en arrière, la bouche ouverte.

Il s'arrêta, une expression troublée sur le visage, puis tendit la main.

— Désolé, c'est juste que j'ai lu l'affaire contre

Jozef Demiri l'année dernière. C'était tellement inspirant.

Elle plissa les yeux.

— On y va ? Le commandant divisionnaire Sharp nous attend.

— Bien sûr, bien sûr.

Kay lui tint la porte ouverte, puis utilisa son badge pour le faire passer à travers la barrière de sécurité à côté du bureau, en ignorant le large sourire plaqué sur le visage de Hughes.

Sharp accueillit Rhodes à la porte de la salle d'entretien et il leva un sourcil interrogateur vers elle.

Elle secoua la tête et s'assit dans le fauteuil à côté du sien, puis elle attendit que les deux hommes se soient installés et s'éclaircit la gorge.

— Brendan, vous avez demandé un transfert de l'East Sussex pour prendre le poste d'inspecteur dans la police du Kent ici à Maidstone. Est-ce que vous pouvez nous dire pourquoi ?

Rhodes s'agita sur son siège, une légère rougeur apparut sur son cou et remonta lentement vers ses joues.

— Je suis prêt pour un nouveau défi et je pense que le Kent offre plus d'opportunités pour un travail de détective axé sur les résultats que ce que je pourrais voir à Hastings.

Kay se mordit la lèvre pour s'empêcher de sourire à cette réponse préparée et elle fit signe à Sharp d'intervenir.

— Je suis sûr que l'East Sussex a sa part de défis, dit-il. Quels ont été certains de vos récents succès ?

Tandis que Kay écoutait Rhodes répondre à chaque question posée, la monotonie de sa voix finit par la distraire et elle se surprit à penser à l'enquête qui se poursuivait sans elle dans la pièce au-dessus.

Elle avait hâte d'être là-bas avec ses collègues, de plonger dans les informations qu'ils avaient rassemblées à ce jour et de s'occuper des nombreuses décisions à prendre et des actions à mener à chaque instant.

Elle entendit son nom et sortit de ses pensées.

— …Hunter. Ce serait un honneur et un véritable point culminant de ma carrière de travailler avec vous. Après tout, vous avez été si courageuse d'affronter Jozef Demiri.

Sharp réussit à déguiser son éclat de rire en un faux éternuement.

Kay lui lança un regard noir avant de reporter son attention sur le candidat.

— Je ne sais pas quelles rumeurs vous avez écoutées, monsieur Rhodes, mais l'arrestation de Jozef Demiri a été un effort d'équipe à la suite d'une enquête exhaustive. Je crains que la police du Kent, ainsi que de nombreuses autres forces, ne voie d'un assez mauvais œil les individus cherchant à se faire remarquer pour faire avancer leur propre carrière.

Rhodes rougit et, dûment réprimandé, il répondit au reste des questions préparées avec une intensité qui découlait d'une gêne évidente.

Quelques minutes plus tard, Kay ferma le dossier devant elle alors que Sharp se levait et remerciait Rhodes avant de le raccompagner à l'accueil, puis elle regarda sa montre.

L'équipe d'enquête était encore à l'étage et elle voulait s'assurer d'être présente pour le briefing. Barnes était plus que capable de gérer, mais elle savait par expérience que certaines des meilleures théories pouvaient être partagées au sein du groupe à ce moment-là, et elle voulait être présente pour les galvaniser à l'action si nécessaire.

Des bruits de pas parvinrent à ses oreilles alors que Sharp revenait.

Il lui tapota l'épaule en passant, puis il se percha sur le bureau face à elle, le coin de sa bouche relevé.

— Que penses-tu de ton fan club composé d'un seul homme ?

— Ce n'est pas drôle. Je n'arrive pas à croire qu'il

ait postulé juste pour pouvoir dire à ses potes qu'il m'a rencontrée.

Il ne put contenir son hilarité plus longtemps et laissa échapper un rire.

— Arrête. Donne-moi de bonnes nouvelles, Devon.

— Les ressources humaines ont organisé trois autres entretiens pour demain.

Kay se pencha en avant et posa sa tête sur ses bras tandis qu'un gémissement s'échappait de ses lèvres.

— Je préférerais encore une autopsie plutôt que ça.

CHAPITRE 12

Le son de la sonnette interrompit Kay au milieu d'un tube d'Aerosmith. Elle se pencha par-dessus le plan de travail pour baisser le volume des enceintes avant de s'essuyer les mains sur un torchon.

Barnes et sa compagne, Pia McLeod, se tenaient sur le pas de la porte.

— Salut, entrez, dit Kay en s'écartant. Adam est en route. Je suis en train de préparer les salades.

— On a apporté du vin, dit Pia. J'espère que ça ira.

— S'il est blanc et frais, ce sera parfait, répondit Kay avec un sourire.

Elle et Adam avaient fait la connaissance de Pia un peu plus d'un an auparavant. Après que la fille de Barnes, Emma, l'avait harcelé pour qu'il perde du poids et qu'elle avait attaqué avec acharnement la garde-robe démodée de son père, il avait recommencé à sortir et il n'avait pas tardé à retrouver l'amour.

Intelligente, drôle, notaire spécialisée en transactions immobilières dans un cabinet local, Pia était la partenaire idéale pour l'humour bourru de Barnes, et les deux couples avaient passé de nombreuses soirées ensemble au cours des mois qui avaient suivi.

Kay enviait la grâce avec laquelle Pia se déplaçait dans le couloir sur ses sandales à talons de huit centimètres. Si elle essayait de porter quelque chose de similaire, elle se détruirait les chevilles en l'espace de quelques minutes.

Kay les suivit dans la cuisine, puis elle prit un couteau et elle commença à couper des tomates pendant que Barnes et Pia se servaient, à l'aise chez leurs amis.

Barnes tendit la main pour augmenter légèrement le volume des enceintes et il sourit en versant une bouteille de bière dans un grand verre.

— Tu écoutes toujours les vieux trucs ?

— Il n'y a rien de mieux.

— Tu veux que j'aille allumer le barbecue ?

— Ce serait super, merci.

Tandis que Barnes prenait son verre de bière et se

dirigeait vers la porte de derrière, Pia rejoignit Kay au plan de travail.

— Je peux faire quelque chose ?

Kay jeta un coup d'œil aux ingrédients de la salade devant elle.

— Quoi qu'Adam puisse dire sur moi et la cuisine, je pense que je maitrise la situation.

Quinze minutes plus tard, ils étaient tous les trois réunis dehors autour de la table en teck et ils profitaient de la brise qui caressait l'air.

Kay tournait le dos à la maison et savourait la vue du jardin. Elle n'avait pas la main verte, mais elle aimait bien jardiner dans le parterre de fleurs sur lequel elle travaillait depuis le printemps.

Barnes avait pris en charge le barbecue, et un léger sifflement de gaz se faisait entendre.

— Je n'ai jamais compris pourquoi Adam utilise un barbecue à gaz, dit-il en s'asseyant à côté de Pia et en faisant tinter son verre contre les leurs.

— Je pense qu'il trouve ça plus facile à nettoyer que ceux au charbon, dit Kay en s'enfonçant dans son fauteuil.

— Ce n'est pas pareil quand même. Tu dois admettre qu'il y a quelque chose de très estival dans l'odeur de fumée de barbecue qui flotte dans le jardin.

— C'est relaxant aussi, non ? dit Pia. Ça me rappelle mon enfance.

— Pareil pour moi. Et, de toute façon…

Barnes s'interrompit, la bouche grande ouverte avant de se reprendre.

— C'est quoi ce truc, bon sang ?

Un bêlement plaintif parvint aux oreilles de Kay, et quand elle jeta un coup d'œil par-dessus son épaule, elle renifla de la bière par le nez.

— Oh, mon Dieu, dit-elle en toussotant.

Elle tendit la main vers une serviette et s'essuya, puis elle se retourna lorsqu'Adam apparut sur le pas de la porte de derrière avec un plateau de viande dans les mains.

Elle pointa du doigt la chèvre miniature qui avait surgi par la porte quelques secondes plus tôt.

— Qu'est-ce que ça fait dans notre jardin ?

Adam posa le plateau sur la table, salua rapidement Barnes et Pia, puis s'essuya les mains sur son jean.

La chèvre traversa la pelouse en sautillant jusqu'à lui et lui donna un coup de tête contre la jambe pendant qu'il grattait son pelage fauve.

— Voici Misha.

— Qu'est-ce qu'elle fait ici ?

— Elle tond la pelouse.

Barnes éclata de rire et Kay lui lança un regard noir.

— Ce n'est pas drôle.

— Il s'est surpassé cette fois, avoue-le.

Elle s'efforça de garder son sérieux tout en examinant l'animal au poil hirsute. Malgré ses protestations, elle devait admettre que Misha était plutôt mignonne.

Cependant, lorsque la chèvre quitta Adam et s'approcha d'elle en boitant, elle remarqua son allure claudicante.

— Qu'est-ce qu'elle a ?

— J'ai dû lui tailler les sabots ce matin, le centre de sauvetage que nous parrainons l'a recueillie hier après que son propriétaire a dit qu'il ne pouvait plus s'en occuper, et la procédure l'a laissée un peu endolorie au pied avant gauche. Je l'ai récupérée après être passé chez le boucher sur The Green. Elle ira bien d'ici une semaine environ, mais j'ai pensé qu'elle serait plus heureuse ici avec un peu de compagnie que coincée dans un enclos à la clinique pendant sa guérison.

— Oh, pauvre petite.

Elle ignora les rires des autres lorsqu'elle se pencha pour gratter Misha entre les oreilles, et elle réalisa qu'elle allait apprécier la présence de l'animal. C'était généralement le cas quand Adam ramenait des invités inhabituels à la maison – sauf la fois où il s'était occupé d'un serpent malade.

— Elle sera en sécurité ici ?

— Elle devrait l'être, oui. Ian, si ça ne te dérange pas, j'allais te demander si tu pouvais m'aider à lui fabriquer un enclos après manger ? Je suis passé au magasin de bricolage ce matin et j'ai acheté ce dont on aura besoin.

— Bien sûr, pas de problème.

Kay se redressa et remarqua le cercle de grillage qu'Adam avait déjà placé contre le côté de la maison. Elle adorait les renards urbains qui rôdaient dans le quartier, mais Misha ne ferait pas le poids face à eux. Au moins, pendant son séjour chez elle et Adam, elle serait en sécurité la nuit, d'autant plus qu'il avait également rapporté une des grandes cages de la clinique pour la mettre dans un coin de l'enclos improvisé.

— Assieds-toi, je vais te chercher une bière, dit-elle avant de se diriger vers la cuisine.

Kay entendait les autres s'extasier sur la chèvre miniature tandis qu'elle prenait d'autres boissons dans le réfrigérateur, et le temps qu'elle revienne sur la terrasse, Adam avait attaché le collier de Misha à une longue laisse qu'il avait fixée à l'un des tuyaux sur le côté de la maison.

La chèvre le fusillait du regard, et elle se retrouvait maintenant à quelques pas de la table garnie.

Même Kay finit par rire en remplissant les verres et en tendant à Adam une pinte de sa bière préférée.

— Elle boude.

— Elle peut bouder tant qu'elle veut. Cette salade a l'air fabuleuse et elle n'en aura pas.

Un bêlement plaintif parvint à leurs oreilles.

— Je dois dire que je suis surprise que vous n'ayez pas reporté, dit Pia tandis qu'Adam s'approchait du barbecue et commençait à disposer la viande pour la cuisson. Ian m'a dit que vous aviez une affaire particulièrement sordide en ce moment.

— J'ai failli le faire, mais je me suis dit qu'on ne se reverrait peut-être pas avant quelques semaines, répondit Kay. J'imagine qu'on va devoir faire pas mal d'heures supplémentaires pendant un bon moment.

Barnes se pencha en avant et laissa tomber un noyau d'olive dans le pot en céramique au centre de la table.

— Je suis bien d'accord. J'attendais ce barbecue avec impatience. Ça valait le coup rien que pour voir ta tête, Hunter, quand cette chèvre est apparue.

— Très drôle.

CHAPITRE 13

Geoffrey Cornwell se réveilla tôt, la promesse d'une journée d'été parfaite perçant à travers les fentes des stores de la fenêtre de la chambre une heure avant que son réveil ne sonne.

Cela ne le dérangeait pas ; il prépara une tasse de thé pour sa femme, la déposa sur sa table de chevet et la réveilla doucement, avant de descendre s'installer sur la terrasse avec son café et le journal.

Leur chien, un beagle nommé Alan (héritage de l'époque où les enfants étaient trop jeunes et trop insistants pour qu'il refuse) était assis à côté de lui, occupé à chasser paresseusement les mouches qui les importunaient.

Son service commençait à sept heures.

En arrivant sur le site de la carrière désaffectée, il

passa sa carte de sécurité sur le panneau à l'entrée, guida sa voiture à travers l'ouverture, et transféra sa boîte à déjeuner et sa bouteille d'eau dans la salle de repos avant de prendre les clés de l'engin qu'il allait conduire.

Il cligna des yeux et utilisa la manche de sa chemise fluorescente pour essuyer la sueur qui lui chatouillait le front.

En milieu de matinée, la température grimpait en flèche.

Geoffrey ajusta les commandes de la pelleteuse et laissa son esprit vagabonder vers le match de fléchettes auquel il devait participer ce soir-là. Alan l'accompagnerait, bien sûr. Le chien avait un penchant pour les en-cas au fromage vendus derrière le bar du Blue Anchor, et il n'en mangeait que lorsque Mary n'était pas là pour le voir.

Ce n'était que dans six heures, et la journée s'annonçait longue.

La climatisation dans la cabine de la pelleteuse avait cessé de fonctionner quelques mois plus tôt, et personne ne s'en était soucié à l'époque – l'été était arrivé tardivement dans le sud de l'Angleterre, et l'idée d'engager une dépense inutile n'était manifestement pas en haut des priorités de ses employeurs à ce moment-là.

Mais maintenant, il aurait aimé pouvoir enlever sa chemise.

La cabine avait de petites fenêtres de chaque côté, mais celles-ci avaient été conçues pour ajuster les rétroviseurs, et rien d'autre. Il ne sentait le courant d'air que lorsqu'il tournait l'engin vers la gauche avant de faire pivoter le godet et d'attaquer à nouveau la décharge devant lui.

Ce n'était pas suffisant.

En passant sa langue sur ses lèvres desséchées, il manœuvra les commandes au-dessus des déchets végétaux et de la terre. Il travaillerait encore dix minutes, puis il ferait une pause et il irait jusqu'au bureau du site pour remplir sa bouteille d'eau.

C'était bien pour Mary – elle travaillait chez l'un des concessionnaires automobiles locaux dans un bureau ultramoderne avec une climatisation centrale et elle se plaignait souvent qu'il y faisait trop froid. Geoffrey avait ri ce matin-là lorsqu'elle était apparue en bas avec un gilet sur le bras, et il se demandait comment elle aurait pu supporter la chaleur de la cabine.

Elle l'aurait probablement appréciée.

Il se força à se concentrer, le raclement et le tirage du godet sur la terre formaient un rythme irrégulier qui secouait la cabine chaque fois qu'il rencontrait un rocher.

Ce matin-là, il avait fait l'appoint d'huile et rempli le réservoir de diesel avant de commencer son service. Autrefois, celui qui utilisait le véhicule la veille s'assurait que le réservoir était plein pour le service suivant, mais avec l'augmentation des vols, la récente position de ses employeurs et le changement de procédure avaient du sens.

Maintenant, il gardait un œil sur la machine pendant qu'elle travaillait et ses mains bougeaient automatiquement sur les manettes.

Il leva son regard vers l'endroit où l'un des autres travailleurs opérait une deuxième pelleteuse à quelques centaines de mètres.

Chacune des machines fonctionnait de manière autonome, son opérateur creusant à travers les déchets qui ne pouvaient pas être envoyés à l'incinérateur d'Allington et qui étaient convertis en énergie pour la région environnante.

Leur rôle était de trier ce qui pouvait être recyclé et d'enfouir ce qui restait.

Depuis qu'il avait commencé à travailler sur le site deux ans auparavant, lui et Mary étaient devenus de plus en plus conscients de ce qu'ils achetaient – le gaspillage énorme qu'il voyait chaque jour l'avait choqué, et il avait été un fervent défenseur lorsque ses employeurs avaient annoncé qu'ils récupéreraient davantage de déchets verts que la pelleteuse creusait maintenant pour les revendre comme paillis de jardin.

Geoffrey fit pivoter la machine vers la droite et inclina le godet vers le tas de branches enchevêtrées et de terre, puis il se figea.

Au-delà de la vitre rayée et sale de la cabine, la flèche de la pelleteuse pendait dans les airs, dans l'attente de sa prochaine manœuvre.

Il ne bougea pas.

À un demi-mètre sous le godet, les déchets remués de la région s'étendaient devant lui.

Et, perché au sommet du tas de terre qu'il avait retourné, se trouvait un objet qui allait le faire cauchemarder pendant des semaines, voire des mois.

Il tendit la main, mit les commandes en position neutre, puis coupa le moteur et ouvrit la porte.

Ses jambes tremblaient alors qu'il descendit de la cabine en s'agrippant aux rampes de sécurité de chaque côté. Lorsqu'il atteignit le sol, il s'arrêta un moment, l'estomac retourné.

Il déglutit pour combattre la bile qui montait dans sa gorge et il jeta un coup d'œil vers le sol exposé.

Cela ne pouvait être là que depuis quelques jours. Son rôle à la décharge était de trier et de transférer les déchets entrants pour qu'ils puissent être traités par d'autres ailleurs sur le site, et un nouveau tas se formait déjà de l'autre côté des bâtiments de bureaux.

Geoffrey expira, il redressa les épaules et s'avança vers l'objet.

Il s'arrêta avant d'atteindre le godet de la pelleteuse et son estomac se retourna.

Ses dents grimacèrent face à son malaise et son choc. Devant lui se trouvait un crâne humain calciné et noirci.

CHAPITRE 14

Kay observait le corbeau noir qui se pavanait à travers l'enchevêtrement de racines et de branches abandonnées. Tous les quelques mètres, il s'arrêtait et enfonçait son bec dans la végétation en décomposition avant de reprendre son chemin le long de la décharge.

Au-dessus d'elle, des mouettes tournoyaient dans les airs et leurs cris lui donnaient des frissons dans les épaules.

— Voilà pour vous.

Elle se retourna et prit la combinaison en plastique que lui tendait l'un des enquêteurs de la police scientifique.

— Merci, dit-elle en glissant ses pieds dans les chaussons assortis.

Elle se redressa et se tourna vers Barnes qui fermait la fermeture éclair de la combinaison qu'il avait enfilée par-dessus sa chemise et son pantalon.

— Tu es prêt ?

— Oui. Allons jeter un coup d'œil.

Kay leva les yeux vers le groupe de personnes qui s'affairaient à l'autre bout du site.

Une pelleteuse abandonnée dominait Harriet alors qu'elle donnait des instructions à son équipe, tandis que l'un de ses photographes s'accroupissait au pied du tas de déchets qui avait été entouré de ruban jaune.

Elle était contente de voir que les premiers intervenants avaient pris l'initiative et créé un large périmètre qui incluait la pelleteuse ainsi que les matériaux mis de côté pour la récupération. L'un des agents en uniforme se tenait à l'entrée de la scène de crime, un bloc-notes à la main, et il enregistrait le nom de chaque personne.

Lorsqu'elle et Barnes étaient arrivés sur le site de la décharge, quatre autres agents en uniforme passaient en revue la liste du personnel et interrogeaient chaque membre ainsi que leurs responsables.

En raison de l'environnement dangereux et du risque d'effondrement des montagnes de déchets dû au nombre de personnes présentes, les propriétaires avaient insisté pour qu'il n'y ait pas plus d'une dizaine de membres de son équipe à l'intérieur du périmètre à la fois.

Cela ralentissait les progrès, mais personne n'allait s'y opposer. La sécurité avant tout.

Kay plissa le nez face à la puanteur de la végétation en décomposition et elle envia l'équipe de Harriet qui portait des masques. Elle jura dans sa barbe lorsque sa cheville roula sur le sol inégal, puis elle murmura un remerciement quand Barnes tendit la main pour la stabiliser.

— Je sais que tu es impatiente de voir un autre cadavre, chef, mais ralentis. Il ne va pas s'envoler.

Les lèvres de Kay se pincèrent et elle plissa les yeux sous le soleil éclatant qui se reflétait sur la peinture de l'engin de chantier.

— Où est le conducteur ?

— C'est le type à gauche de la pelleteuse, le plus grand. Il travaille ici depuis deux ans ; il est du coin. Les agents en uniforme ont pris sa première déposition.

— Ok. Voyons ce qu'on a, et ensuite on ira lui parler.

Elle attendit derrière ruban de la scène de crime pendant que Harriet finissait de parler à Charlie, son photographe, avant de se tourner vers les deux détectives et de leur faire signe d'approcher.

Kay griffonna son nom sur le bloc-notes qu'on lui tendait, le rendit à l'agent de police et passa sous le ruban.

Harriet indiqua un chemin qui avait été jalonné à travers la scène de crime pour s'assurer qu'aucune preuve ne soit contaminée et elle attendit que les deux détectives la rejoignent.

— Nous allons être ici un bon moment, mais je peux confirmer que le crâne est humain, dit-elle. Nous avons trouvé d'autres restes aussi, probablement des sections d'un fémur, trois doigts et une omoplate. Ils ont tous été brûlés.

— Tu penses que c'est la même victime que notre pied amputé ? demanda Barnes.

Harriet les observa tous les deux un instant, puis elle tendit la main et la posa sur le bras de Kay avant de les éloigner davantage de la petite foule de curieux.

— Nous gardons ça pour nous pour le moment, mais je pense que nous avons deux victimes ici.

— Deux ?

Kay jeta un coup d'œil par-dessus son épaule vers le sol exposé.

— Les fragments d'os du fémur sont trop petits pour correspondre à l'os de la cheville que nous avons trouvée, dit Harriet. Étant donné l'ampleur des dégâts, je vais devoir faire appel à un anthropologue médico-légal pour aider à l'identification.

— Je suppose qu'il va falloir un certain temps avant que nous ne sachions si ces deux affaires sont liées.

Harriet se gratta les cheveux à travers la capuche en plastique qui couvrait sa tête.

— Je n'ose pas imaginer qu'il y ait plus d'une personne.

— Comment diable toi et Lucas allez-vous pouvoir les identifier ? demanda Barnes.

— La combustion ne détruit pas toutes les preuves, nous pourrons toujours chercher des traces d'ADN sur les dents, par exemple. Avec un peu de chance, nous allons peut-être pouvoir extraire suffisamment de détails pour voir si la méthode d'amputation sur les autres os est la même que pour la cheville.

Kay balaya du regard les déchets restants qui avaient été déversés dans la décharge et elle retint un soupir.

— Je suppose qu'on ne peut pas être sûrs qu'il n'y en ait pas plus ici.

Harriet désigna une zone qui avait été délimitée un peu plus loin.

— Quand nous sommes arrivés, nous avons parlé

aux propriétaires et déterminé l'ancienneté de chaque section de la décharge. Là où nous sommes maintenant, c'est le coin le plus récent, tout ceci a été collecté au cours des deux derniers mois. Tout ce qui est là-bas date de plus de six mois et doit être traité dans les prochaines semaines. Nous prévoyons de passer au crible les déchets les plus récents au cours des prochains jours, et si vous avez besoin que nous le fassions, si vous pensez que notre tueur est actif depuis plus longtemps, je veux dire, alors le propriétaire laissera les vieux déchets sur place jusqu'à ce que nous ayons eu la chance de les examiner.

— Tu as combien de personnes à disposition pour travailler là-dessus ? demanda Kay.

— Une demi-dizaine.

Kay ne dit rien, mais l'ampleur de la tâche qui attendait l'équipe de Harriet était évidente.

Harriet les ramena là où le crâne avait été trouvé et elle s'accroupit à côté. Elle passa son petit doigt sur la base de l'os.

— Cela ressemble à une blessure par traumatisme contondant. Lucas pourra vous en dire plus.

— Donc, il tue puis découpe le corps de sa victime.

Kay fronça les sourcils.

— Ça fait beaucoup de sang, et ça ne serait pas facile à faire.

— Sans parler du fait qu'il pourrait transporter les restes, dit Barnes. C'est peut-être comme ça qu'il a perdu le pied.

— Et il met le feu aux membres, puis les jette ici, ajouta Kay. C'est un sacré risque de se déplacer autant comme ça.

— Kay ? Celui qui a fait ça ne s'attendait pas à être pris, dit Harriet en se relevant et en essuyant ses mains gantées sur sa combinaison.

— Tu penses qu'il l'a déjà fait avant ?

La chef de la police scientifique se mordit la lèvre et jeta un regard à travers la décharge vers un petit groupe d'ouvriers qui s'affairait, puis elle se tourna vers Kay.

— C'est plus que ce que mon opinion profession-nelle me permet d'envisager.

— Que te dit ton instinct ?

Harriet expira en plissant le front.

— Je pense que tu dois le trouver. Avant qu'il ne recommence.

CHAPITRE 15

Kay et Barnes laissèrent Harriet superviser son équipe et se débarrassèrent de leurs combinaisons une fois arrivés au périmètre.

Un agent de la police scientifique prit les vêtements jetés et les emballa dans un conteneur pour déchets biologiques dangereux afin d'éviter toute contamination, puis Kay ouvrit la marche vers l'endroit où le conducteur de la pelleteuse se tenait avec un collègue et l'agent Parker.

Le conducteur semblait avoir une soixantaine d'années, une tignasse de cheveux gris-brun ébouriffée par la brise qui soufflait sur le site, et une expression inquiète sur le visage.

— Chef, voici Niles Whitman et Geoffrey Cornwell, dit Parker.

— Appelez-moi Geoff, dit l'homme en tendant la main, et Kay remarqua sa poigne ferme en la serrant.

Malgré le choc de la découverte, Cornwell semblait bien tenir le coup.

Elle se tourna vers Whitman.

— Y a-t-il un endroit où nous pourrions parler, loin d'ici ?

Le responsable du site pointa du pouce par-dessus son épaule.

— Il y a un espace de pause à l'extérieur du bureau de chantier. Désert pour le moment, mais il y a des tables et des chaises. Ça fera l'affaire ?

— Parfait. On vous suit.

Kay chassa d'un geste une mouche qui bourdonnait trop près de son visage et elle suivit Whitman et Cornwell à travers le terrain cabossé et retourné, avec des ornières profondes laissées par les engins utilisés sur le site.

Whitman désigna une table en métal rouillé et quatre chaises de camping autour.

— Voilà.

— Merci, dit Kay. Ça ne vous dérange pas si nous parlons à Geoff seul un moment, et ensuite nous discuterons avec vous ?

Le responsable haussa les épaules.

— Pas de problème.

Kay le regarda s'éloigner vers une table à l'autre bout de l'espace de pause, puis elle tira une chaise et s'assit à côté du conducteur de la pelleteuse et elle attendit que Barnes sorte son carnet de la poche de sa veste.

— Je sais que vous avez déjà fait une déposition à nos collègues quand ils sont arrivés plus tôt ce matin, Geoff, mais je me demandais si je pouvais vous poser quelques questions supplémentaires ?

Cornwell se gratta l'oreille, puis laissa retomber ses mains sur ses genoux.

— Pas de problème.

— Est-ce que vous pouvez me raconter avec vos mots ce qui s'est passé ce matin ?

— J'ai commencé mon service à sept heures comme d'habitude, je suppose que c'est environ deux heures plus tard que je travaillais là où la pelleteuse est garée maintenant.

— Est-ce que vous avez vu quelqu'un sur la décharge avant d'arriver à cet endroit ?

— Non. Quand un tas de déchets atteint une certaine taille, nous dirigeons les gens pour qu'ils déposent leurs déchets verts de l'autre côté du site. Ça s'est fait il y a une semaine. Ça empêche que ça devienne trop haut, pour que ça ne tombe pas sur quelqu'un.

— Donc, vous alternez entre les deux zones ?

— C'est ça.

— Ok. Que s'est-il passé ensuite ?

— J'ai d'abord cru que c'était un chien. Vous seriez surprise par le nombre de gens qui ne veulent pas payer des services d'inhumation pour animaux de compagnie ou qui ne peuvent pas creuser un trou au fond du jardin parce qu'ils sont locataires, alors ils le jettent ici.

Il frissonna, puis déglutit.

— Vous savez ce qui lui est arrivé ?

Kay fit un léger geste à Barnes. Il n'y avait aucun intérêt à dire à Cornwell que Harriet et son équipe avaient découvert plus d'un corps.

— Pas encore, dit-elle. Mais nous le saurons. Est-ce que vous êtes retourné directement au bureau de chantier ?

— Pas tout de suite, non. Je suppose que j'étais sous le choc. J'ai coupé le moteur, je ne suis pas sûr de combien de temps je suis resté assis là. Au bout d'un moment, je suis descendu de la cabine pour regarder de plus près. Je n'arrivais pas à croire ce que je voyais. Quand j'ai réalisé que j'avais raison, j'ai couru au bureau de chantier et j'ai demandé à Ian d'appeler la police.

Il passa une main tremblante sur sa bouche.

— Je n'arrive pas à y croire. Qui pourrait faire une chose pareille ?

Kay regarda par-dessus l'épaule de l'homme vers l'endroit où Whitman était assis et elle lui fit signe d'approcher.

— Geoff, merci beaucoup de nous avoir parlé. Je sais que vous avez eu un sacré choc, je vous en suis reconnaissante. Nous vous recontacterons peut-être dans les prochains jours avec quelques questions supplémentaires, mais ce sera tout pour l'instant.

Cornwell hocha la tête, puis frappa ses mains sur ses cuisses et se leva.

— Je suppose que je ferais mieux de retourner au travail.

Whitman s'avança.

— Geoff, prends le reste de la semaine. Sérieusement, après le choc que tu as eu aujourd'hui, ce n'est pas un problème. Et parle à ton médecin traitant si tu en as besoin, d'accord ?

L'homme cligna des yeux, puis ses épaules se détendirent.

— Merci, Niles.

— Vous avez besoin qu'on vous ramène chez vous ? proposa Kay.

— Non, ça va. J'ai la voiture de ma femme ici. Ça va aller.

Elle le regarda s'éloigner de la table, le regard fixé sur les engins abandonnés, puis elle se retourna et plissa les yeux face au soleil qui se reflétait sur le pare-brise d'une autre pelleteuse. Elle scruta l'imposante collection de végétation et autres déchets verts qu'elle labourait.

— Qu'advient-il de tout cela, monsieur Whitman ?

— Les conducteurs de pelleteuses commencent par trier les petits matériaux pour le recyclage, ensuite les plus gros morceaux sont broyés et traités, répondit Whitman en désignant le site du geste. Les petits éléments passent dans ces grands broyeurs à bois et sont ensuite revendus au public et aux conseils municipaux sous forme de copeaux décoratifs pour l'aménagement paysager.

— Des broyeurs à bois ? répéta Kay en se tournant, surprenant Barnes en train de hausser un sourcil.

— Quand est-ce qu'ils ont été utilisés pour la dernière fois ? demanda-t-il à Whitman.

L'homme pâlit.

— Il y a environ quatre jours. Vous ne pensez pas que…

Il s'interrompit et regarda vers l'endroit où l'autre pelleteuse faisait des allers-retours, ramenant des déchets verts vers un tas croissant, près d'un des bâtiments temporaires.

— Il faut que vous arrêtiez les opérations là-bas jusqu'à ce que nos experts de la police scientifique aient traité ce que vous avez trié jusqu'à présent, annonça Kay.

Heureusement, le responsable du site ne discuta pas, il sortit une radio de sa ceinture et relaya le message.

Un grésillement statique précéda l'arrêt du moteur de la machine, et un instant plus tard, l'opérateur descendit de la cabine en levant la main dans leur direction.

Whitman se tourna vers Kay.

— Y a-t-il autre chose dont vous avez besoin ?

— Je suppose que vous ne gardez pas de registre de ceux qui apportent des déchets à recycler ici ?

Il secoua la tête.

— Non, mais nous avons une caméra aux portes du complexe qui photographie les plaques d'immatriculation des véhicules à leur entrée. Est-ce que ça pourrait vous aider ?

— On va prendre les films, merci, dit Kay. Il va nous falloir une liste complète des noms des personnes qui travaillent ici, ainsi que de tous les sous-traitants que vous employez de temps en temps.

Son visage s'assombrit.

— Les gens qui travaillent ici sont dignes de confiance, détective.

— J'en suis sûre, mais c'est la procédure habituelle de tout vérifier, sans parler du fait qu'un de vos employés a peut-être vu une activité suspecte.

Son regard se reporta sur les agents de la police scientifique qui travaillaient méthodiquement sur le sol gonflé devant eux, marquant leur progression à chaque nouvelle découverte.

— Nous devons trouver qui a fait ça.

Comme rappelé à l'ordre, l'homme haussa les épaules.

— D'accord. Je vais demander à une des filles du bureau de vous envoyer les infos par courriel.

— Merci, dit Kay, et elle lui tendit sa carte de visite avant d'appeler Parker. Un de mes officiers va vous accompagner au bureau pour qu'il puisse aussi prendre une copie des enregistrements de vos caméras de sécurité.

Whitman se détourna et traversa péniblement la terre retournée en direction de la rangée de cabines temporaires à la périphérie du site, son téléphone portable à l'oreille, tandis que Parker se dépêchait de le suivre.

— Qu'est-ce que tu en penses ? demanda Barnes.

— Je pense que Harriet a raison. Celui qui a fait ça a de l'expérience. Comment diable a-t-il réussi à rester caché, Ian ?

— La chance, dit Barnes. Parfois, c'est tout ce qu'il faut.

Kay plissa le nez face à l'odeur de végétation en décomposition tandis qu'elle parcourait du regard les tas d'ordures et qu'elle essayait d'ignorer la sensation de malaise qui envahissait son cœur.

— Je n'ose pas imaginer combien d'autres victimes on pourrait trouver.

CHAPITRE 16

Barnes retira sa cravate, la plia, puis la jeta sur son bureau avant de se frayer un chemin entre les officiers regroupés.

Kay se déplaça sur le côté lorsqu'il la rejoignit, et il lui adressa un rapide signe de tête.

— Merci, chef. Bien, bonjour tout le monde. Carys a confirmé que nous avons une liste du personnel et des noms des sous-traitants du conseil municipal, mais ils sont tous en règle. Entre-temps, les images de vidéosurveillance du bureau du site d'enfouissement nous sont parvenues il y a trois heures. L'agent Aaron Stewart et ses collègues en uniforme nous ont aidés à tout passer en revue, en se concentrant sur les dépôts effectués dans les sept jours précédant la découverte.

Il fit une pause pendant que Gavin se dirigeait vers la porte et appuyait sur les interrupteurs sur le côté pour plonger la salle des opérations dans un faux crépuscule. Le projecteur au plafond se mit à ronronner et une image apparut sur le mur nu à côté du tableau blanc. Barnes pointa la télécommande dessus et l'image défila.

— La qualité est médiocre, et la caméra à l'arrière du bâtiment ne fonctionne pas du tout, dit-il. Cependant, nous avons obtenu ceci.

Il mit l'enregistrement en pause alors qu'un pick-up de couleur claire s'approchait des grilles.

— Est-ce que c'est le même véhicule ? demanda Carys en se penchant en avant sur sa chaise.

— Nous pensons que oui.

— Il a des plaques d'immatriculation, dit Kay.

Barnes acquiesça.

— En effet, et nous les avons déjà vérifiées dans la base de données nationale. Elles ont été volées sur une Ford Mondeo garée au centre commercial d'Ashford le mois dernier.

Un gémissement collectif remplit la pièce.

— Quoi, alors il met des plaques volées pour se débarrasser des morceaux de corps ? dit Gavin. Est-ce qu'on peut obtenir une photo de son visage à partir de ça ?

— Malheureusement, non. Il connaît manifestement l'endroit, car il prend soin d'éviter que son visage ne soit vu. Il y était déjà allé.

— Est-ce que les employés ou les sous-traitants de Whitman reconnaissent le véhicule ? demanda Kay en se perchant sur le bureau de Debbie.

— Non, ce qui me fait penser qu'il est volé aussi, dit Barnes, surtout que nous l'avons vu sur les images de sécurité de David Carter sans aucune plaque d'immatriculation.

— Sacré risque de rouler sans plaques jusqu'au site d'enfouissement, dit Carys.

— Il a probablement emprunté les routes secondaires, suggéra Gavin. Il y a plein d'endroits pour rester à l'écart jusqu'à ce qu'il puisse se débarrasser des morceaux de corps.

— Je ne suis pas sûre, dit Kay. Ce véhicule a disparu pendant deux jours entiers entre les caméras de Carter et celles-ci. Alors, où est-il allé ?

— Et où a-t-il caché les morceaux de corps ? ajouta Barnes.

Il fit signe à Gavin de rallumer les lumières et il redonna la parole à Kay tandis que le faisceau du projecteur s'estompait.

Elle traça une ligne verticale sur un côté du tableau blanc, puis elle se retourna vers l'équipe.

— Très bien. Qui que soit cet individu, il a les moyens de tuer quelqu'un et de démembrer un corps sans être dérangé. Pour une raison quelconque, il décide de transporter ces morceaux vers un autre endroit. Ensuite, il jette les restes dans une décharge. Réfléchissons ensemble. Quel métier exerce-t-il qui lui donne les outils et la cachette pour commettre un meurtre et essayer de se débarrasser des corps, et que diable fait-il en essayant de les brûler ? Pourquoi ne pas enterrer les morceaux là où il les a tués ?

Elle fit un geste vers le sergent en uniforme qui avait levé la main.

— Oui ?

— Il avait peut-être l'intention de les enterrer, chef, mais il n'a pas beaucoup plu depuis plus de deux semaines. Le sol est dur comme de la pierre dans la région en ce moment.

— C'est un bon point. Quelqu'un d'autre ?

— Tu l'as dit quand nous étions sur le site d'enfouissement tout à l'heure, dit Barnes. Il aurait fait une sacrée boucherie. Tout le monde sous-estime la quantité de sang qu'il y a réellement dans le corps humain. Donc, il doit avoir un endroit qu'il peut utiliser sans être dérangé.

— Et avec un bon drainage, dit Carys.

— Le rapport de Lucas a confirmé qu'aucun outil électrique n'a été utilisé, dit Gavin en feuilletant ses notes, donc notre tueur doit être physiquement fort et avoir accès à des outils manuels qui pourraient infliger ce genre de blessures.

Kay parcourut du regard la chronologie qu'elle avait inscrite sur le tableau blanc.

— Il n'y a pas de schéma clair non plus. Rien n'indique si la personne responsable de cela l'a déjà fait avant ou le fera à nouveau.

Elle reboucha le stylo et le jeta sur le bureau à côté d'elle l'air agacé.

— C'est comme s'il était parti dans une frénésie meurtrière, puis qu'il s'était arrêté.

— Tu penses qu'il a déjà fait ça avant ? demanda Gavin.

Elle pinça les lèvres.

— Malheureusement, oui, je pense que c'est le cas. À l'exception du pied, c'est presque comme s'il s'était entraîné.

— Peut-être qu'il ne tuera plus, dit Debbie. Peut-être qu'il a accompli ce qu'il voulait faire.

— Dans un cas comme dans l'autre, ça ne nous aide pas, dit Kay. S'il s'est terré, nous devons quand même le trouver et le traduire en justice pour ce qu'il a fait. Et s'il n'a pas fini, nous devons l'arrêter avant qu'il ne recommence.

Elle se retourna vers le tableau blanc avec un soupir et passa sa main dans ses cheveux.

— Et nous n'avons toujours aucune idée de pourquoi il fait ça.

CHAPITRE 17

Kay repoussa une pile de dossiers, jeta un coup d'œil à la liste grandissante de courriels sur l'écran de son ordinateur, et laissa échapper un grognement.

Le dernier membre de l'équipe d'enquête était parti une demi-heure plus tôt et la salle des opérations était silencieuse, à l'exception d'une mouche égarée qui se cognait contre la fenêtre au-dessus du bureau de Debbie dans une tentative frénétique de s'échapper.

Elle regarda sa montre, surprise de découvrir qu'il était presque dix-neuf heures. Elle avait été tellement absorbée par son travail qu'elle n'avait pas entendu le vrombissement de l'aspirateur. Les agents d'entretien étaient déjà à l'autre bout du couloir, et ils en avaient presque fini avec leur travail.

Elle se pencha en avant, posa sa tête dans ses mains et ferma les yeux un instant.

Cela faisait déjà quatre jours depuis le début de cette enquête majeure, et ils n'avaient toujours pas avancé.

Des bruits de pas résonnèrent dans le couloir, suivis de voix faibles, et le doux clic de la porte de la salle des opérations qu'on ouvrait parvint à ses oreilles.

Kay garda la tête baissée alors qu'elle passait en revue les scénarios qu'elle connaissait par cœur, et elle préparait mentalement de nouvelles tâches pour son équipe quand ils reviendraient le matin. Il était vital de maintenir leur élan ; ils étaient soudés et travailleurs, mais bientôt la frustration commencerait à se faire sentir.

Elle avait été chargée de régler une affaire non élucidée dans les archives de la division et elle n'avait pas l'intention d'en ajouter une autre à sa place.

Elle sentit quelqu'un approcher et elle ouvrit les yeux alors qu'une tasse fumante de thé était posée sur le bureau à côté d'elle.

— J'ai pensé que tu en aurais besoin, dit Sharp en tirant une chaise à côté d'elle. Qu'est-ce que tu fais encore ici ?

Elle fit un geste de la main vers la pile de paperasse.

— Je n'ai pas de suspect. Pas de scène de crime. Aucune idée de qui sont les victimes.

Il jeta un coup d'œil par-dessus son épaule au tableau blanc à l'autre bout de la pièce.

— On dirait que tu as adopté une approche complète. Parfois, ces choses prennent plus de temps que nous le voudrions. Tu vas y arriver.

Kay soupira et tendit la main vers le thé, mais Sharp secoua la tête.

— Attends. Tu m'as l'air d'avoir besoin d'un verre. Je reviens dans une minute.

Le bruit d'un tiroir de classeur qu'on ouvrait puis qu'on fermait brutalement précéda son retour, une bouteille de single malt à la main.

Kay fronça les sourcils.

— Je ne savais pas que tu gardais une bouteille dans ton classeur.

— C'est l'endroit le plus sûr. Au moins Barnes ne peut pas mettre la main dessus.

Il sourit, prit leurs tasses et les emmena au coin cuisine pour les rincer avant de revenir et de verser une dose d'alcool dans chacune.

— Santé.

Kay trinqua avec lui, prit une gorgée et se laissa aller dans son fauteuil.

— Où étais-tu, d'ailleurs ? Je ne t'ai pas vu depuis quelques jours.

— Au quartier général.

— Un problème ?

— Non, juste de la politique. Comme d'habitude.

Il tendit le cou pour voir le tableau blanc à l'autre bout de la pièce.

— Tu penses que tes deux corps de la décharge sont liés au pied ?

— J'espère. Je détesterais penser qu'ils sont deux à faire ça.

— Une idée de l'identité des restes ?

— Non. Harriet a fait appel à un anthropologue judiciaire pour les corps de la décharge, elle pense que même si les restes sont brûlés, ils pourraient être en mesure d'extraire de l'ADN et d'autres détails qui pourraient aider.

Sharp se retourna vers elle.

— Je sais que tu es frustrée, mais donne-toi du temps. Toutes les affaires ne sont pas résolues dans les premiers jours.

— Je le sais, chef, mais ça m'inquiète, nous n'avons absolument rien. Oh, un pick-up de couleur pâle sans plaques d'immatriculation sur une photo, et des plaques volées sur une autre. C'est tout.

— Je peux te donner un conseil ?

— S'il te plaît. N'importe quoi.

Sharp vida son verre, puis se leva de son siège et lui tapota l'épaule.

— Rentre chez toi, Kay. Passe la soirée avec Adam. Regarde un film. Libère ton esprit. Tu ne gagneras rien à rester assise ici à laisser ton cerveau tourner à plein régime.

KAY POUSSA la porte d'entrée et l'arôme d'un curry épicé chatouilla ses sens tandis qu'elle retirait ses chaussures et se précipitait vers la cuisine.

Adam était assis devant le plan de travail central et feuilletait le journal local gratuit. Il leva la tête quand elle apparut.

— Salut. J'ai cru entendre ta voiture se garer dehors.

Elle fit le tour jusqu'à l'endroit où il était assis et elle l'embrassa avant de se servir une bière dans le réfrigérateur et d'en prendre une autre pour lui.

En la plaçant à côté de son verre vide, elle fronça les sourcils.

— Où est Misha ? Je m'attendais à moitié à ce qu'elle coure partout ici, connaissant tes habitudes.

Il se pencha en arrière et la regarda d'un air méfiant.

— Elle est dans sa cage.

— Qu'est-ce qu'elle a fait ?

— Il n'y a plus d'origan dans le jardin.

— Oh, non, je croyais que toi et Barnes lui aviez construit cet enclos pour qu'elle ne puisse pas s'échapper ?

Adam haussa les épaules et réussit à avoir l'air un peu coupable.

— Je suis rentré et elle semblait s'ennuyer enfermée là-dedans, alors j'ai pensé que pendant que je prenais une douche, je la laisserais courir un peu. Mais je ne le referai pas.

Kay sourit.

— Ah, bon. On pourra en racheter quand elle sera partie.

— Ça ne me dérangerait pas, mais c'est pénible à faire pousser.

— Il n'en reste plus du tout ?

— Non, et j'espère qu'elle a une bonne indigestion, aussi.

— C'est pour ça qu'on mange un curry ce soir au lieu de pâtes, alors ?

— Très drôle. Va te changer ; je vais servir dans une minute.

CHAPITRE 18

Le lendemain matin, Kay avait commencé à briefer son équipe quand le téléphone sur le bureau de Gavin sonna et il s'excusa pour prendre l'appel.

— Donc, commença Kay, Harriet a confirmé hier soir qu'il y a bien les restes de deux victimes dans la zone sur laquelle Geoff Cornwell travaillait hier. Aucune autre partie de corps n'a été trouvée là-bas. À partir d'aujourd'hui, ils vont étendre leurs recherches aux parties les plus anciennes de la décharge, en travaillant avec l'unité canine pour déterminer si d'autres victimes restent à découvrir.

— Chef ?

Elle jeta un coup d'œil par-dessus son épaule depuis le tableau blanc pour voir Gavin qui se tenait en retrait du groupe.

— Qu'est-ce qu'il y a ?

Il se faufila entre deux collègues assis au premier rang de la réunion préparatoire et lui tendit un bout de papier.

— C'était un podologue de Tunbridge Wells. Il dit qu'un de ses patients a raté un rendez-vous il y a une semaine. Il a trouvé ça inhabituel sur le moment, car l'homme avait récemment subi une opération et devait faire changer son pansement. Il n'a pas eu le temps de l'appeler pour le relancer la semaine dernière et il vient seulement de rentrer d'une conférence à Oxford ce matin quand il a entendu les nouvelles concernant la découverte du week-end.

Un murmure d'excitation emplit la pièce tandis que Kay parcourait le message des yeux.

— Tu as pris rendez-vous pour l'interroger ? dit-elle.

— On doit le rencontrer dans une heure.

— Bon travail.

Gavin hocha la tête, puis retourna vers le bureau de Carys pour s'appuyer contre le mur derrière elle pendant que Kay poursuivait le briefing.

— À part la piste que Gavin nous a apportée, nous avons toujours d'autres victimes dont nous ne savons rien. Debbie, du nouveau dans la base de données des personnes disparues ?

L'agente en uniforme se leva de son siège pour s'adresser à la salle.

— Il y a un certain nombre de personnes disparues dans la région du Kent, dont certaines depuis plus d'un an. Nous avons réduit cette liste pour nous concentrer uniquement sur les hommes adultes pour le moment, en nous basant sur les conseils de Harriet concernant les découvertes d'hier. Aujourd'hui, je prévois de passer en revue cette liste affinée pour m'assurer qu'elle est à jour avant que nous commencions à faire d'autres enquêtes auprès des proches.

— Bien. Travaille avec Carys pour nous préparer un résumé d'ici la fin de la journée. Harriet a confirmé que l'anthropologue médico-légal est disponible demain matin, et ils vont effectuer une série de tests sur les découvertes pour voir s'ils peuvent extraire de l'ADN ou toute autre information pour compléter le rapport d'autopsie de Lucas. Avec un peu de chance, cela nous aidera.

Kay écrivit une mise à jour sur le tableau blanc à côté de chaque action.

— Ian, tu as obtenu cette liste d'employés de Whitman ?

Barnes brandit une liasse de papiers.

— Elle est arrivée ce matin par courriel. Je

travaille avec l'équipe en uniforme pour vérifier s'il y a des condamnations antérieures ou quelque chose comme ça. Whitman nous envoie également les images de vidéosurveillance du mois dernier pour que nous puissions suivre les allées et venues de l'accès à la décharge.

— C'est super, merci.

Kay regarda sa montre, puis reboucha le marqueur et le jeta sur l'étagère métallique sous le tableau blanc.

— Barnes, tu gères pendant que je vais avec Gavin interroger ce podologue. Nous ferons un autre point en fin d'après-midi pour vous tenir tous au courant de nos découvertes.

KAY VÉRIFIA ses courriels sur son téléphone tandis que Gavin changeait de vitesse et tapotait le volant, agacé.

Elle leva les yeux, vit qu'ils n'avaient avancé que de quelques mètres vers le rond-point et la jonction avec l'A21, et elle soupira.

— Bon sang, ça me rappelle pourquoi je ne viens pas à Tunbridge Wells aussi souvent qu'avant. Je te jure que la circulation empire à chaque fois.

— Aujourd'hui ça va, dit Gavin. Tu devrais voir ça quand les écoles se vident à trois heures et demie.

— Où est le cabinet du podologue ?

— De l'autre côté de la ville, vers Mount Ephraim.

— Purée, il doit bien s'en sortir.

Gavin sourit.

— Cabinet privé.

Une demi-heure plus tard, il avait trouvé une place de parking sur le terrain communal près du pub The Mount Edgcumbe, et après avoir verrouillé la voiture, il ouvrit la voie en passant devant une grande formation rocheuse qui dominait l'espace vert à leur droite.

Une légère brise ébouriffa les cheveux de Kay tandis qu'elle le suivait le long de l'étroite route, et elle admira la vue sur le centre-ville animé depuis la pente raide.

Elle comprenait pourquoi la ville avait été populaire auprès des visiteurs distingués de Londres des centaines d'années auparavant et pourquoi elle attirait encore des touristes toute l'année.

Des maisons du XVIIIe siècle surplombaient le terrain communal, à l'écart du centre-ville animé, parsemées de bureaux modernes entre les bâtiments historiques.

Ils s'arrêtèrent en haut de la colline pour négocier la route animée, puis Gavin tourna à droite.

— C'est par là, dit-il en désignant une grande maison plus loin dans la rue.

La pierre blanche brillait sous le soleil de l'après-midi. Des ardoises sombres couvraient le toit et alors que Kay quittait le trottoir et traversait l'allée gravillonnée qui menait à la porte d'entrée, elle se surprit à envier les résidents qui pouvaient s'asseoir dans les fenêtres en saillie de leurs maisons et contempler le reste de la ville thermale en contrebas.

— Il possède tout ça ? demanda-t-elle à voix basse.

Gavin sourit.

— Non. La plupart des maisons ici ont été divisées en appartements, mais elles coûtent quand même plus d'un demi-million. Le Dr Andrews a l'appartement du bas pour son cabinet, et lui et sa famille vivent dans l'un de ceux du dessus.

Il entra sous le porche qui abritait la porte d'entrée des intempéries et il appuya sur l'interphone à côté d'une fenêtre à vitraux pour annoncer leur arrivée.

Une silhouette apparut de l'autre côté de la porte un instant plus tard, floue à travers l'effet moucheté des couleurs vives du verre. La porte s'ouvrit et un homme à lunettes dans la cinquantaine passa la tête, un sourire penaud sur le visage.

— J'imagine que vous avez été pris dans les embouteillages.

— Désolés pour le retard, Dr Andrews, dit Gavin.

Il présenta Kay et elle serra la main du spécialiste.

— Merci de nous recevoir si vite.

— Pas de problème. Je vous en prie, appelez-moi Rob. Venez, allons dans le cabinet.

Tandis qu'elle suivait le podologue à travers le couloir spacieux et carrelé, Kay jeta un coup d'œil à gauche et à droite aux meubles sur mesure qui bordaient la pièce.

D'un côté, une crédence en acajou foncé contenait des brochures et des publicités pour des salles de sport locales et des thérapies alternatives, tandis que de l'autre, une rangée de chaises assorties était vide.

— Vous avez de la chance, la clinique est calme aujourd'hui, donc nous n'avons pas besoin de nous hâter, dit Andrews en ouvrant une porte sur le côté du couloir et en les invitant à entrer.

Kay pénétra dans un espace lumineux et aéré, dominé par une énorme fenêtre qui offrait une vue sur le terrain communal, tandis que sur le côté opposé, une cheminée en pierre était complétée par des biblio-thèques intégrées de chaque côté. Un grand bureau se trouvait à droite de la pièce. Deux fauteuils étaient disposés de part et d'autre de la cheminée, et Andrews fit un dans cette direction.

— Autant nous mettre à l'aise plutôt que d'utiliser l'une des salles de consultation, sourit-il.

Son visage devint sérieux lorsqu'il s'assit au bureau et croisa les mains devant lui.

— Maintenant, j'imagine que vous aimeriez me poser des questions sur mon patient disparu.

— Si c'est possible.

Kay attendit que Gavin ait fouillé dans sa poche pour sortir son carnet et un stylo, puis elle se retourna vers Andrews.

— Que pouvez-vous nous dire à son sujet ?

— Clive Wallis. Quarante-deux ans. Célibataire, vit à Camden Park de l'autre côté de la ville.

— Pour quelle raison est-ce que vous le soigniez ?

Andrews pinça les lèvres.

— Des problèmes liés au diabète de type 2. Malheureusement, M. Wallis est un peu trop friand de collations sucrées et d'alcool et il refuse de perdre du poids, donc il a commencé à développer des ulcères qui guérissent lentement. Une blessure en particulier s'est infectée et je n'ai pas eu d'autre choix que de lui recommander une chirurgie ambulatoire à l'hôpital local, c'était trop pour que je le traite ici.

— Et quand est-ce que c'était ?

Andrews se tourna vers son ordinateur portable et tapa quelques touches, puis il remonta ses lunettes sur son nez et parcourut l'écran du doigt.

— Il a été opéré il y a quatorze jours. Il devait venir me voir à la première heure vendredi dernier, pour que je puisse vérifier la cicatrisation et changer le pansement pour éviter l'infection.

— Qu'avez-vous fait quand il a raté son rendez-vous ?

— Jenny, ma réceptionniste, a appelé son numéro de portable quinze minutes après l'heure prévue, mais il n'a pas répondu. J'ai essayé à nouveau plus tard dans la soirée et je lui ai laissé un message vocal. Il n'a jamais répondu, et j'ai dû me rendre à Oxford pour une conférence pendant le week-end. J'avais une note dans mon agenda pour le rappeler aujourd'hui, mais ensuite j'ai vu le gros titre dans le journal du dimanche que ma femme avait sorti pour le recyclage ce matin, et c'est à ce moment-là que j'ai appelé la police.

— Que fait-il dans la vie ?

— Attendez. Désolé. Je vais devoir vérifier.

Le front d'Andrews se plissa tandis que ses doigts tapaient à nouveau sur le clavier.

— Ah, voilà, il est consultant en import-export

pour une entreprise basée à Douvres. Il travaille beaucoup depuis chez lui, mais il me semble qu'il disait devoir se rendre au siège une fois par mois pour des réunions et ce genre de choses.

— Je suppose que vous n'avez pas noté les coordonnées de son employeur ? demanda Kay.

— En fait, si.

Andrews prit un bloc-notes et griffonna sur la page avant de reculer sa chaise et de faire le tour jusqu'à l'endroit où elle était assise.

— J'ai aussi noté son adresse personnelle.

— Vous avez essayé son numéro de téléphone fixe ?

Il secoua la tête.

— Il n'en a pas. Beaucoup de mes patients de nos jours ont abandonné les lignes fixes au profit des téléphones portables.

— Et aucun parent proche n'apparait dans son dossier ?

— Aucun.

Il retira ses lunettes et glissa l'une des branches dans le col de sa chemise à manches courtes.

— Il était fils unique, apparemment. Il a dit avoir hérité de la maison de son père.

Il retourna à son bureau, se retourna pour s'y appuyer et croisa les bras.

— Écoutez, vous pensez que Clive est la victime ? Je veux dire, c'est un peu une coïncidence, non ?

Kay se leva de sa chaise et Gavin en fit de même.

— C'est trop tôt pour le dire pour le moment.

Elle tendit la main.

— Merci beaucoup pour votre temps cependant. Je vous remercie.

— Je vous en prie. Vous savez où me trouver si vous avez besoin de moi.

— Merci, et si M. Wallis devait réapparaître, vous me le ferez savoir ?

— Immédiatement, détective Hunter.

CHAPITRE 19

— Et maintenant, chef ?

Kay scrutait par-dessus le toit de la voiture en direction des bâtiments en brique et des toits d'ardoise du centre de Tunbridge Wells, le front plissé.

— Contacte la police locale. Informe-les que nous allons jeter un coup d'œil à la maison de Clive Wallis à Camden Park et qu'ils doivent se tenir prêts si nous avons besoin d'eux.

— Je m'en occupe.

Gavin se baissa hors de vue, sa voix portant à travers la portière du passager jusqu'à l'endroit où Kay se tenait, en train de réfléchir à ce que Rob Andrews leur avait dit.

Même si elle ne l'admettrait jamais au spécialiste, il avait raison : il y avait bien trop de coïncidences pour que son patient ait disparu sans laisser de trace, et dans le délai identifié par le rapport d'autopsie de Lucas.

Pourtant, elle n'arrivait pas à comprendre comment l'homme qui se remettait d'une chirurgie mineure avait pu être assassiné ?

Il aurait sûrement dû se reposer chez lui jusqu'à son prochain rendez-vous.

Elle cligna des yeux et essaya de se concentrer.

Le tueur avait-il attaqué Wallis chez lui, puis risqué de transporter son corps jusqu'à Boughton Monchelsea ?

Et pourquoi ?

Est-ce qu'ils se connaissaient ? Pourquoi ne pas abandonner le corps plus près de Tunbridge Wells ?

Un coup sur la vitre la tira de ses pensées et elle baissa les yeux alors que Gavin ouvrait la portière.

— Monte. On y va.

— Qu'est-ce qu'ils ont répondu ? demanda Kay.

Elle attacha sa ceinture pendant que Gavin conduisait sur la route étroite et faufilait leur véhicule entre les rétroviseurs des voitures garées des deux côtés.

— Apparemment, une voisine les a appelés ce matin, elle a dit qu'elle était inquiète de ne pas avoir vu Wallis depuis quelques jours et elle se demandait si les agents de police pouvaient vérifier les hôpitaux pour s'assurer qu'il allait bien. C'est sur la liste des tâches pour le service d'aujourd'hui, ils n'y étaient pas encore arrivés.

— Ça leur épargne du travail, alors.

— En effet.

Gavin engagea la voiture dans la circulation sur le Mount Ephraim avant de prendre un virage à gauche qui les ramena vers le centre-ville.

Kay en profita pour ouvrir une application de moteur de recherche sur son téléphone et taper les coordonnées de l'employeur de Clive Wallis.

— Cette entreprise pour laquelle il travaille, ils importent du vin de France et d'Allemagne, et ils exportent du vin et des spiritueux locaux ainsi que d'autres produits alimentaires.

— Pas vraiment le commerce agité auquel on s'attendrait pour aboutir à un meurtre, n'est-ce pas ? dit Gavin.

Il jura dans sa barbe lorsqu'un motocycliste se faufila autour de leur voiture pour les devancer au mini-rond-point au bas de la colline.

— Non, en effet.

Elle vérifia la progression du système de navigation par satellite, puis scruta à travers le pare-brise.

— Il devrait y avoir un virage sur la droite un peu

plus loin, puis prends la deuxième à droite avant la gare ferroviaire.

Quelques instants plus tard, Gavin fit marche arrière pour garer la voiture en face d'un demi-cercle d'élégantes maisons de style Régence.

Kay se rappela qu'une des résidences avait récemment été vendue pour près d'un million de livres, et en sortant du véhicule, elle observa la maçonnerie ornée de couleur crème et les haies de hêtres, sans empêcher un murmure d'admiration de s'échapper de ses lèvres.

— Bon sang, dit Gavin alors qu'ils traversaient le chemin vers la porte d'entrée de la maison qu'ils avaient identifiée comme celle de Wallis. Que diable faisait son père dans la vie pour pouvoir se permettre ça ?

— Dieu seul le sait, dit-elle, mais étant donné que nous ne sommes pas loin à pied de la gare, je parie qu'il travaillait dans la City.

— Ils n'ont même pas de jardins privés, regarde ; ils sont tous communs.

— Eh bien, tout le parc est privé, donc ce n'est pas comme si tu allais trébucher sur tes voisins si tu vis par ici.

Elle s'interrompit en entendant un autre véhicule

qui approchait et elle s'écarta alors qu'une voiture de patrouille s'arrêtait à côté d'eux.

Deux officiers en descendirent, et Gavin et elle se présentèrent.

— Nigel Best, madame, dit le plus petit des deux. Et voici Ben Allen. On nous a demandé d'être présents, au cas où vous auriez besoin d'aide.

— Merci, dit Kay. Vous voulez commencer par essayer chez les voisins de chaque côté ? Je suppose que c'est l'un d'eux qui a fait le signalement ce matin.

— On s'en occupe.

Alors que les deux officiers se séparaient et s'approchaient des propriétés voisines, Kay reporta son attention sur la maison de Wallis.

Les rideaux n'avaient pas été tirés et elle contourna un bosquet avant de mettre sa main en visière et de regarder à l'intérieur.

À l'intérieur, un grand salon semblait désert, le mobilier était impeccable. Même de là où elle se tenait, elle voyait l'éclat du vernis sur les pieds en acajou d'une chaise longue, tandis que la pièce elle-même semblait lumineuse et aérée, et sans son occupant.

Elle se redressa au bruit de pas et vit Best et Allen se précipiter vers elle.

— Les deux voisins confirment qu'il n'a pas été

vu depuis la semaine dernière, dit Best. J'ai aussi vérifié à l'arrière, l'endroit semble désert.

— Je suppose qu'aucun d'entre eux n'avait la clé ?

En réponse, il leva un objet en laiton.

— Bien. Allons-y.

Ils se dirigèrent vers la porte d'entrée et elle fit un signe de tête à l'agent en uniforme qui, après avoir d'abord frappé pour vérifier si Wallis était chez lui, tourna la clé dans la serrure et poussa la porte.

Elle s'ouvrit et il se tourna vers Kay quand il n'y eut pas de réponse de l'intérieur.

— Avec tout le respect que je vous dois, chef, je vais d'abord vérifier qu'il n'y a pas de risques.

— Allez-y, alors.

Il franchit le seuil et disparut sur sa droite, appelant Clive par son nom alors qu'il parcourait la maison.

Kay se mordit la lèvre et attendit ce qui semblait être une éternité alors qu'il entrait dans son champ de vision avant de monter à l'étage.

Finalement, il revint et secoua la tête.

— Il n'y a personne. Vous pouvez procéder en toute sécurité, chef.

Kay prit une paire de gants que Gavin lui tendait, les enfila et entra dans le couloir.

La première chose qui la frappa fut la propreté de l'endroit – Wallis était peut-être célibataire, mais il était méticuleux et ordonné.

Elle renifla l'air.

Un léger parfum de cire pour meubles taquinait ses sens, et alors qu'elle jetait un coup d'œil par-dessus son épaule pour voir Gavin monter les escaliers, elle remarqua le brillant des carreaux noirs et blancs qui couvraient le sol.

— Crie si tu as besoin de moi, Gav.

— D'accord.

— Best ? Vous pourriez rester près de la porte et vous assurer qu'aucun voisin ne nous dérange ?

— Oui, chef.

Gavin disparut de sa vue et Kay passa par une porte ouverte pour entrer dans une pièce.

Les murs avaient été peints d'un vert profond, accentué par une sélection de plantes en pot stratégiquement placées autour de la pièce, ce qui donnait une atmosphère détendue à l'espace.

Un grand bureau occupait l'extrémité de la pièce, et Kay s'en approcha en promenant son regard sur les photographies encadrées exposées dans un coin.

C'était la première fois qu'elle voyait une photo de Wallis, et sur toutes les photographies, il recevait des récompenses, le visage rayonnant de fierté.

Malgré la description qu'en avait fait le podologue, Kay trouvait l'homme plutôt séduisant. Il était assez grand pour que son poids semble réparti, et sur toutes les photos, il était habillé de manière impeccable.

Elle reposa le dernier cadre et se retourna pour examiner le reste de la pièce. Une bibliothèque se dressait contre le mur à gauche du bureau et contenait un mélange de thrillers d'aventure et d'ouvrages professionnels dont les titres prétendaient enseigner au lecteur comment influencer clients et dirigeants.

Voilà un homme qui semblait vivre pour sa carrière.

Elle s'arrêta au milieu de la pièce et fronça les sourcils. Il n'y avait aucune touche personnelle, aucune indication de ce que Wallis aimait en dehors de sa vie professionnelle. De plus, il n'y avait pas non plus d'ordinateur.

Elle quitta le salon et retourna dans le couloir. L'agent Best se tenait sur le pas de la porte, dos à la maison. Kay tourna à droite et trouva une grande cuisine qui aurait fait saliver Adam. Tous les appareils électroménagers brillaient à la lumière du soleil qui traversait la fenêtre, et tous les appareils étaient haut de gamme, digne d'un chef exigeant.

Mais, comme Kay le constata en fouillant dans les

placards et en ouvrant la porte d'un réfrigérateur vide, il semblait que Wallis ne cuisinait jamais.

Ses yeux se posèrent sur une clé sur le plan de travail. Elle la saisit et l'inséra dans la serrure de la porte de derrière.

Dehors, elle trouva la poubelle à gauche de la porte arrière et en souleva le couvercle.

Elle fut récompensée par l'odeur de boîtes à pizza. En chassant une mouche, elle referma le couvercle et retourna à la cuisine, verrouilla la porte derrière elle et remis la clé à sa place.

Elle commença à ouvrir chacun des tiroirs de la cuisine, elle cherchait quelque chose qui pourrait lui donner un indice sur le sort de l'homme, quand elle entendit Gavin l'appeler.

Elle referma le tiroir d'un coup sec, traversa rapidement le couloir et monta les marches deux par deux en utilisant le poteau d'escalier en haut pour ralentir son allure.

— Qu'est-ce qu'il y a ?

— Je crois que je sais ce qui est arrivé à Clive.

— Où es-tu ?

— Salle de bain. À l'arrière de la maison.

Elle parcourut le couloir, suivant sa voix jusqu'à ce qu'elle le trouve accroupi à côté d'un meuble de toilette sous un lavabo en porcelaine.

Il se leva quand elle apparut.

— Regarde. La brosse à dents a disparu. La moitié du contenu de ce tiroir est partie, y compris un rasoir électrique, et j'ai vérifié la chambre. Il y a des cintres vides dans la penderie.

Kay cligna des yeux en assimilant ses mots.

— Et un ordinateur portable ou un téléphone portable ?

— Aucun signe ici, et toi ?

— Non, et pas de chargeurs non plus en bas.

Kay retira ses gants d'un coup sec et les lui tendit avant de pousser un soupir de soulagement.

— Il n'a pas disparu, n'est-ce pas ? Il est parti.

CHAPITRE 20

Le lendemain matin, Kay tint la porte de la salle des opérations ouverte pour Sharp, puis elle se dirigea vers son bureau et y jeta son sac avant d'élever la voix au-dessus du brouhaha qui remplissait l'espace.

— Bonjour tout le monde, rassemblez-vous à l'avant, s'il vous plaît.

Les conversations s'estompèrent tandis que ses collègues la rejoignaient, certains en arborant des expressions intriguées.

Elle attendit que les chaises soient traînées sur la moquette élimée et que l'équipe trouve des places où se percher sur les bureaux, puis elle les remercia et elle fit le point sur les activités de la veille.

— Sur la base de notre perquisition au domicile de Clive Wallis, il semblerait qu'il ait quitté sa maison de manière volontaire. Cependant, jusqu'à ce que nous en soyons certains, M. Wallis doit continuer à être traité comme une affaire de disparition.

Elle attendit que l'équipe rassemblée finisse de prendre des notes, puis elle fit un geste vers Carys.

— Est-ce que tu peux te renseigner sur ses employeurs pour moi pendant que nous sommes ici ? Ils sont basés à Douvres, les détails sont dans le système. Il faut découvrir s'ils savent où il se trouve.

— Je m'en occupe, chef.

Carys se dirigea vers son bureau et récupéra les informations pertinentes sur HOLMES tandis que Kay poursuivait.

— Où en sommes-nous avec les images de vidéo-surveillance du site d'enfouissement ?

Un agent en uniforme à côté du bureau de Carys s'avança.

— Nous avons obtenu les images de trois des quatre caméras du site, dit-il. Deux d'entre elles ne nous sont d'aucune utilité, elles montrent le parc de véhicules où sont gardés les pelleteuses et tout le reste, ainsi que le bureau du site. Nous allons commencer à examiner celles du portail et du chemin aujourd'hui.

Kay fronça les sourcils.

— Il aurait été plus logique de commencer par celles-là.

— Oui, chef. Le problème c'est que les fichiers n'étaient pas nommés correctement, donc c'était un peu au hasard jusqu'à ce que nous comprenions ce qu'ils avaient fait.

— D'accord. Aussi vite que possible, alors.

Le téléphone sur le bureau de Kay sonna et Barnes leva la main.

— Je m'en occupe.

— Merci.

Kay se retourna vers le tableau blanc.

— Qu'en est-il des déclarations des autres employés du site d'enfouissement ?

Debbie s'éclaircit la gorge.

— Nous les avons toutes terminées et elles sont maintenant dans le système. Personne n'a signalé d'activités inhabituelles, et il n'y a pas d'autres objets suspects trouvés sur le site.

— Et les condamnations antérieures pour les employés ?

— Un seul type, Justin Tinner. Deux mois pour possession de drogue quand il avait dix-neuf ans. Il est clean depuis, et ça fait presque six ans maintenant.

Kay remarqua que Carys terminait son appel téléphonique et elle attendit qu'elle rejoigne le groupe.

— Quelque chose d'utile ?

— J'ai parlé avec la responsable RH de Clive Wallis. Elle dit qu'elle l'a vu la dernière fois lors d'une conférence dans un hôtel près de Maidstone la semaine dernière. Elle a dit qu'il boitait un peu, mais qu'il allait bien. On ne l'a pas revu depuis, ils sont sur le point de lui écrire et de lui adresser un avertissement formel.

Kay vit le front de Gavin se plisser, et elle remarqua qu'elle arborait probablement la même expression perplexe.

— Quand est-ce que la conférence s'est terminée ?

— Jeudi, apparemment.

— Et pourtant tous ses effets personnels ne sont toujours pas chez lui.

— Chef ?

Barnes levait la main pour attirer son attention. Il reposa le combiné puis revint vers le groupe et se fraya un chemin parmi quelques membres juniors de l'équipe en uniforme pour lui tendre un morceau de papier.

— C'était Lucas, il confirme que le pied amputé et certaines des autres parties du corps trouvées dans la décharge correspondent.

Kay parcourut la page, puis leva les yeux vers Carys.

— Tu devrais peut-être suggérer aux employeurs de Wallis de suspendre leur avertissement formel jusqu'à ce que nous leur parlions.

Carys haussa les sourcils.

— Tu penses que c'est lui ?

Kay expira.

— C'est possible. Lucas a besoin d'un échantillon d'ADN pour le confirmer. Tu peux contacter Tunbridge Wells et leur demander de prélever un échantillon dans la maison ? Gavin, tu viens avec moi, on va voir ce que les employeurs de Wallis peuvent nous dire.

CHAPITRE 21

Kay et Gavin partirent pour Douvres dès la fin du briefing, et bien que l'heure de pointe du matin fût passée, il fallut plus d'une heure à Gavin pour atteindre la ville portuaire animée.

Ils dépassèrent un flot constant de camions articulés sur la M20, dont beaucoup arboraient des plaques d'immatriculation européennes et des logos colorés sur leurs remorques. La voie opposée était tout aussi fréquentée, les marchandises du terminal du ferry étant transportées à travers le sud de l'Angleterre vers leurs destinations.

Lorsqu'ils entrèrent dans la ville par la route principale, Gavin fit la moue en observant les graffitis qui ornaient les vitrines condamnées des magasins.

— Certaines choses ne changent pas. J'ai été

agent stagiaire ici pendant six mois, dit-il. Ça m'a ouvert les yeux.

— Ils choisissent généralement un endroit intéressant pour ta première année.

— Et toi ? Où est-ce que tu as fait ta formation ?

— À Tonbridge. J'ai adoré.

— Quelle chance. Tu as toujours voulu être détective ?

— Oui. J'ai postulé dès que j'ai pu et je me suis portée volontaire pour aider à chaque enquête qui se présentait, comme le fait Debbie. Il y a eu quelques années où Adam et moi ne nous sommes pratiquement pas vus, nous étions vraiment comme des navires qui se croisent. Moi j'essayais de gravir les échelons de la police du Kent, et lui était impatient de créer son cabinet vétérinaire.

— Comment a-t-il réussi finalement ?

Kay laissa tomber son téléphone portable dans son sac.

— Il s'occupait de deux chevaux pour une vieille dame qui vivait dans une petite exploitation près de Tenterden. Elle les avait sauvés de l'abattoir après la fin de leur carrière de course, et il allait les examiner une fois par mois. Il ne voulait pas accepter d'argent de sa part, tu sais comment il est. Il passait aussi beaucoup de temps à discuter avec elle pendant qu'il était là et il faisait souvent des petits travaux autour de la propriété le week-end quand je travaillais. Je pense qu'elle était seule ; son mari était mort des années auparavant et ils n'avaient pas eu d'enfants, et elle appréciait la compagnie d'Adam. À sa mort, nous avons eu un sacré choc, il s'est avéré qu'elle était très aisée et elle lui a légué la maison de Weavering Street et la petite exploitation à condition qu'il continue à s'occuper des chevaux.

— Wow.

— Je sais. Il n'en avait aucune idée. Elle ne lui avait jamais rien dit, mais je pense qu'elle voulait s'assurer que ses chevaux seraient entre de bonnes mains après sa mort, et il était la seule personne en qui elle avait confiance. Nous avons vécu dans la petite exploitation à Tenterden pendant quelques années jusqu'à la mort des chevaux, puis nous l'avons vendue et nous sommes retournés à Maidstone.

— Et il a utilisé l'argent de la vente de l'exploitation pour lancer sa clinique ?

— Oui, il n'a pas regretté depuis. Il adore son travail, comme tu le sais, et maintenant que la clinique est établie, il peut se permettre d'embaucher de jeunes vétérinaires pour les former.

Gavin mit le clignotant pour tourner à gauche et il désigna à travers le pare-brise un imposant bâtiment de trois étages qui dominait les unités industrielles autour.

— C'est ici.

Les vitres fumées empêchaient Kay de voir l'intérieur du bâtiment, mais lorsqu'ils franchirent la porte, elle fut surprise de se retrouver dans un grand espace lumineux et aéré qui contrastait avec la façade extérieure.

La femme derrière le bureau de la réception leur fit signe de se diriger vers un groupe de chaises autour d'une table basse à l'autre bout de l'atrium.

Les chaises étaient conçues pour impressionner plutôt que pour le confort, et Kay résista à l'envie de gigoter pendant qu'elle attendait.

Heureusement, l'employeur de Clive Wallis ne les fit pas attendre longtemps, et elle se retourna et vit un homme énorme foncer sur eux.

Son apparence donnait l'impression qu'il consommait régulièrement ses propres importations de nourriture et de vin. Sa bouche forma un large sourire alors qu'il approchait.

— Montgomery Fisher, directeur général des ventes, aboya-t-il en tendant sa main. Appelez-moi Monty.

Kay réussit à ne pas grimacer lorsqu'il écrasa sa main dans la sienne et elle poussa un soupir de soulagement lorsqu'il la lâcha et se tourna vers la réceptionniste.

— Une salle de libre, Sharon ?

— La salle de conférence, répondit la femme. J'ai préparé une cafetière.

— Super.

Il se retourna vers Kay et Gavin.

— Suivez-moi.

Pour un homme aussi corpulent, il se déplaçait avec une hâte mal dissimulée, comme si chaque précieuse minute passée avec eux l'empêchait de conclure une autre vente, ou de prendre un autre repas.

Il ouvrit une porte d'un coup et s'écarta pour les laisser passer, puis il désigna les huit sièges placés autour d'une table de conférence.

— Un café ?

— S'il vous plaît, dit Kay.

Elle s'installa sur la chaise la plus proche face à la porte, Gavin prit celle à côté d'elle, et ils attendirent pendant que Fisher s'affairait autour de la machine à café.

Il fit glisser une tasse et une soucoupe vers Gavin, plaça celle de Kay devant elle et se laissa tomber sur un siège en face d'eux avant de déchirer deux sachets de sucre et de les remuer dans sa boisson.

— Bien, donc votre collègue a dit au téléphone que vous vouliez me parler de Clive Wallis. Que voulez-vous savoir ? Je suppose que Hayley des RH vous a dit que nous étions sur le point de lui donner un avertissement formel ?

— Oui, je peux vous demander pourquoi ? dit Kay.

— Il est absent depuis la conférence des ventes de jeudi dernier, voilà pourquoi. On attend de nos employés permanents qu'ils nous appellent immédiatement s'ils ne peuvent pas travailler, et nous n'avons pas eu de nouvelles de lui depuis plus d'une semaine maintenant. C'est inacceptable.

— Est-ce inhabituel de sa part ?

— Oui, mais vous devez comprendre : nous avons dû procéder à plusieurs licenciements plus tôt cette année ; les affaires n'allaient pas aussi bien qu'elles auraient dû, et Clive était l'un de ceux que nous avions décidé de garder. Le team-building de la semaine dernière a été organisé pour remotiver les troupes, les recentrer après la période difficile que nous avons tous traversée. Ça a coûté une fortune, notez bien. Et depuis, Clive a disparu.

— Ce « team-building » comme vous l'appelez. C'était où ? Ici ?

— Mon Dieu, non.

Il écarta largement les mains.

— C'est la plus grande salle que nous ayons. Pas du tout adaptée. Beaucoup de nos commerciaux permanents travaillent de chez eux, comme Clive. Ça aide à réduire les frais généraux, vous voyez ? Ça signifie que nous n'avons pas eu à louer de plus grands locaux, Dieu merci.

— Alors, c'était où ? demanda Gavin en tournant la page de son carnet.

— Dans le nouvel hôtel sur l'A20 à l'extérieur de Maidstone. Je ne me souviens plus du nom. C'est Sharon qui s'en est occupée. Deux jours de formation pour les cadres, consolidation d'équipe, ce genre de choses, et puis tout le monde a reçu ses objectifs de vente pour le reste de l'année. Sacrément cher, comme je l'ai dit. Mais ça les réunit tous au même endroit, ils travaillent de façon autonome, donc c'est bon pour le moral, surtout en ce moment.

— Quel jour la conférence s'est-elle terminée ?

— Jeudi. Tout le monde est arrivé mercredi vers l'heure du déjeuner. Il y a eu des activités et des trucs organisés l'après-midi pour briser la glace, du golf, des jeux de consolidation d'équipe, ce genre de choses. Ensuite, nous avons eu la formation commerciale le jeudi matin. Ils étaient tous sur le chemin du retour vers seize heures cet après-midi-là.

— Et vous n'avez pas eu de nouvelles de M. Wallis depuis ?

— Non.

Fisher se pencha en arrière dans son siège et croisa les bras.

— Je n'ose pas penser qu'il soit parti chez un concurrent. Certaines des informations partagées lors de la conférence jeudi matin étaient sacrément confidentielles.

— Et vous avez essayé de le contacter ?

— Tous les jours, par téléphone et par courriel. Comme je l'ai dit à votre collègue, la prochaine étape, c'est l'avertissement formel. On ne peut pas laisser notre personnel disparaître comme ça. C'est inacceptable.

— Vous saviez qu'il avait été hospitalisé la semaine précédente ?

Il fronça les sourcils.

— Seulement une intervention mineure au pied, d'après ce que je sais. Il boitait un peu mais il ne semblait pas trop souffrir.

— Pourquoi aurait-il assisté à la conférence s'il avait été à l'hôpital ? demanda Kay.

Fisher soupira et tripota sa cravate.

— Écoutez, comme je l'ai dit, les temps sont durs. Il a peut-être pensé que s'il ne se présentait pas, il serait le prochain sur la liste des licenciements.

— Est-ce que vous l'avez menacé ?

— Bien sûr que non.

Une légère rougeur commença à son cou et remonta vers le haut.

— C'est illégal.

— Est-ce que vous avez un contact d'urgence dans le dossier personnel de M. Wallis ? Quelqu'un qui pourrait nous aider à comprendre où il pourrait être ? demanda Kay.

— Il faudra que je demande à Hayley. S'il y en a, elle aura essayé de les contacter aussi.

Kay sourit.

— Merci. Nous allons attendre.

Elle se tourna vers Gavin alors que le directeur commercial quittait la pièce, et il lui montra son portable.

— Message de Barnes. Tunbridge Wells a reçu le prélèvement et l'a immédiatement fait livrer à Lucas. Je lui ai demandé de m'envoyer un message dès qu'il aura des nouvelles du laboratoire.

Kay hocha la tête, puis se rassit dans son fauteuil alors que Fisher revenait, un mince dossier à la main.

Il hésita un moment, puis il le fit glisser sur la table vers elle.

— Vous comprenez que je ne peux pas vous laisser partir d'ici avec ça sans une demande officielle ?

— Ce n'est pas un problème.

Elle ouvrit le dossier d'un coup sec et parcourut le maigre contenu jusqu'à ce qu'elle trouve ce qu'elle cherchait. La section des détails personnels de Clive où un contact d'urgence aurait normalement été indiqué était vide.

— Pas de famille ?

— Son père est mort il y a quelques années de complications liées au diabète et sa mère est décédée il y a un an environ, dit Fisher. Elle lui a laissé la maison. C'est un peu triste, vraiment. Je ne pense pas qu'il ait beaucoup de vie sociale. Il n'en parle jamais, en tout cas.

Elle repoussa le dossier vers Fisher alors qu'un bip à deux tons lui parvenait aux oreilles.

— Chef.

Elle prit le téléphone que Gavin lui tendait, parcourut le message, puis se leva de son siège avant de le lui rendre et de se tourner vers le directeur commercial.

— Dernière question, monsieur Fisher. Quel est le nom de l'hôtel où vous avez organisé la conférence ?

— Lucas ? Je viens de recevoir ton message. Tu as du nouveau ?

Kay glissa le téléphone dans le support mains libres sur le tableau de bord et elle activa le mode haut-parleur pour que Gavin puisse entendre la conversation tandis qu'il conduisait en direction de Maidstone, le compteur de vitesse oscillant légèrement au-dessus de la limite nationale.

— Ok, alors nous avons les résultats des analyses de sang de Clive Wallis de son médecin traitant ainsi que les échantillons que nous avons prélevés sur le pied amputé. Nous avons également l'extrait d'ADN du pied, des os trouvés dans la décharge et on a effectué une comparaison avec l'échantillon d'ADN prélevé sur un verre d'eau dans sa salle de bain par tes collègues de Tunbridge Wells. Tu as de la chance que ce soit une semaine calme au laboratoire, normalement, il faudrait attendre au moins une semaine.

— Je sais, merci. Donc, il y a bien une correspondance avec l'ADN de Wallis ?

— Nous en sommes certains.

Kay expira en relâchant un peu la tension dans ses épaules.

— C'est du très bon travail, Lucas. Merci. S'il te plaît, remercie aussi Harriet et son équipe de ma part, je me rends compte que c'était un travail difficile sur le site de la décharge.

— Pas de problème.

— Et pour la deuxième victime ?

— Rien pour le moment, les résultats ne sont pas encore arrivés. Je te recontacterai dès que j'aurai le rapport officiel.

Kay raccrocha et leva les yeux alors que le véhicule passait sous un portique. Un panneau bleu et blanc indiquait la distance jusqu'à la ville du comté et elle essaya de ne pas laisser transparaître son impatience alors que la circulation ralentissait jusqu'à l'arrêt complet des véhicules à l'entrée d'Ashford.

— C'est quoi la suite, chef ?

La voix de Gavin la tira de ses pensées.

— Vas directement à l'hôtel où Wallis a séjourné.

Elle fit défiler les contacts sur le téléphone de Gavin jusqu'à trouver le nom qu'elle cherchait, puis elle appuya sur le bouton d'appel.

Barnes répondit au bout de trois sonneries.

— Gav ?

— C'est moi, dit Kay. On est en mode haut-parleur. On a eu des nouvelles de Lucas, tu vas bientôt recevoir une copie d'un courriel qu'il m'envoie, mais il m'a confirmé que l'ADN qu'on a retrouvé sur les restes est bien celui de Wallis.

— Comment ça s'est passé à Douvres ?

— Il n'a pas de proches, mais son responsable, Montgomery Fisher, a confirmé qu'il a été vu pour la dernière fois lors d'une conférence et d'un exercice de team-building qui ont duré deux jours la semaine dernière dans le nouvel hôtel juste à côté de la M20 à Maidstone. On y va maintenant. Tu peux gérer la paperasse pour qu'on ait accès à leurs dossiers personnels ? Je vais essayer de jeter un œil aux vidéos de sécurité de l'hôtel quand on y sera.

— Je m'en occupe. Que faisait Wallis là-bas le lendemain de sa sortie de l'hôpital ?

— Il essayait de garder son emploi, apparemment.

Elle mit fin à l'appel alors que les voitures commençaient à avancer de nouveau, et en moins de quinze minutes, Gavin avait trouvé l'hôtel et s'était garé à côté des portes de la réception.

Tandis que Kay sortait de la voiture, elle remarqua un groupe de quatre hommes en pantalons clairs et chemises à manches courtes pastel qui se dirigeaient du parking vers une ouverture dans une haie à l'extrême droite de l'hôtel. Un panneau à côté des plantations ornementales annonçait le plus récent parcours de golf de dix-huit trous du Kent et promettait des compétitions hebdomadaires pour les locaux enthousiastes.

— Je me demande comment ils restent en activité, dit Kay. Il y a un autre hôtel à quelques kilomètres d'ici avec un terrain de golf, non ? Il y a de quoi se demander comment ils s'en sortent avec la concurrence d'un hôtel établi.

— Beaucoup d'entreprises dans le comté ont besoin d'un lieu de conférence central, chef, et le golf est un sport populaire.

Elle fronça le nez et Gavin gloussa alors qu'elle le rejoignait sur les marches qui menaient à la réception dont il lui tenait la porte.

Le réceptionniste, un homme dans la vingtaine avec beaucoup trop d'enthousiasme pour un vendredi après-midi selon Kay, bondit sur ses pieds à leur approche avec un large sourire.

— Je peux vous aider ?

Son attitude joyeuse vacilla lorsque Kay ouvrit sa carte de police.

— J'aimerais parler au responsable, dit-elle.

— Je crains qu'il ne soit avec un groupe de délégués d'une de nos sociétés actionnaires en ce moment.

— Ce n'est pas grave. Veuillez l'informer que nous sommes ici pour discuter du possible meurtre d'un de vos clients de l'hôtel et que nous l'attendrons ici. Les médias locaux voudront sans doute lui parler à un moment donné, mais avec un peu de chance, le timing de notre visite l'aidera à les repousser et à éviter tout embarras à cet hôtel, et à ses actionnaires.

Le réceptionniste laissa échapper un hoquet de surprise, son visage pâlit, puis il tendit le bras et composa une série de numéros sur le téléphone fixe.

Kay s'éloigna du comptoir et conduisit Gavin vers quatre fauteuils autour d'une table basse sur laquelle elle prit l'une des brochures de l'hôtel avant de s'asseoir.

Elle entendit le réceptionniste parler sur un ton affolé.

Gavin sourit.

— C'était méchant.

— Je sais, mais nous n'avons pas le temps de

tourner autour du pot, Gav. Nous en sommes presque à une semaine d'enquête et nous n'avons toujours aucune piste. Il est temps d'accélérer.

Cinq minutes plus tard, elle entendit le bruit de pas précipités et elle leva les yeux de la brochure alors qu'un homme mince aux cheveux noirs s'avançait vers elle, le front plissé.

— Détective Hunter ?

Elle se leva de sa chaise et serra la main qu'il lui tendait avant de présenter Gavin.

— Je suis Kevin Tavistock, responsable principal. Venez par ici. Mon bureau est par là.

Kay roula la brochure entre ses doigts et suivit Tavistock à travers une ouverture à côté de la réception jusqu'à un bureau à l'arrière de l'hôtel.

Un planning avait été griffonné sur un tableau blanc fixé au mur du fond, avec une note sur les clients les plus importants attendus pour le week-end.

Tavistock leur fit signe de s'asseoir sur deux chaises en plastique gris face à un bureau dans le coin et il s'installa lui-même dans un fauteuil derrière, en remuant une souris pour rallumer l'ordinateur devant lui.

— Je crois comprendre que vous vouliez me parler d'un de nos clients ?

Les mots s'échappèrent de ses lèvres en un seul

souffle, et Kay se demanda si c'était par choc ou par excitation.

Elle soupçonnait que c'était plutôt la seconde option.

Elle récita l'avertissement formel avant de poursuivre.

— Je dois insister sur le fait que ce dont nous allons discuter ici doit être traité avec la plus grande confidentialité.

— Bien sûr, bien sûr.

Tavistock s'appuya sur le bureau, les coudes posés.

— Que voulez-vous savoir ?

— Tout d'abord, pouvez-vous nous confirmer que Clive Wallis était client dans votre hôtel la semaine dernière ? demanda Gavin en ouvrant son carnet.

Tavistock se tourna vers son ordinateur et tapa sur quelques touches, puis il hocha la tête.

— Oui. Le voici. Il faisait partie d'une délégation qui avait réservé l'une de nos salles de conférence jeudi. Nous gardons une trace écrite de tous les noms pour les éventuels besoins alimentaires, et bien sûr pour la sécurité en cas d'incendie ou ce genre de choses.

Kay montra la brochure.

— J'ai cru comprendre d'après les employeurs de

M. Wallis qu'une partie de leur conférence comprenait des exercices de team-building organisés par l'hôtel. Pouvez-vous me dire lesquels ?

— Bien sûr. Voyons voir… ils sont arrivés ici mercredi après-midi et après un déjeuner rapide, ils ont assisté à l'atelier d'artisanat. C'est là que nous offrons aux clients la possibilité d'essayer des métiers artisanaux traditionnels locaux, comme le tressage de paniers entre autres. Pour le team-building, je crois qu'il y avait une sorte de compétition.

Il sourit avec bienveillance tout en parcourant l'écran à la recherche des détails.

— Certains de nos clients qui sont des entreprises sont de fervents défenseurs de l'idée de faire travailler leurs effectifs ensemble par le biais d'exercices pratiques. Ah, voilà, le tir à l'arc. C'est devenu assez bruyant, selon certains de nos clients les plus âgés.

Comme ni Kay ni Gavin ne réagissaient, il s'éclaircit la gorge.

— Euh, après cela, ils ont joué au golf, puis nous avons organisé un barbecue sur la terrasse. Le lendemain, leur conférence de vente s'est tenue dans la salle Majestic au premier étage. Au programme, thé du matin à dix heures et demie, déjeuner sur la terrasse à treize heures, et pot de départ à seize heures.

— Et dans quelle chambre a-t-il séjourné ? demanda Gavin.

Il frappa à nouveau sur son clavier, puis se tut.

Tavistock fronça les sourcils.

— Je suis désolé. Je n'ai aucune trace du séjour de M. Wallis chez nous, ni mercredi ni jeudi soir. Il est seulement indiqué ici qu'il a assisté à la conférence.

— Nous allons avoir besoin d'une liste des participants à comparer avec celle que nous avons de ses employeurs, et nous aimerions également interroger les membres du personnel qui travaillaient ce jour-là, dit Kay.

La lèvre supérieure de l'homme se retroussa.

— Eh bien, je vais évidemment avoir besoin des autorisations nécessaires.

— Nous vous les ferons parvenir avant la fin de la journée.

— Ce sera également difficile de réunir tout le personnel, ils travaillent à différents horaires et le planning n'a été modifié qu'hier matin.

Kay se leva de son siège et força un sourire en lui tendant la main.

— J'ai une équipe d'officiers qui m'assistent dans cette enquête et qui sont tout à fait capables de coordonner les entretiens. Nous vous recontacterons.

L'homme esquissa un faible sourire alors qu'ils

quittaient le bureau, et Kay ouvrit la marche à travers la réception jusqu'au parking.

Une fois dehors, Gavin se tourna vers elle et enfonça ses mains dans ses poches tout en fixant le logo de l'hôtel affiché sur le porche au-dessus de leurs têtes.

— Alors, s'il n'a pas séjourné ici, où diable était-il mercredi et jeudi soir ?

CHAPITRE 23

— Du calme, s'il-vous-plait.

Kay arpentait la salle devant le tableau blanc tandis que Sharp se tenait en retrait.

Dès son retour au commissariat, elle avait frappé à la porte de son bureau et avait passé la demi-heure suivante à plaider pour obtenir plus de ressources pour son enquête.

Sharp n'avait pas été le problème, mais le quartier général était réticent à dépenser de l'argent et il avait fallu toute sa patience et les compétences diploma-tiques de Sharp pour obtenir le feu vert pour les heures supplémentaires.

Enfin, ils avaient accepté, et elle devait à présent informer son équipe que leurs plans pour le week-end allaient devoir changer.

Le dernier agent en uniforme s'était effondré dans une chaise libre à l'avant du groupe avec un sourire d'excuse. Kay tendit une liasse de papiers à Barnes qui se tenait du côté droit de l'arc formé par les membres de l'équipe.

— Prends-en un et fais-les circuler, dit-elle. Je suis désolée, mais les événements d'aujourd'hui ne m'ont pas laissé d'autre choix que d'insister pour que nous poursuivions notre enquête pendant le week-end.

Personne ne répondit, ce dont elle était reconnaissante. Son équipe était composée de professionnels qui feraient tout leur possible pour attraper le tueur.

— Nous allons passer les deux prochains jours à interroger le personnel de l'hôtel où Clive Wallis a été vu pour la dernière fois. Selon son patron et le directeur de l'hôtel, Wallis est arrivé mercredi pour participer à un événement de team-building et une conférence commerciale qui a duré jusqu'à jeudi après-midi. Mais il y a un problème.

Kay se retourna et tapota sur la photo de Wallis.

— Selon le système de réservation de l'hôtel, il n'y a pas passé la nuit comme prévu. Alors, où est-il allé ?

Elle fit de nouveau face au groupe.

— Sur la feuille de papier devant vous, vous trouverez une note indiquant avec qui vous avez été jumelé et une liste des personnes que vous devez interroger. Nous allons nous concentrer sur le personnel de l'hôtel demain, puis sur les personnes qui gèrent les activités dimanche. Beaucoup d'entreprises qui organisent les activités sont gérées par des artisans locaux et autres, donc vous allez peut-être devoir les interroger chez eux s'ils ne sont pas au travail. Debbie a très gentiment rassemblé toutes les adresses électroniques et les numéros de téléphone pertinents dont vous allez avoir besoin.

Elle fit une pause et prit une gorgée d'eau avant de poser le gobelet en plastique sur le bureau à côté d'elle.

— Mettez à jour la base de données au fur et à mesure de votre travail, et signalez immédiatement tout élément suspect à moi-même, Barnes, Gavin ou Carys. Des questions ?

Une vague de mains se leva et Kay passa les vingt minutes suivantes à répondre aux questions et à peaufiner certaines des tâches jusqu'à ce qu'elle soit satisfaite que l'équipe ait tout ce dont elle avait besoin.

— Bien, le directeur de l'hôtel nous a réservé une des petites salles de conférence pour demain, mais elle ne sera pas verrouillée, donc ne laissez en aucun cas traîner des informations concernant l'enquête, c'est compris ?

— Oui, chef.

— Je suis sûre que nos amis des médias vont se rendre compte que nous menons ces entretiens demain, donc si vous rencontrez des problèmes, prévenez-moi ou le commandant divisionnaire Sharp.

Kay jeta un coup d'œil à l'horloge murale, puis elle revint à son équipe et força un sourire.

— Vous faites tous un excellent travail, alors merci. On se retrouve ici en groupe lundi matin. Je serai également à l'hôtel pour aider à mener les entretiens, donc si vous avez besoin de moi entre-temps, venez me chercher. Vous pouvez y aller.

Sharp s'approcha d'elle alors que l'équipe se dispersait et elle se tourna vers lui avec un soupir.

— Eh bien, au moins tout le monde a eu la politesse de ne pas se plaindre du week-end devant mon nez.

— Ils savent que tu n'as pas le choix. Ne t'inquiète pas. Ils veulent tous attraper ce tueur autant que toi.

Son regard se posa sur les photographies sur le tableau blanc.

— Et si nous n'y arrivons pas, Devon ? Et s'il

avait fait ce qu'il avait prévu de faire ? S'il avait disparu ?

Il tendit la main et lui tapota le bras.

— Alors nous le trouverons, Kay. C'est ce que nous faisons toujours, tu te souviens ?

— Ouais.

Il pointa du pouce par-dessus son épaule vers ses collègues qui éteignaient leurs ordinateurs pour la nuit et commençaient à quitter la pièce.

— Allez. Rentre chez toi. Tu as une journée chargée qui t'attend demain, et tu vas avoir besoin d'une bonne nuit de repos. Ce sera la pagaille à l'hôtel demain matin, crois-moi.

Le téléphone portable de Kay commença à sonner et elle sourit en voyant le numéro familier sur l'écran.

— Salut, Abby, dit-elle.

— Attends.

Une voix étouffée gronda quelqu'un en arrière-plan avant de revenir.

— Désolée, les enfants sont difficiles en ce moment. Je voulais vérifier que tu étais toujours d'accord pour qu'on se retrouve pour mon anniversaire le mois prochain ?

Kay sourit. Sa sœur avait réussi à persuader leurs parents de garder les enfants pour un week-end afin qu'Abby et son mari puissent passer un week-end relaxant pour célébrer son anniversaire, Kay et Adam devaient les rejoindre pour une retraite à la campagne dans le Surrey.

— C'est le plan. Je vais même porter la robe rouge que j'ai achetée il y a des mois.

— Bon sang.

Elles rirent, puis le téléphone sur le bureau de Kay s'alluma et elle gémit.

— Je peux te rappeler ? Je dois prendre cet appel.

Elle raccrocha et décrocha le fixe tout en fourrant son portable dans son sac à main.

— Allô ?

— C'est Jonathan Aspley. Vous avez du nouveau pour moi ?

— Non, je n'en ai pas.

— Que faisiez-vous à l'hôtel Belvedere ?

Kay laissa tomber son sac sur le bureau, stupéfaite.

— Vous me suivez ?

— Vous n'avez pas répondu à la question.

— Je ne vais pas le faire, Jonathan. Vous marchez sur des œufs.

— Est-ce qu'il y a un lien entre la victime et l'hôtel ?

— Nous menons un certain nombre d'enquêtes en lien avec notre investigation.

— Ne faites pas d'obstruction, Hunter.

— Au revoir.

Kay claqua le téléphone sur son socle et le fusilla du regard, puis elle saisit ses clés et son sac sur le bureau et sortit en trombe de la pièce.

CHAPITRE 24

Le lendemain matin, Kay gara sa voiture dans le coin le plus éloigné du parking de l'hôtel, les places les plus proches des portes de la réception étant signalées par des avertissements qui indiquaient « réservée aux clients », ce qui donnait une idée claire des sentiments du directeur de l'hôtel concernant l'arrivée de son équipe d'enquêteurs dans l'établissement pendant le week-end.

Elle mit son sac sur son épaule et pointa sa clé vers la portière de la voiture pour la verrouiller, puis elle traversa l'asphalte d'un pas décidé, la mâchoire serrée.

En franchissant les portes de la réception pour se diriger vers le comptoir, elle remarqua les notes subtiles de la musique d'ambiance, sans doute un effort du même directeur pour ajouter une nuance de calme et compenser le nombre d'officiers en uniforme qui circulaient.

Quelques instants plus tard, Kevin Tavistock apparut, le visage rouge, un bloc-notes en main alors qu'il avançait dans sa direction.

— Inspectrice Hunter, je dois insister pour que vos agents s'éloignent immédiatement de la réception. Dieu sait ce que nos clients vont penser.

Kay força un sourire.

— Pas de problème. Vous pouvez me montrer les salles qui nous ont été attribuées pour que l'on puisse commencer ?

Il souffla, puis pivota sur ses talons et lança par-dessus son épaule :

— Par ici.

Elle remarqua Barnes et Carys qui attendaient près d'une sortie de secours à l'autre bout de la réception.

— Venez avec moi, Tavistock me montre où nous pouvons nous installer. Où est Gavin ?

— En route, répondit Carys. Il arrive dans environ cinq minutes. Il a dit qu'il allait passer par la salle des opérations pour prendre du matériel supplémentaire au cas où nous en aurions besoin.

Ils lui emboîtèrent le pas alors que le directeur de

service les conduisait à travers un dédale de couloirs jusqu'à ce qu'il s'arrête dans un cul-de-sac.

Il désigna un ensemble de bouilloires de taille industrielle, des pichets d'eau remplis de glaçons et des piles de verres et de tasses de thé qui avaient été disposées sur deux tables.

— Mon personnel veillera à ce que ceux-ci soient réapprovisionnés régulièrement, dit-il.

Il se dirigea vers une porte fermée à côté d'une des tables et tendit une clé à Kay.

— Vous et moi sommes les seuls à avoir une clé de cette pièce. Venez.

Il déverrouilla la porte et les conduisit dans un grand espace de conférence avec des tables et des chaises disposées en rangées. Des rallonges électriques serpentaient sur la moquette à motifs, et un tableau blanc ainsi qu'un rétroprojecteur avaient été laissés sur une table à l'autre bout de la pièce.

La lumière inondait la pièce à travers les fenêtres qui longeaient le mur à la gauche de Kay, et elle cligna des yeux pour ajuster sa vue après le couloir sombre et terne de l'hôtel.

— Cela vous suffit ?

Elle se tourna vers le directeur.

— C'est parfait, merci. Qu'en est-il des salles pour les entretiens ?

— Vous trouverez deux autres portes dans le couloir principal en face des tables de rafraîchissements. Elles ne peuvent pas être verrouillées, mais elles disposent de tables et de chaises ainsi que de prises électriques pour votre équipement.

— Cela n'a pas d'importance ; nous ne laisserons rien derrière nous lorsque nous aurons terminé cet après-midi.

Tavistock joignit ses mains.

— Très bien, vous avez tout ce dont vous avez besoin ?

— Oui, merci.

Il hocha la tête, puis se précipita hors de la pièce.

Kay pivota sur ses talons et se prépara mentalement à l'assaut d'une équipe d'enquête occupée, puis elle se tourna vers Barnes et Carys.

— Ok, vous deux, rassemblez tout le monde et on va commencer, d'accord ?

KAY REGARDA les agents en uniforme quitter la pièce une fois la réunion préparatoire terminée.

Chacun portait une liste des employés de l'hôtel et des sous-traitants qui seraient interrogés au cours des prochaines heures. Leurs réponses allaient devoir être saisies dans la base de données HOLMES par Debbie West et deux de ses collègues assis le plus près du tableau blanc avec leurs ordinateurs portables ouverts.

Kay espérait qu'en filtrant les informations au fur et à mesure, l'équipe aurait une longueur d'avance lorsqu'ils retourneraient au commissariat de Maidstone lundi matin.

— Chef ? Carys et moi allons commencer à interroger les moniteurs d'activités, dit Gavin en accrochant sa veste au dossier d'une chaise libre avant de retrousser ses manches.

— Très bien. Je serai là si vous avez besoin de moi. Barnes est allé parler aux jardiniers. Vous commencez par qui ?

Carys vérifia ses notes.

— Marjory Phillips, elle dirige une école d'équitation locale et elle propose des balades à poney pour les clients. Ce n'était pas proposé à Clive Wallis et ses collègues selon leur programme, mais le sentier équestre longe l'arrière du terrain de l'hôtel, donc nous avons pensé qu'il valait mieux lui parler.

— Bonne idée, dit Kay.

— Merci, et après ça, nous avons la femme qui dirige les cours d'orientation, dit Gavin.

Carys tourna la page de son bloc-notes.

— Et enfin, Kyle Craig. Il anime les leçons de tir

à l'arc. Cela devrait nous prendre jusqu'à l'heure du déjeuner, et ensuite nous reviendrons ici pour voir qui il reste.

— Parfait, merci.

Kay les regarda se précipiter hors de la pièce, puis elle s'appuya contre l'un des bureaux et elle essaya de se détendre.

CHAPITRE 25

Gavin gara tranquillement le véhicule de service sur le parking de l'hôtel et il expira en serrant le frein à main. Il passa une main sur son visage et arracha les clés du contact.

— Bon sang, est-ce que cette femme pourrait être encore plus épuisante ?

Carys rit et laissa sa ceinture de sécurité se rétracter avant d'ouvrir la portière.

— Eh bien, je suppose que si elle enseigne l'orientation, elle doit avoir beaucoup d'énergie. Ces groupes peuvent couvrir une sérieuse distance.

— Je sais, mais en plus de l'autre qui gère les écuries, je suis épuisé de les avoir écoutées.

— Et moi qui pensais que tu étais un surfeur en super forme.

Carys claqua la langue.

— Tu m'as bien eue.

Gavin leva les yeux au ciel et sortit de la voiture. Il agita la clé par-dessus son épaule pour la verrouiller et il se dépêcha de rattraper sa collègue.

— C'est la quantité de mots que j'ai trouvée épuisante. Si ç'avait été deux hommes, nous aurions fini en une demi-heure pour chacun, au maximum.

Carys plissa les yeux vers lui.

— Ouais, mais nous aurions probablement dû revenir demander plus d'informations. Au moins de cette façon, nous avons deux entretiens approfondis dans la poche. Utiles, aussi.

— Je parie que celui avec le professeur de tir à l'arc ira plus vite.

Un car de touristes encombrait l'esplanade en asphalte devant le bâtiment et le moteur du véhicule faisait un bruit sec en refroidissant. On entendait des voix tandis que chacun essayait de trouver sa valise et qu'un chauffeur exaspéré tentait de les diriger vers la réception.

Carys ralentit en s'approchant des portes et elle fronça les sourcils en lisant les panneaux sur le côté du bâtiment, chacun pointant dans une direction différente.

— De quel côté est le terrain de tir à l'arc, d'ailleurs ?

— C'est derrière, sur la gauche. Viens, ce sera plus rapide de passer par l'extérieur que de se frayer un chemin à travers tout ce monde.

Elle se mit à marcher à côté de lui et Gavin retint une vrille de glycine alors qu'ils avançaient le long d'un étroit sentier à côté de l'hôtel.

— Merci. Tu as entendu quelque chose à propos du nouvel inspecteur ?

— Non, et toi ?

— Rien. Pas depuis que Kay et Sharp ont interviewé les candidats la semaine dernière. J'ai eu l'impression que ça ne s'était pas très bien passé.

— Ah bon ?

— Deux d'entre eux venaient d'autres régions, et il y en a un qui avait le béguin pour Kay.

Gavin rit.

— Je parie que ça a été bien reçu.

— Ouais. Ce sera bizarre d'avoir quelqu'un de nouveau dans l'équipe, non ?

— Après tout ce qu'on a traversé, tu veux dire ? Oui.

Il fit une pause alors qu'ils atteignaient le bord d'une grande étendue de gazon au bout du chemin et il se tourna vers elle.

— Tu n'as pas envie de postuler ?

Carys fronça les sourcils.

— J'y ai pensé, mais j'ai longuement réfléchi et je ne pense pas avoir assez d'expérience pour le moment. Si je postule pour quelque chose comme ça, je veux être sûre d'avoir de bonnes chances de réussir, tu vois ce que je veux dire ?

Il hocha la tête.

— C'est logique. Tout à ton honneur d'avoir pris cette décision. Je sais à quel point tu veux faire de ce travail une carrière à long terme. Moi, je ne sais pas si je voudrais de cette responsabilité supplémentaire pour être honnête.

— Ah, on verra ce que tu en penses quand tu auras été à ton poste pendant encore quelques années. Tu pourrais changer d'avis.

— Peut-être.

Il plissa les yeux devant la lumière vive du soleil, puis il pointa du doigt une structure basse qui ressemblait à une grange et s'élevait au-dessus du gazon au loin.

— Ça doit être le centre de tir à l'arc.

Carys regarda de chaque côté de là où ils se tenaient.

— Tu penses qu'on peut traverser ?

— Il n'y a pas de cibles dehors. Écoute, passe

devant et si je vois des flèches voler, je te dirai de te baisser.

— Très drôle.

En s'approchant, Gavin aperçut une silhouette qui bougeait dans la pénombre de la porte principale du bâtiment, son visage dans l'ombre pendant qu'il travaillait.

L'homme se redressa quand ils approchèrent, ses yeux sombres examinèrent les deux détectives avant qu'il ne repousse une mèche de cheveux couleur maïs de ses yeux pour hocher la tête.

— Vous devez être la police, alors ?

Gavin fit les présentations.

— Je vois que vous êtes occupé, monsieur Craig, donc nous ne prendrons pas trop longtemps. Nous avons juste quelques questions de routine sur l'un des clients qui a séjourné ici il y a une semaine.

Craig changea de position, puis il se retourna et accrocha les arcs qu'il tenait sur un râtelier à droite de la porte.

— Pas de problème. Qu'est-ce que vous voulez savoir ?

Carys tendit une photographie de Clive Wallis.

— Vous le reconnaissez ?

Craig examina l'image mais ne la prit pas des mains de Carys.

— Oui, je le reconnais. Lui et un groupe ont passé une heure ici en milieu de semaine. Mercredi, si je me souviens bien, mais je vais devoir vérifier les réservations. Une sorte d'activité de team-building.

Il recula d'un pas et fronça les sourcils.

— Qu'est-ce qu'il a fait ?

— Il est mort, répondit Gavin.

— Bon sang. Je veux dire, désolé. Quand ?

— C'est ce que nous essayons de déterminer, dit Carys.

— Vous avez passé beaucoup de temps avec lui ?

Craig se frotta le menton d'une main sale.

— Autant qu'avec les autres. Quelques-uns d'entre eux avaient déjà essayé le tir à l'arc, donc je pouvais passer plus de temps avec le reste du groupe pour les mettre à niveau. Je ne lui ai probablement parlé que deux ou trois fois.

— Quelle impression vous a-t-il donnée ? Est-ce qu'il semblait préoccupé par quelque chose ? demanda Gavin.

— Non, pas vraiment.

Il montra du pouce par-dessus son épaule.

— Nous avons un réfrigérateur ici pour les boissons et autres. Avec licence, bien sûr, comme c'est sur le terrain de l'hôtel. Votre gars ne semblait pas très intéressé par les activités. Il semblait content de boire de la bière et de discuter avec ses collègues. Remarquez, c'est dommage, il avait l'air d'avoir besoin d'un peu de sport. Un grand gaillard. Il n'avait pas l'air très en forme, même si les femmes du groupe semblaient l'apprécier.

— Ah bon ?

Il sourit.

— Je pense qu'il se voyait un peu comme un tombeur. Il les avait certainement captivées. J'ai eu du mal à les faire tirer quelques flèches.

— Des problèmes avec quelqu'un d'autre dans le groupe ?

— Aucun dont je me souvienne. Un groupe assez facile à gérer pour être honnête. Si seulement ils étaient tous comme ça.

Gavin se retourna et observa les terrains de chaque côté du hangar.

— Tout ça a l'air neuf. Depuis combien de temps êtes-vous ici ?

— Environ deux semaines. Avant, notre hangar était là-bas, plus loin dans les bois. Il y a une clairière par-là, vraiment jolie.

Il haussa les épaules.

— Enfin bon, l'hôtel marche tellement bien qu'ils ont décidé de l'agrandir, vous voyez tous ces travaux ? Ils sont en train de défricher le terrain entre l'extrémité du bâtiment jusqu'à la lisière du bois ici, et ensuite ils vont l'agrandir. J'ai entendu dire qu'ils allaient installer une piscine chauffée et un spa, et même une salle pour les mariages.

— Depuis combien de temps travaillez-vous ici, monsieur Craig ?

— Environ deux ans et demi. Ils venaient juste d'ouvrir quand j'ai passé l'entretien et ils voulaient proposer différentes activités aux clients. J'avais déjà fait ça près du Gloucestershire. Dès qu'ils ont eu les dépendances et tout le nécessaire, j'ai commencé.

— Très bien, dit Gavin. Je pense que c'est tout pour l'instant. Merci de votre temps.

Le professeur de tir à l'arc leva la main en guise d'au revoir et retourna à son travail, tandis que Gavin ouvrait la marche en direction de l'hôtel.

— Tu as faim ? demanda Carys.

— Je meurs de faim. Mais allons d'abord jeter un coup d'œil à ce chantier.

Kay se leva de son siège, étira ses bras au-dessus de sa tête et étouffa un bâillement avant de lancer à Debbie par-dessus son épaule :

— Ça va si je te laisse un moment ? Je vais aller manger un morceau et prendre l'air.

— Pas de problème.

— Je vais veiller à ce que les traiteurs t'apportent de quoi tenir le coup, tu aurais dû voir comment certains agents lorgnaient sur le buffet là-bas, on aurait dit qu'ils n'avaient pas mangé depuis un mois.

— Je me suis posé la même question. Mais ne mets pas de gâteau dans mon assiette, d'accord ? J'essaie d'être sage, il ne me reste qu'un mois avant les vacances.

Kay poussa la porte du couloir et examina l'étalage de nourriture qui avait été disposé sur une deuxième table à côté des boissons fraîches et des bouilloires d'eau chaude.

Elle avait convenu avec Sharp qu'ils utiliseraient une partie de leur budget alloué pour la restauration de l'équipe à l'hôtel plutôt que de les envoyer chercher leur propre nourriture.

Cela aidait à maintenir l'attention sur les entretiens au cours de la journée, et l'équipe serait moins encline à prendre une pause plus longue que nécessaire.

Elle vit un membre du personnel de l'hôtel s'approcher et, après s'être assurée que Debbie serait bien prise en charge, elle saisit une assiette pour elle et la remplit de sandwichs et de fruits.

— Pousse-toi, certains d'entre nous meurent de faim.

Elle jeta un coup d'œil par-dessus son épaule en entendant la voix de Barnes et elle sourit.

— Comment s'est passée ta matinée ?

— Pas mal.

Il baissa la voix en tendant la main vers une part de gâteau.

— Tu veux qu'on s'assoie dehors ? Il y aura moins de chances qu'on nous entende.

Il fit un signe de tête vers le membre du personnel qui rôdait encore et elle acquiesça.

— Je te suis.

Au bout du couloir, Barnes poussa une porte de secours à sa droite et lui tint la porte.

Elle entra dans un jardin ombragé à l'arrière de l'hôtel qui leur offrait une vue dégagée sur le terrain de golf.

Des arbustes et des fougères remplissaient les bordures de fleurs contre la brique nue du bâtiment et des jeunes arbres fraîchement plantés se balançaient dans la brise, offrant un peu d'ombre sur un groupe de tables et de chaises regroupées dans un coin.

— Parfait.

— Ouais, c'est ce que je me suis dit aussi. Je l'ai repéré pendant qu'on parlait à l'un des jardiniers.

Il tira une chaise en métal pour elle près d'une table ronde et ils commencèrent à dévorer leur nourriture.

— Mon Dieu, c'est délicieux, dit Kay. Je n'ose pas imaginer combien ils vont facturer ça à Sharp.

— Autant en profiter alors. Ça pourrait être la dernière fois qu'il le fait.

— C'est vrai.

— Qu'est-ce que tu penses de notre affaire alors ?

demanda-t-il en s'essuyant les doigts avec une serviette en papier.

Elle soupira.

— Sharp me rappelle sans cesse que c'est le début et que je ne devrais pas m'énerver, mais je ne peux m'empêcher de penser que ça va être un long combat. La presse va se faire un malin plaisir si on ne résout pas cette affaire rapidement, Ian.

— Ne panique pas encore, on vient à peine de découvrir qui est notre première victime. Une fois que Harriet et Lucas auront identifié la deuxième victime, on sera mieux placés pour voir s'il y a un lien entre les deux.

Kay tapota ses lèvres puis froissa sa serviette sur son assiette et soupira.

— Quelle horrible façon de mourir. Et Clive Wallis, personne ne se souciait de lui. Tout cela m'a l'air plutôt triste, n'est-ce pas ?

Barnes lui donna un léger coup de poing sur le bras.

— C'est pour ça qu'il nous a, nous. On va se battre pour lui, d'accord ?

Elle réussit à sourire en plissant les yeux dans le soleil éclatant.

— D'accord.

Barnes suivit son regard et se protégea les yeux.

— Bon sang, ces deux-là sont motivés. Ils ont déjà pris une pause ?

Kay regarda Carys et Gavin tourner à l'angle opposé de l'hôtel et se diriger vers un tas de gravats à l'arrière du bâtiment où trois ouvriers utilisaient des pelles et des pioches pour casser un vieux chemin qui menait à une zone boisée.

— Je ne crois pas, dit-elle. Ils doivent être revenus des écuries il y a des heures.

— L'orientation après ça, et puis le tir à l'arc, c'est ça ?

— Ouais. Comment ça s'est passé pour toi ce matin ?

— Le type qui dirige le centre de golf était un peu inutile, mais je m'en suis mieux sorti avec l'un des jardiniers, Peter Radcliffe. Il se souvient clairement avoir vu Wallis le mercredi après-midi. Apparemment, ils n'ont joué que neuf trous parce qu'il faisait trop chaud et qu'ils étaient arrivés trop tard pour faire le parcours complet. Il dit que Wallis jouait assez bien, qu'il avait l'air de bien s'entendre avec ses collègues, et qu'il s'est même souvenu de le remercier pour la location des clubs après.

Barnes sourit.

— Apparemment, tous les invités ne sont pas aussi polis.

— Est-ce qu'il a mentionné s'il avait vu Wallis dans la soirée ?

— Non, je lui ai demandé, mais il ne travaille que jusqu'à 18 heures. Il était en retard pour ranger après le départ des derniers responsables du parcours, et il est rentré directement chez lui après.

Kay tendit la main vers le verre de jus d'orange qu'elle avait apporté et elle en prit une gorgée.

— Je commence à penser qu'on se raccroche à des brindilles.

— Ouais, mais tu sais comment c'est. On pourrait entendre quelque chose qui va nous aider.

Barnes écarta largement les mains.

— Je veux dire, regarde cet endroit. Si Wallis n'est pas allé dans sa chambre, il aurait pu être n'importe où.

Kay haussa les épaules.

— Ok, mais où est-il allé ?

CHAPITRE 27

Trudy Evans s'agita sur le siège en face de Kay et tira nerveusement sur l'ourlet de sa jupe.

— Je n'ai jamais été interrogée par la police auparavant, dit-elle en riant nerveusement.

Kay ignora le commentaire tandis qu'elle s'appuyait contre le bureau et attendait que Barnes tourne une nouvelle page dans son carnet.

Elle admirait les compétences d'interrogatoire de son collègue – Barnes était un enquêteur redoutable. Le rythme de ses entretiens le faisait paraître calme et posé, même si Kay savait que sous cette façade, l'homme était aussi impatient qu'elle de passer en revue la liste des noms et de commencer à extrapoler les informations qui pourraient les mener à leur tueur.

Mais se précipiter n'était pas une option.

— Madame Evans, depuis combien de temps travaillez-vous à l'hôtel ? demanda Barnes.

— Oh, environ trois ans. Depuis que j'ai déménagé ici de Bristol. Je ne suis censée être qu'à temps partiel, mais il y a toujours quelque chose à faire.

Kay ne dit rien lorsque la femme lui sourit. Ce n'était pas son entretien, et elle ne voulait pas modifier l'équilibre de la conversation.

Finalement, la femme se retourna vers Barnes et son sourire s'effaça.

— À quelle heure votre service a-t-il commencé le mercredi ? demanda-t-il.

— Vers dix heures, répondit Trudy. Nous sommes généralement deux à la réception, mais Bettina était occupée à aider à la mise en place d'une des salles de réunion, donc j'étais seule jusqu'à seize heures.

— Nous savons qu'une conférence a eu lieu le mercredi et le jeudi, dit Barnes. À quelle heure les responsables ont-ils commencé à arriver ?

— À partir de treize heures. Je vous le dis, c'était sacrément plein. Je n'ai même pas eu l'occasion d'aller aux toilettes avant quinze heures, et c'était seulement parce que Kevin m'a remplacée pendant dix minutes.

Barnes prit une photographie retournée de Clive

Wallis sur la table entre lui et Trudy et il la fit pivoter pour qu'elle la regarde.

— Est-ce que vous reconnaissez cet homme ?

Trudy garda ses mains pliées sur ses genoux mais se pencha pour examiner l'image.

— Oui.

— Et son nom ?

— Euh, non, je ne m'en souviens pas. Il y en avait tellement.

— Il n'y a aucune trace de lui dans la liste des chambres occupées ce jour-là. Est-ce que vous avez une idée de la raison ?

La réceptionniste fronça les sourcils.

— Peut-être qu'il n'a pas dormi ici ?

— S'il assistait à une conférence de deux jours avec des collègues, savez-vous pourquoi il ne serait pas resté la nuit ? Est-ce qu'il y avait un problème avec l'une des chambres ?

Trudy se mordit la lèvre inférieure.

— Pas que je me souvienne. Je ne sais pas. Comme je l'ai dit, c'était vraiment plein. J'avais des types qui me montraient leurs cartes de crédit à droite et à gauche, ils arrivaient tous par groupes de trois ou plus.

Elle gloussa.

— Honnêtement, à un moment donné, j'ai pensé

qu'ils se réunissaient sur le parking et attendaient d'être plusieurs pour me rendre la vie plus difficile.

Ni Kay ni Barnes ne partagèrent la plaisanterie, et la femme s'éclaircit la gorge avant de pointer la photographie.

— Est-ce qu'il y a un problème ? Il a fait quelque chose de mal ?

— À quelle heure votre service s'est-il terminé ? demanda Barnes.

— À seize heures, quand mon remplaçant est arrivé. Il a pris le relais environ dix minutes après, il n'arrive jamais en avance, donc je dois toujours rester un peu plus sur mon temps libre. Je ne leur facture jamais les heures supplémentaires, cependant.

Trudy serra la mâchoire, comme pour défier Barnes de remettre en question son éthique de travail.

— À quelle heure avez-vous quitté l'hôtel ?

— Vers dix-huit heures, je pense. Je me suis arrêtée au bar pour boire un verre et j'ai discuté avec quelqu'un.

— Qui ?

— Un type. Je pense qu'il était peut-être à la conférence, je ne suis pas sûre.

— Vous avez conduit pour rentrer chez vous ? demanda Barnes.

— Oui. Mais je n'étais pas au-dessus de la limite. Je n'ai bu qu'un seul verre.

— À quelle heure êtes-vous arrivée chez vous ?

— Avant dix-neuf heures.

Trudy soupira et s'adossa à son siège.

— J'avais tellement mal aux pieds.

Barnes ferma brusquement son carnet.

— C'est tout, madame Evans. Nous vous contacterons si nous avons d'autres questions.

Kay regarda la femme quitter la pièce et attendit qu'elle ait fermé la porte derrière elle, puis elle se tourna vers Barnes.

— Je ne comprends pas pourquoi il n'y a aucune trace de Wallis dans leur système.

— Comme elle l'a dit, elle était occupée. Peut-être qu'elle n'a pas entré correctement ses coordonnées dans l'ordinateur et elle ne veut pas s'attirer d'ennuis ?

— Peut-être. Du nouveau avec les caméras de surveillance de l'hôtel ?

— Gavin attend des nouvelles de leur siège social. Il va faire remonter l'affaire s'ils n'ont pas obtenu l'autorisation d'ici notre départ aujourd'hui. Il prévoit de passer en revue les enregistrements avec des agents demain.

— D'accord, bien.

Kay regarda sa montre.

— Qui est cette Bettina qu'elle a mentionnée ?

Barnes vérifia la liste des noms que le responsable de service leur avait donnée.

— Bettina Merriweather. C'est la supérieure de Trudy.

— Très bien. Allons lui parler avant de faire le débriefing et voyons si elle peut nous éclairer sur la raison pour laquelle le dossier de Wallis a disparu.

Dix minutes plus tard, une femme à l'air efficace qui portait un uniforme similaire à celui de Trudy Evans s'assit devant Kay et s'éclaircit la gorge tandis que Barnes l'interrogeait sur les informations manquantes.

— Je suis vraiment désolée, dit-elle. Nous avons déjà eu des problèmes avec l'attention aux détails de Trudy sous la pression. Je ne peux que supposer qu'avec le nombre de personnes qui arrivaient en même temps, elle était agitée et elle a fait une erreur.

— Nous avons compris d'après Trudy que vous aidiez à préparer une salle de conférence pour les clients. Est-ce que cela fait normalement partie de vos fonctions ?

— C'est le cas en ce moment. Nous sommes tellement en sous-effectif, voyez-vous. Je pense que la popularité de l'hôtel a pris les propriétaires au dépourvu. Ils sont actuellement en plein recrutement, mais vous savez comment ça peut être, le temps que nous ayons passé au crible les CV pour trouver des candidats, puis que nous les ayons tous passés en revue, il pourrait s'écouler des semaines avant que nous n'envoyions des offres d'emploi.

Kay ne fit aucun commentaire, mais ayant assisté à plusieurs entretiens au cours de la semaine passée, elle pouvait comprendre la frustration de la femme.

— Avez-vous un autre moyen de prouver que Clive Wallis a séjourné à l'hôtel cette nuit-là ? demanda Barnes. Après tout, ses employeurs ont été facturés pour l'ensemble des employés, donc il doit bien y avoir une trace quelque part ?

La femme pinça les lèvres.

— J'ai bien peur que non. Les factures sont envoyées automatiquement. À moins que le client ne nous contacte pour nous informer de l'absence de quelqu'un et ne nous donne un préavis de vingt-quatre heures pour les besoins de restauration, nous leur facturons simplement le montant total, quoi qu'il arrive. C'est leur responsabilité, pas la nôtre. Je veux dire, s'il avait choisi de payer sa chambre avec sa carte de crédit personnelle, ce serait une autre affaire, mais je ne crois pas qu'il l'ait fait, n'est-ce pas ?

— Très bien, madame Merriweather, dit Barnes. Merci pour votre temps.

Elle acquiesça d'un signe de tête, se leva de son siège et quitta précipitamment la pièce en lissant son uniforme alors qu'elle disparaissait de la vue.

Kay gémit en repoussant sa chaise et en s'étirant le dos.

— Rassemblons tout le monde pour un débriefing avant de retourner au commissariat. J'ai le sentiment que ça va être une longue soirée.

CHAPITRE 28

Kay remua le contenu d'un sachet de sucre dans son café et elle leva les yeux lorsque Sharp entra dans la pièce.

— Comment ça se passe ?

— Tout doucement. Il y a du café chaud là-bas si tu en veux.

Elle attendit pendant qu'il se servait une tasse dans la kitchenette au fond de la salle des opérations, puis elle repoussa ses notes sur son bureau pour lui faire de la place lorsqu'il tira une chaise libre et s'assit.

— Qu'est-ce que tu en penses ?

Elle se frotta l'œil droit.

— Il y a quelque chose qui ne colle pas. Nous

avons des preuves, les caméras sur la voie rapide à Beltring, qui montrent clairement la voiture de Clive sur la route. Ses employeurs confirment qu'il a assisté à la conférence ; tous ses collègues confirment qu'il y était, et il a été vu le soir au bar. Il a séjourné à l'hôtel.

Elle passa sa main sur les pages devant elle.

— Le problème, c'est qu'il n'y a aucune fichue trace de sa chambre.

— Tu as parlé à qui à l'hôtel ?

— La réceptionniste qui travaillait quand tout le monde est arrivé pour la conférence, Trudy Evans. Elle n'a pas pu expliquer pourquoi le nom de Wallis manquait, mais quand nous avons parlé à sa supérieure, elle nous a dit que ce n'était pas la première fois que ça arrivait.

— Et les cours que Wallis a suivis pendant qu'il y était ? Le team-building ?

— Nous avons parlé avec le personnel qui s'occupe du parcours de golf, de l'orientation, de l'équitation et du tir à l'arc. Les autres gèrent des entreprises en dehors de leurs contrats avec l'hôtel, donc nous n'avons pas pu les joindre aujourd'hui. Il y a un marché au centre artisanal local où beaucoup d'entre eux ont des stands demain matin, donc nous y passerons en premier et avec un peu de chance, nous terminerons les entretiens là-bas.

— Est-ce que l'un d'eux a été en contact avec notre victime ?

— Les professeurs de tir à l'arc et de golf. Nous avons interrogé les responsables de l'orientation et de l'équitation afin de les éliminer. Nous commençons au moins à avoir une idée des déplacements de Wallis pendant qu'il était sur place.

Sharp but une gorgée de son café et laissa son regard errer sur les documents.

Dans le coin éloigné, Debbie West était assise à son bureau, son ordinateur portable ouvert alors qu'elle finissait de mettre à jour la base de données HOLMES avec les découvertes du jour, le tap tap de ses doigts sur le clavier parvenait jusque-là où ils étaient assis.

— Le quartier général n'est pas très content que l'on réassemble l'équipe d'enquête là-bas, dit Sharp. Plus de moyens.

Kay plissa le nez.

— Plus d'ingérences aussi.

Il haussa les épaules.

— Je préférerais aussi que tu restes au poste, Hunter, mais nous avons besoin de résultats, de quelque chose à leur donner pour montrer que nous faisons des progrès. Y a-t-il quelque chose que je puisse faire pour aider ?

Elle secoua la tête.

— Non, mais merci. Gavin a les images des caméras de sécurité de l'hôtel, y compris la zone de réception. Nous n'avons peut-être pas de trace écrite du séjour de Wallis, mais au moins nous saurons s'il est simplement passé entre les mailles du filet. Trudy Evans a dit que c'était le chaos quand ils sont tous arrivés. Gav a emmené deux agents dans la salle multimédia pour passer les bandes en revue maintenant.

Sharp regarda sa montre.

— Ça va lui prendre quelques heures.

— Au moins. Il prévoit de rester jusque tard pour les examiner, donc je lui ai dit qu'il pourrait commencer plus tard demain. J'ai besoin que cette équipe soit sur le qui-vive.

— Je suis d'accord. Comment s'en sort Barnes ?

— En tant que second, tu veux dire ? Il est brillant, pour être honnête. Je sais qu'il peut faire le plaisantin, mais il m'a impressionnée cette semaine.

Sharp passa une main sur sa mâchoire.

— Toujours pas moyen de le convaincre ?

— Malheureusement non, et je ne vais pas insister. Soyons francs, une promotion, ce n'est pas pour tout le monde. Il semble assez heureux dans son rôle et je suis reconnaissante de son aide.

— J'ai lu tes notes sur les candidats.

— Et ?

— Je suis d'accord. Je ne pense pas que nous ayons encore trouvé la bonne personne pour cette équipe, et je ne veux pas faire venir quelqu'un juste pour en finir. Je suis inquiet pour la charge de travail, cependant.

— On va s'en sortir. On y arrive toujours.

— C'est vrai.

Il jeta un coup d'œil par-dessus son épaule alors que la porte de la salle s'ouvrait et que l'équipe entrait pour le briefing de l'après-midi.

— Je vais rester.

— Pas de problème.

Kay attendit qu'il soit allé dans son bureau et qu'il ait accroché sa veste au dos de la porte, puis elle prit ses notes et se dirigea vers l'avant de la salle.

Elle s'arrêta au bureau de Carys et fit signe à la jeune détective d'attendre un moment.

— Je vous ai vus, Gavin et toi, aller vers les travaux à l'hôtel, est-ce qu'il y avait quelque chose d'intéressant ?

— Pas vraiment. Le professeur de tir à l'arc à qui

nous avons parlé, Kyle Craig, a dit que l'hôtel s'agrandissait, et que de vieux hangars et dépendances avaient été démolis pour leur faire place. Nous y avons jeté un coup d'œil au cas où nous pourrions trouver quelque chose, mais il n'y a que des gravats.

— Pas de travaux en cours ?

— Pas pour le moment, les travailleurs étaient là pour nettoyer le site. J'ai demandé à l'un des agents d'entretien quand nous sommes retournés à la salle de conférence, et il a dit que tout était à l'arrêt pour le moment.

Elles se dépêchèrent de rejoindre leurs collègues qui attendaient près du tableau blanc.

Kay se tourna pour faire face à tout le monde.

— Très bien, un peu de calme. Plus vite nous aurons terminé, plus vite vous pourrez rentrer chez vous.

Le brouhaha se dissipa jusqu'à ce qu'un simple murmure remplisse l'air, puis elle commença.

— Tout d'abord, merci pour votre aide aujourd'hui, il y avait beaucoup de déclarations à prendre, et il y aura beaucoup d'informations à gérer dans les jours à venir. Gavin et les agents Stewart et Morrison sont actuellement en train d'examiner les images des caméras de sécurité et nous vous tiendrons au courant dès que nous aurons quelque chose. Nous avons une déclaration intéressante, celle de Trudy Evans qui travaillait à la réception le jour de l'arrivée des délégués. Elle a confirmé avoir reconnu Wallis sur la photo que nous lui avons fournie, mais elle ne sait pas pourquoi ses coordonnées n'apparaissent pas dans le système de réservation de l'hôtel.

— Une erreur ? demanda Phillip Parker depuis le fond de la salle.

— C'est ce que nous pensons. Demain, vous serez envoyés par deux pour interroger les personnes qui proposent des activités de loisirs en dehors de l'hôtel. Il y en a pas mal qui participent à un marché dans les locaux du centre artisanal, donc je veux que vous soyez partis à sept heures. Si nous y allons plus tard, nous risquons d'avoir des plaintes pour avoir interrompu leur commerce. Désolée si vous aviez prévu de faire la grasse matinée.

— Ce serait un luxe, dit Barnes avec un faux accent du Yorkshire, ce qui provoqua un éclat de rire dans la salle.

Kay attendit que le calme revienne.

— J'ai reçu un message de Harriet disant que son équipe devrait obtenir les résultats du laboratoire lundi, donc avec un peu de chance, nous allons avoir un nom pour notre deuxième victime. Attendez-vous à une semaine chargée, car nous allons devoir essayer de relier les deux victimes à leur tueur. Des questions ?

Elle fit une pause, mais il n'y en eut aucune.

— Très bien. Rentrez chez vous. On se retrouve demain au centre artisanal à sept heures. Ne soyez pas en retard.

CHAPITRE 29

Kay repoussa les couvertures et se frotta les yeux.

Elle était éveillée depuis deux heures, elle n'arrivait pas à dormir et elle ne voulait pas réveiller Adam qui ronflait à côté d'elle, le bras jeté au-dessus de sa tête, malgré le soleil éclatant qui passait à travers les rideaux.

Elle regarda sa montre et soupira, puis elle se résigna au fait qu'elle n'avait réussi à dormir que quelques heures, avant d'enfiler un short et un débardeur et de descendre à pas feutrés.

Elle bâilla en sortant les grains de café du placard, puis elle ferma la porte de la cuisine pour que le bruit du broyage des grains et les émissions de vapeur de la machine ne réveillent pas Adam à l'étage. La clinique n'était pas censée ouvrir ce jour-là, et Adam était rentré après minuit à la suite d'un appel dans une ferme à la périphérie de West Malling.

Elle le laisserait dormir aussi longtemps que possible.

Une fois le café prêt, un riche arôme emplit la cuisine et Kay se versa une grande tasse et déverrouilla la porte de derrière.

Misha émit un bêlement pitoyable depuis son enclos grillagé et Kay traversa la pelouse pieds nus jusqu'à l'endroit où la petite créature la regardait avec des yeux pâles.

— Bonjour, toi.

La chèvre bêla.

— Je vais te laisser sortir un peu, mais tu restes loin des herbes, d'accord ?

Misha recula en sautillant et Kay rit.

Elle réussit à défaire le loquet d'une main, puis elle recula tandis que la chèvre s'élançait hors de l'enclos et trottait autour de la pelouse, s'arrêtant devant différents arbustes pour enfouir sa tête dans les feuilles et inhaler les différentes odeurs.

En gardant un œil sur les progrès de Misha, Kay retourna sur la terrasse et s'enfonça dans l'une des chaises pour siroter son café.

Le marché du centre artisanal ne devait pas commencer avant une heure et demie et la circulation serait fluide, elle s'accorda donc un moment de détente.

Elle avait laissé Debbie établir un planning pour les entretiens qui devaient être menés, y compris les commerçants temporaires qui venaient chaque dimanche ainsi que les locataires permanents du centre artisanal.

Son regard erra sur la pelouse jusqu'à un parterre de fleurs de couleurs, qu'ils avaient hérité du précédent propriétaire qui aimait les roses. Elle se rappela de retirer les fleurs fanées des plantes un soir après le travail pour qu'il y ait de nouvelles floraisons, puis elle jeta un coup d'œil par-dessus son épaule lorsque la porte de derrière s'ouvrit.

— Bonjour. Le café est prêt.

Adam apparut, une tasse fumante déjà à la main et brandissant un journal.

— J'en ai déjà, merci. Celui-ci vient d'arriver.

Il posa le journal sur la table à côté d'elle, puis il se mit à rire alors que Misha était prise d'une crise d'éternuements.

— Eh bien, voilà ce qui arrive quand on fourre son museau dans le potager, dit-il. Viens ici.

La chèvre trottina vers lui et il passa ses doigts dans sa fourrure pour en détacher les bardanes qu'elle avait collectées durant ses pérégrinations dans le jardin.

Kay parcourut des yeux les gros titres et elle se pencha en avant lorsqu'un article vers le bas de la page attira son attention.

La police locale n'arrive pas à arrêter le tueur.

— Oh, génial.

— Quoi ?

Elle pointa du doigt le titre.

— Jonathan Aspley a visiblement renoncé à obtenir des informations de ma part, alors il a quand même écrit quelque chose.

Elle tourna la page. Le journaliste n'avait rien fait de plus que de régurgiter les faits déjà connus présentés à la presse par le responsable des relations médias au quartier général, et elle expira.

— Ça va ?

— Oui, Dieu merci. Je vais devoir parler à Sharp pour qu'il dise quelque chose à la presse cependant. Ils n'attendront pas éternellement et on ne peut pas risquer des spéculations sur cette affaire.

— Tu pars à quelle heure pour le marché ?

— Dans environ une demi-heure, pourquoi ?

— Ça te dérange si je viens avec toi ? Je ne gênerai pas ton équipe, je pourrais faire un tour, voir si certains de mes clients sont là. C'est un endroit populaire, et ce serait bien de les voir en dehors des heures de consultation.

— Bien sûr que tu peux venir. Ce serait agréable d'avoir de la compagnie, pour être honnête.

— Super.

Il vida sa tasse.

— Je vais remettre Misha dans son enclos et on peut se préparer à partir.

Misha bêla alors qu'il la conduisait vers la clôture grillagée, et Kay se leva de sa chaise, saisit le journal sur la table, puis le roula et écrasa une guêpe égarée avec.

UNE HEURE PLUS TARD, ils se tenaient près de leur voiture dans une zone ombragée d'un parking en gravier à l'entrée du centre artisanal, aux côtés d'une rangée de véhicules de police et de voitures privées.

Le reste de l'équipe de détectives s'agitait avec leurs collègues après avoir salué Adam, et une fois que Kay eut vérifié que tout le monde était présent, elle se tourna vers lui.

Il sourit.

— Ne t'inquiète pas, je vais m'éclipser. Je vais

aller acheter des légumes pour le dîner de cette semaine. On se voit plus tard, bonne chance.

Il s'éloigna à grands pas vers le stand de nourriture le plus proche et Kay reporta son attention sur son équipe rassemblée autour de leurs véhicules et elle leur fit signe d'approcher.

— Rassemblez-vous, dit-elle. Je ne vais pas crier parce que je ne veux pas que quelqu'un d'autre entende.

Elle attendit que l'équipe fasse quelques pas vers elle jusqu'à ce qu'elle puisse leur parler à voix basse.

— Récapitulons. Le centre artisanal n'est qu'à un kilomètre et demi de l'hôtel à vol d'oiseau à travers ce bois là-bas. Nous sommes à environ six kilomètres de l'endroit où le pied amputé de Wallis a été retrouvé. Nos entretiens d'aujourd'hui doivent tenir compte de qui aurait pu entrer en contact avec Wallis au cours du mercredi après-midi et soir. Nous savons que tous les collègues de Clive Wallis ont participé à un exercice de team-building avec Derek Flinders qui leur a appris le tissage de paniers, mais Montgomery Fisher a confirmé que cette activité s'était terminée au bout de deux heures. Ses employés ont eu une heure pour visiter les boutiques artisanales sur place ici avant que leur minibus ne les ramène à l'hôtel.

Elle vérifia ses notes.

— Debbie a ici un dossier pour chacun d'entre vous qui contient des photos récentes de Clive Wallis. Nous utilisons celle du site web de son employeur plutôt que celles fournies par Lucas, pour des raisons évidentes. Si vous parlez à quelqu'un qui peut nous éclairer sur ses mouvements le mercredi soir, en particulier où il a séjourné, faites-le-moi savoir immédiatement. Des questions ?

— Non, chef.

— Tout est clair, chef.

— Dans ce cas, mettez-vous en route. Le marché se termine à onze heures, donc si l'un des commerçants sur votre liste a l'air occupé, vous avez le temps de passer à un autre et de revenir plus tard. Il faut essayer de ne pas trop les déranger, sinon nous allons avoir les médias sur le dos en un rien de temps.

Elle les regarda se disperser dans le parking, puis elle se retourna et sentit un coup de coude.

Barnes tenait un dossier.

— Ça te dit de m'accompagner ? J'ai un sculpteur à interroger.

Elle sourit.

— Je ferais mieux oui. Dieu sait que tu n'es pas l'homme le plus cultivé du coin, Ian.

— Ça ne me dérange pas si je reconnais réellement ce qu'ils fabriquent. C'est quand je ne vois rien d'autre qu'un bloc de marbre ou de bronze informe que j'ai de la peine à m'enthousiasmer.

Kay rit et le suivit jusqu'à l'entrée du centre artisanal.

— Qui d'autre as-tu sur ta liste ?

— Travis Stevens. Forgeron. Ça, c'est plus mon truc.

— D'accord. Commençons avec lui.

CHAPITRE 30

Carys frappa du poing sur le revêtement en tôle ondulée de la remise située à l'extrémité du terrain occupé par le centre artisanal. Elle plissa les yeux pour scruter l'intérieur sombre.

De là où elle se tenait avec Gavin, elle entendit le raclement d'un ciseau, puis un juron étouffé.

— Il y a quelqu'un ?

Un mouvement au fond de la remise attira son attention quelques instants avant qu'une voix ne s'élève.

— Entrez donc.

Alors qu'elle franchissait le seuil en tête, la douce odeur de sciure titilla son odorat, lui rappelant les cours de travaux manuels à l'école.

— Par ici.

Des particules de poussière emplissaient l'air, tourbillonnant dans les rayons de soleil qui filtraient à travers des fenêtres grossièrement taillées en haut des murs. Ses chaussures frottaient contre des éclats et des chutes de bois, et à mesure que ses yeux s'habituaient à la pénombre, elle remarqua des planches soigneusement empilées.

— Je peux vous aider ?

Elle se tourna dans la direction de la voix. Un homme d'âge mûr la regardait de sa hauteur, son front dégarni et luisant de sueur. Il s'essuya les mains sur un torchon, la saleté et la graisse obscurcissant le logo d'une équipe de football sur le tissu, puis il haussa un sourcil lorsque Gavin sortit sa carte de police.

Carys s'éclaircit la gorge et montra sa propre carte avant de les présenter.

— Nous pouvons avoir votre nom, s'il vous plaît ? demanda Gavin.

— Derek Flinders. Que se passe-t-il ?

— Enquête de routine dans le cadre d'une investigation en cours.

— Ça a l'air passionnant. Que voulez-vous savoir ?

Carys ignora l'éclair d'impatience dans l'expression de Gavin face aux paroles de l'autre homme et elle désigna l'établi derrière lui.

— Qu'est-ce que vous faites ?

Il sourit, jeta le torchon par-dessus son épaule et croisa les bras.

— Je fabrique des arcs et des flèches, et parfois j'enseigne.

— Et vous fournissez le centre d'activités de l'hôtel Belvedere ?

— Parfois, oui.

— À quelle fréquence ? demanda Gavin.

Flinders haussa les épaules.

— Peut-être une fois par mois. Évidemment, quand il a ouvert, j'ai eu une commande d'environ vingt arcs de différentes longueurs et poids. Maintenant, je ne leur fournis que des pièces pour les remplacer au cas où l'un des clients en casse un.

Carys fit un geste vers les outils accrochés au mur du fond.

— Quelles mesures de sécurité avez-vous mises en place ici ?

— Des mesures de sécurité ?

— Pour empêcher quiconque d'entrer par effraction.

Il se frotta la mâchoire.

— Je ferme à clé les doubles portes par lesquelles vous êtes entrés il y a un instant. C'est à peu près tout, en fait. Les portes principales du centre artisanal sont fermées par la dernière personne qui part l'après-midi. Nous avons tous une clé du cadenas pour celles-là.

— On vous a déjà volé quelque chose ? demanda Gavin en passant une main sur l'établi.

— Non. Rien de tel.

— Votre accent. Vous n'êtes pas d'ici ?

— Du Somerset. J'y ai grandi. C'est un peu difficile de s'en débarrasser après une quarantaine d'années.

— Depuis combien de temps êtes-vous dans le Kent ?

— Environ trois ans, à peu près. Écoutez, vous pouvez me dire de quoi il s'agit ?

En croisant le regard de Gavin, Carys sortit son carnet de son sac ainsi qu'une photo de la première victime.

— Nous enquêtons sur le meurtre d'un client de l'hôtel, un homme du nom de Clive Wallis. Selon nos sources, il a participé à un exercice de team-building avec vous et certains de ses collègues mercredi après-midi.

Flinders fronça le nez.

— Je me souviens du groupe, mais je ne peux pas dire que je me rappelle lui. Vous dites qu'il est mort ?

— Nous pensons qu'il a été tué il y a une dizaine

de jours, expliqua Gavin. Où étiez-vous mercredi soir il y a quinze jours ?

— Bon sang, je ne sais pas.

Il se frotta le menton.

— Attendez. Ça y est. Je me préparais pour une visite à l'école du coin le lendemain matin. Ça demande beaucoup de travail, en fait, surtout pour s'assurer que la plupart des outils tranchants sont hors de portée.

— Quelqu'un d'autre était ici avec vous ?

— Travis, qui gère la forge, devait être là. Oui, c'est ça. Il est parti environ quinze minutes avant moi et il est passé me demander si ça ne me dérangeait pas de fermer les portes en partant.

Carys tendit le cou et scruta les poutres.

— Il n'y a pas de caméras de sécurité ?

Flinders sourit et désigna les piles de planches en bois qui bordaient les murs.

— Il n'y a pas grand-chose à voler.

— Est-ce que vous possédez un pick-up, monsieur Flinders ?

— Non. J'ai une berline, qui a environ six ans.

Gavin pointa du doigt les arcs posés sur l'établi.

— Par curiosité, d'où vient le bois pour les fabriquer ?

La fierté perça dans la voix de l'homme.

— Il provient entièrement des bois qui nous bordent ici. Je le coupe en taillis pendant les mois d'hiver, je le laisse sécher, et puis pendant l'été, je commence à fabriquer les arcs.

— Est-ce que vous fabriquez autre chose ? demanda Carys.

— Bien sûr. Par ici.

Il les conduisit de l'autre côté de l'atelier et il s'écarta pour les laisser passer.

Même Gavin ne put retenir un sifflement d'admiration devant l'artisanat qui s'offrait à eux. Carys parcourut du regard la collection de paniers à bois de chauffage, de pergolas et d'obélisques pour plantes grimpantes, émerveillée par la complexité du travail.

— C'est magnifique.

— Merci.

— Combien de temps vous faut-il pour fabriquer quelque chose comme ça ? demanda Gavin en désignant un treillis ornementé.

Flinders haussa les épaules, un sourire au coin de la bouche.

— Ça dépend du nombre d'interruptions que j'ai dans la journée. Généralement trois jours, je pourrais le faire plus vite, mais ça ne tiendrait pas aussi longtemps, et je préfère que mes clients me recommandent.

Carys tapota le bras de Gavin et lui fit signe qu'ils avaient terminé.

— J'ai compris le message. Nous allons vous laisser.

Il sourit.

— Pas de problème. Et si je peux me permettre une suggestion ?

Carys plissa les yeux.

— Quoi donc ?

— Essayez les hot-dogs au stand d'Alan Marchant, il utilise de la viande biologique. Ce sont les meilleures saucisses que vous trouverez de ce côté de Speldhurst.

Gavin jeta un coup d'œil à Carys et haussa un sourcil.

— Ce serait dommage de ne pas y goûter, tu ne trouves pas, enquêteuse Miles ?

— Ça me semble être une bonne idée. Merci, monsieur Flinders.

CHAPITRE 31

Kay recula face à la chaleur sauvage qui émanait de l'extrémité de l'ancienne écurie reconvertie. Elle cligna des yeux pour chasser la suie et scruta l'intérieur enfumé.

Un cliquetis métallique remplissait l'espace et Barnes dut appeler deux fois avant que le vacarme ne cesse.

— Il y a quelqu'un ?

— Est-ce que nous pouvons vous parler quelques minutes ? demanda Kay en peinant à distinguer le propriétaire de la voix dans l'obscurité du bâtiment, à contre-jour de la lueur orangée de la forge.

Un chien s'avança vers eux, son pelage gris moucheté en vif contraste avec ses yeux bleus.

Kay se pencha et lui ébouriffa machinalement les

oreilles, puis elle se redressa lorsqu'un homme approcha, ses cheveux attachés en queue de cheval et vêtu d'un t-shirt noir sur un jean déchiré. Il essuya son front avec son poignet.

— Je peux vous aider ?

Barnes avait déjà sorti sa carte et la tenait sous le nez de l'homme.

— Nous enquêtons sur la mort d'un client de l'hôtel Belvedere et nous savons qu'il s'est rendu dans le centre artisanal avec ses collègues la semaine dernière. Vous êtes ?

— Travis Stevens. C'est le type dont j'ai entendu parler aux infos ?

— Oui. Est-ce que quelqu'un d'autre travaille ici avec vous ?

Le forgeron laissa échapper un rire étouffé.

— Non, je ne peux pas me permettre d'employer quelqu'un d'autre.

Kay se présenta, puis elle jeta un coup d'œil à la foule qui commençait à envahir l'espace devant la forge.

— Ça a l'air animé.

— Ouais, les dimanches sont généralement comme ça. On est aidés par le marché, vous voyez. En semaine, c'est un peu différent.

— Comment votre entreprise reste-t-elle à flot ?

— Des commandes, principalement. Vous avez rencontré Marjory Phillips ? Elle gère le centre équestre local.

Kay secoua la tête.

— Mes collègues lui ont parlé dans le cadre de notre enquête.

— Ouais, eh bien je m'occupe de tous ses chevaux. En plus, je fabrique des portails de jardin, des ornements pour cheminées, ce genre de choses.

Barnes récita son introduction standard concernant leur enquête.

— Où étiez-vous les soirs en question ?

Stevens fit un signe de tête vers la forge.

— J'ai travaillé tard jusqu'à environ vingt heures. Ça arrive parfois, quand ça se passe bien et qu'on est dans le rythme, ça ne sert à rien de s'arrêter.

Un sourire taquin se dessina au coin de sa bouche.

— Ce n'est pas comme si le métal allait rester là à attendre.

Ses yeux bruns pétillaient et Kay fut soulagée que Carys n'ait pas choisi d'interroger le forgeron. Elle n'aurait pas pu prononcer un seul mot cohérent pendant des jours une fois qu'elle aurait posé les yeux sur l'homme.

— Est-ce que nous pouvons jeter un coup d'œil à l'intérieur ? demanda-t-elle.

— Bien sûr. Restez à distance de la forge, cependant. C'est chaud.

Il leur fit un clin d'œil, puis leur fit signe de le suivre dans le bâtiment.

Kay desserra les poignets de son chemisier et remonta ses manches pour tenter d'atténuer la soudaine hausse de température, puis elle porta son attention sur les marchandises exposées sur des étagères du côté gauche de l'espace de travail.

— Attendez. Je vais allumer les lumières, dit Stevens.

Une rangée de spots s'alluma au-dessus des étagères et elle fit un pas en arrière pour admirer le travail de l'homme.

Ses yeux se posèrent sur une rangée de couteaux scellés dans une vitrine.

— Comment sont-ils sécurisés ?

Stevens s'approcha de là où elle se tenait, puis il se pencha vers le côté droit de la vitrine et lui fit signe de regarder. Il lui montra un cadenas fixé à une boucle de métal sur le côté du présentoir.

— C'est moi qui aie la seule clé.

Elle hocha la tête, puis sortit son carnet tandis que

Barnes examinait les lourds outils accrochés à un râtelier près des flammes.

— Où habitez-vous exactement, monsieur Stevens ?

— Du côté de Biddenden. Mes parents ont une petite exploitation par là-bas.

— Et comment êtes-vous devenu forgeron ?

Il désigna la barre de métal posée sur l'établi.

— Ça vous dérange si je travaille pendant qu'on parle ?

— Nous avons presque terminé. Pourriez-vous répondre à la question, s'il vous plaît ?

Il haussa les épaules.

— Je n'étais pas très bon à l'école. En fait, ce n'est pas tout à fait vrai, je n'étais pas intéressé par ce qu'ils essayaient de m'enseigner. Mon père craignait que je finisse par avoir des ennuis, alors il m'a arrangé un emploi à temps partiel chez un maréchal-ferrant local. J'ai adoré. J'ai repris son entreprise quand il a pris sa retraite il y a environ six ans. Attendez, je dois utiliser le soufflet, sinon ce feu va s'éteindre.

Il lui adressa un sourire d'excuse, la dépassa et se dirigea vers la forge.

Kay et Barnes le suivirent.

— Qu'est-ce que vous utilisez comme combustible ? demanda-t-elle.

— Du bois. L'astuce, c'est de garder le charbon de bois chaud. Le bois de noisetier fonctionne le mieux pour la forge, car il brûle à une température plus élevée. Ça me donne le temps de faire mon travail et ça ne gaspille pas de combustible comme ça.

Ils attendirent pendant qu'il s'occupait des flammes. Une fois satisfait du feu, il s'éloigna et s'essuya les mains.

— Désolé. Le conduit a besoin d'être nettoyé, donc il peut être un peu capricieux parfois.

— Quand vous recevez des visiteurs de l'hôtel, quel genre d'activités leur proposez-vous ? Est-ce qu'ils ont la possibilité de fabriquer quelque chose ?

— Non, mon assurance exploserait pour commencer. Je fais un exposé interactif avec eux, je parle de l'histoire du lieu, puis je leur montre comment je fabrique quelque chose de simple comme un tisonnier décoratif ou un couteau, ce genre de choses.

— Quel véhicule conduisez-vous ?

— Cette camionnette déglinguée là-dehors. Elle a environ 145 000 kilomètres au compteur et elle tiendra probablement encore deux ans si j'ai de la chance.

Kay referma son carnet d'un coup sec, puis elle tendit à Stevens l'une de ses cartes de visite.

— Très bien. Merci pour votre temps. Si vous pensez à quoi que ce soit qui pourrait nous aider dans notre enquête, mon numéro et mon adresse électronique sont dessus.

— Ok.

Kay fit un signe de tête au forgeron, puis elle ouvrit la marche à travers l'ancienne écurie reconvertie et elle sortit à l'air frais.

Barnes sortit un mouchoir en coton de sa poche et s'essuya le front en plissant les yeux tandis que son regard s'adaptait à la lumière vive du soleil après l'obscurité de la forge.

— Alors, qu'est-ce que tu as pensé de Thor ? Tu as vu les bords dentelés des couteaux qu'il avait exposés ?

— Oui.

Kay jeta un coup d'œil par-dessus son épaule au son du marteau qui frappait à nouveau le métal. La silhouette de Stevens se découpait nettement contre les flammes qui rugissaient dans le feu derrière lui.

— Fais-le passer au statut de personne à surveiller, Ian. Gardons un œil sur celui-là.

— C'est noté. Qui est le suivant ?

Kay parcourut ses notes, puis elle pointa du doigt

un atelier à l'autre bout du bloc de bâtiments en forme de U.

— Janice Upton. Ta sculptrice.

Barnes grimaça.

— Encore quelqu'un qui a accès à des objets pointus. Cet endroit en est plein.

CHAPITRE 32

Un flot régulier de véhicules commençait à s'écouler par la sortie du centre artisanal. Kay se dirigea vers un coin ombragé du parking pour rejoindre le groupe d'agents en uniforme qui l'attendait.

— Merci à tous, dit-elle. Je vous remercie pour votre temps ce matin. Vous avez tous remis vos dépositions à Debbie ?

Un murmure parcourut le groupe.

— Bien. Est-ce qu'il y a quelque chose d'urgent qui ne peut pas attendre demain ?

Personne ne répondit.

— Très bien, rentrez chez vous et profitez du reste de votre dimanche. Nous nous retrouvons pour le briefing demain matin à huit heures trente.

Les officiers se dirigèrent vers leurs propres

véhicules en desserrant leurs cravates et en retirant leurs vestes. Kay se tourna vers sa collègue.

— Carys, tu as vu Barnes et Piper ?

Carys sourit et pointa du doigt l'entrée du marché où une file de personnes attendait à côté d'un stand aux couleurs vives d'où s'élevait de la fumée.

— Ils essayent le stand de hot-dogs.

Kay leva les yeux au ciel.

— J'aurais dû m'en douter. À demain matin.

— Entendu, chef.

Kay remonta son sac sur son bras, puis traversa l'herbe haute vers sa voiture et ouvrit la portière arrière. En retirant sa veste, elle troqua ses chaussures de travail contre des sandales, jeta ses vêtements sur la banquette arrière, verrouilla de nouveau le véhicule et se dirigea vers le centre artisanal.

Elle retira ses lunettes de soleil de sa tête tout en marchant et en grommelant dans sa barbe lorsque ses cheveux se prirent dans la charnière métallique d'un côté, puis elle passa sa main dans ses cheveux pour les lisser et laissa tomber les lunettes sur son nez.

Même si la matinée était déjà bien avancée, le marché était encore animé et elle se souvint du commentaire de Travis Stevens sur la popularité du centre artisanal.

Elle ne put s'empêcher de sourire en s'approchant.

Barnes, Gavin et Adam se tenaient tous près du camion, des serviettes à la main, en train de dévorer un hot-dog, les yeux rivés sur leur nourriture.

— J'espère que vous m'en avez acheté un, dit-elle.

Adam jeta un coup d'œil par-dessus son épaule et il rougit en s'essuyant la bouche.

— On pensait que tu en aurais encore pour un moment.

— Je vous ai pris la main dans le sac.

Elle écarta d'un geste le sandwich qu'il lui offrait.

— Ça va, je plaisante. J'imagine qu'ils sont bons ?

— Les meilleurs que j'aie jamais mangés, dit Gavin. Le type qui fabrique les arcs pour les cours de tir à l'arc à l'hôtel nous les a recommandés. Il a un stand ici où il vend des paniers tressés et d'autres trucs.

— La matinée a été productive ? demanda Adam.

Elle soupira.

— Je ne suis pas sûre. Je l'espère vraiment. Je veux dire, Wallis était à l'hôtel, il y a des gens ici qui ont des liens avec l'hôtel, les clients de l'hôtel sont encouragés à venir ici dépenser de l'argent pour soutenir l'économie locale…

Sa voix s'éteignit, submergée par la tâche qu'elle s'était fixée, à elle et à son équipe.

— Procédons par élimination, chef, dit Gavin.

Son enthousiasme donna une touche d'excitation à sa voix.

— Il nous suffit de réduire tout ça jusqu'à ce qu'on ait un groupe potentiel de suspects, non ?

Elle sourit – c'était difficile de ne pas le faire, tant son optimisme était contagieux.

— Tu as raison, Piper. Procédons par élimination.

Kay regarda par-dessus l'épaule d'Adam et examina la file d'attente du stand de hot-dogs.

— On dirait qu'ils ont du succès. J'imagine que vous avez interrogé le propriétaire ?

— Ouais, dit Barnes, la bouche pleine.

Il avala.

— Alan Marchant. Boucher bio. Il gère l'affaire ici depuis deux ans. Il travaille avec les fermes locales.

— Un lien quelconque avec l'hôtel ?

— Aucun.

Il enfourna le reste de son hot-dog dans sa bouche et se lécha les lèvres.

— Je peux l'interroger de nouveau si tu veux ?

— Très drôle. Seulement parce que tu veux un deuxième hot-dog.

— Tu t'es fait prendre, Ian, dit Adam en riant.

CHAPITRE 33

Kay tint la porte ouverte pour Sharp, puis elle se dépêcha de rejoindre son bureau tandis qu'il se dirigeait vers son le sien le lendemain matin.

La réunion au quartier général avait duré plus longtemps qu'elle ne l'avait prévu, malgré un début à sept heures et demie. Cependant, la femme de l'équipe des relations médias de la police du Kent avec laquelle ils avaient parlé les avait tous deux impressionnés par sa proposition sur la façon de gérer l'afflux de demandes de la presse que l'enquête générait, ainsi que sur l'utilisation des médias pour accroître la sensibilisation du public à la tâche monumentale à laquelle ils étaient confrontés.

Au moins, elle n'aurait pas à parler avec Jonathan Aspley dans un avenir proche. Le journaliste avait obtenu l'exclusivité de divulguer le nom de Clive Wallis quelques heures avant les autres médias, comme moyen de faire taire ses protestations.

Kay avait quitté le bâtiment de Sutton Road avec une détermination renouvelée – ils voulaient tous un résultat, et vite, mais elle ne pouvait s'empêcher de penser qu'elle et Sharp étaient les seuls à se concentrer sur l'arrêt de leur tueur, plutôt que sur l'amélioration des cotes des relations publiques.

Carys lui tendit une tasse de café et Kay regarda sa montre.

— Il te reste encore cinq minutes avant le début du briefing, dit Carys. Prends le temps de respirer. On ne va nulle part.

— Merci.

Kay s'enfonça dans son siège et prit une gorgée de café, puis elle jeta un coup d'œil au flux de courriels qui encombraient sa boîte de réception et elle gémit.

En plus de l'enquête majeure qu'elle dirigeait, on s'attendait à ce qu'elle continue à gérer d'autres affaires qui lui avaient été déléguées par ses supérieurs. Malgré l'expérience des détectives à qui elle avait confié les tâches au cours de la semaine passée, elle restait responsable du résultat de leurs enquêtes.

À un moment donné, elle allait devoir passer du temps avec chacun d'eux pour obtenir une mise à jour et leur fournir un soutien.

Elle soupira, verrouilla l'écran de son ordinateur, repoussa sa chaise et jeta un coup d'œil par l'encadrement de la porte dans le bureau de Sharp. Elle vit qu'il avait son téléphone à l'oreille et elle lui fit signe qu'elle allait commencer le briefing de la journée.

Il leva un doigt et elle acquiesça avant de retourner à son bureau pour rassembler ses notes.

Ils étaient tous deux conscients qu'elle était plus que capable de gérer l'affaire seule, mais elle appréciait son appui.

Alors qu'elle se dirigeait vers le tableau blanc, un flot régulier d'agents de police en uniforme commença à se frayer un chemin entre les bureaux, comparant leurs notes et tirant des chaises supplémentaires vers l'endroit où elle attendait que les conversations s'estompent.

Elle ouvrit le dossier, en sortit quatre photographies et les épingla au centre du tableau avant de se tourner vers ses collègues.

— Sur la base des entretiens du week-end, Debbie et son équipe ont fini de mettre à jour HOLMES pour que vous puissiez examiner ceux avec lesquels vous n'avez pas parlé. Je veux que vous fassiez tous cela après la fin de cette réunion. Ces personnes sont celles qui nous intéressent.

Elle désigna la première des photographies.

— Trudy Evans, qui travaillait à la réception de l'hôtel lorsque Wallis se serait enregistré. Rien dans le système ne dit qu'il y a séjourné, cependant. Ça pourrait être un bug dans le système, mais nous n'avons pas encore écarté cette possibilité. Ensuite, les trois personnes qui ont des entreprises basées au centre artisanal et qui ont accès à des instruments tranchants qui pourraient être l'arme du crime : Alan Marchant, le boucher bio, Derek Flinders qui fabrique les arcs pour le centre d'activités de l'hôtel, et Travis Stevens, un forgeron. Carys et Gavin, travaillez avec Debbie et Parker pour établir un profil de chacun d'entre eux.

— Oui, chef.

— On s'en occupe, chef.

Elle jeta un coup d'œil à l'endroit où Sharp s'appuyait contre un classeur, et il lui fit signe de continuer.

— Gavin, où en sommes-nous concernant le pick-up qui a été vu sur la caméra de sécurité de David Carter ?

— J'ai eu une réponse des autorités d'enregistrement, mais ils n'ont aucune trace de ce véhicule immatriculé au cours de l'année écoulée. Il n'a pas non plus été enregistré comme volé dans notre base de données HOLMES. Je travaille avec Morrison et Stewart pour déterminer s'il avait été enregistré pour la casse, je te tiendrai au courant dès que j'aurai des nouvelles.

Kay feuilleta ses notes, puis leva la tête lorsqu'un téléphone sonna.

Debbie saisit le combiné et mit sa main sur le récepteur.

— C'est Lucas, pour toi. Il dit qu'il a des résultats sur la deuxième victime.

— Nous allons prendre l'appel dans mon bureau, dit Sharp en faisant signe à Kay de le rejoindre.

— Très bien, tout le monde. Vous avez vos tâches pour ce matin. Nous aurons une autre réunion à seize heures aujourd'hui. En attendant, vous savez où me trouver si vous avez besoin de moi.

Elle se précipita vers le bureau de Sharp en fermant la porte derrière elle et elle s'installa dans le fauteuil à côté de son bureau.

Il se connecta à l'appel, ajusta le volume, puis tira un bloc-notes d'un tiroir.

— Allez-y, Lucas. Je vous ai mis sur haut-parleur, et Kay est ici avec moi. Qu'est-ce que vous avez pour nous ?

— Ok, eh bien comme vous le savez, nous n'avions pas grand-chose pour identifier votre deuxième victime. Les os étaient tellement brûlés que nous n'avons pas pu en extraire d'ADN. Cependant, nous avons eu un peu plus de chance avec le crâne. En raison de la façon dont l'émail protège la pulpe d'une dent, nous avons pu extraire un échantillon de l'une d'entre elles. Les résultats sont arrivés ce matin.

Kay se pencha en avant pour que Lucas l'entende mieux.

— Tu as pu déterminer un âge à partir des os ?

— Non, répondit le médecin légiste. Ce que nous pouvons vous dire, c'est qu'il s'agit d'un homme adulte, à en juger par la taille des molaires. Cela ne correspond pas à l'ADN de Clive Wallis. Je ne sais pas si vous avez eu l'occasion de parler à Harriet, mais je l'ai contactée ce matin et son équipe confirme qu'il n'y avait pas d'autres restes de victimes dans la décharge.

— Qu'en est-il de l'arme ? Est-ce que la même arme a été utilisée pour les deux victimes ? demanda Kay.

— Je n'ai rien pour l'instant sur la manière dont chacune des victimes a été tuée, répondit Lucas, mais la même lame a été utilisée pour découper les corps. L'action de sciage est la même, en ce sens que les crêtes sur les extrémités des os sont identiques pour la première victime et la seconde. Malheureusement, certains des os se sont brisés pendant le transport, ils sont trop fragiles après avoir été brûlés, donc je ne peux pas vous en dire plus, je suis désolé.

Sharp finit d'écrire et jeta son stylo.

— Si vous pouvez envoyer votre rapport, nous demanderons à l'équipe de passer les résultats dans le système pour voir si nous pouvons obtenir une correspondance ADN avec les dossiers de la base de données des personnes disparues.

— Vous l'aurez dans les cinq prochaines minutes.

— Merci.

Sharp mit fin à l'appel et s'adossa à son fauteuil en soupirant.

— Sans vouloir paraître indifférent, espérons que celui-ci a une famille pour que nous puissions savoir exactement ce qu'il faisait avant de disparaître.

Kay pinça les lèvres avant de parler.

— Je n'ai pas hâte de leur dire comment il est mort, chef.

CHAPITRE 34

Kay arpentait la salle des opérations devant le tableau blanc en s'efforçant de maîtriser sa frustration.

Deux meurtres, et aucun lien avec les affaires non résolues du comté.

Elle tapota le bout du stylo contre son menton et parcourut du regard les photos. Peut-être devrait-elle être reconnaissante que leur tueur ait interrompu son carnage, mais cela l'inquiétait aussi.

Quelqu'un d'aussi calculateur, si prudent pour couvrir ses traces, tuerait sûrement à nouveau.

Mais quand ? Et pour quelles raisons ?

Elle jeta le stylo sur la table à côté du tableau blanc et retourna à son bureau d'un pas décidé, résignée à l'idée qu'elle n'arriverait à rien en fixant les photographies. Elle décida plutôt de traiter la moitié de ses courriels pour faire une pause mentale.

Parfois, ça marchait.

Une demi-heure plus tard, elle classa sa dernière réponse et songea à aller à Gabriels Hill pour acheter un vrai café au café préféré de l'équipe.

Avant qu'elle ne puisse se décider, elle vit Gavin se précipiter vers elle.

— Chef ? Je crois que j'ai quelque chose.

— C'est contagieux ? demanda Barnes.

Gavin leva les yeux au ciel et reporta son attention sur Kay.

— Non, je veux dire quelque chose sur l'affaire.

— Continue, dit-elle en lançant un regard noir à Barnes.

— J'ai réfléchi au mobile pour quelqu'un du centre artisanal. Je veux dire, l'endroit est à quelques kilomètres de l'hôtel et n'est relié que par des bois, alors qu'est-ce que Wallis et notre seconde victime auraient pu faire pour attirer l'attention de notre tueur, pas vrai ?

— En effet.

Gavin fit un geste vers son ordinateur.

— Je peux ?

— Je t'en prie.

Kay enfonça ses talons dans la moquette fine et

poussa sa chaise en arrière, tandis que Gavin contournait le bureau et s'emparait de sa souris.

Il ouvrit son navigateur web et tapa l'adresse du site d'un journal local. En faisant défiler les articles archivés, il laissa échapper un grognement satisfait et se tourna vers elle.

— Jette un œil à ça.

Curieux, Barnes repoussa sa chaise et les rejoignit.

Kay se pencha et lut l'article.

— Bon sang, dit Barnes. Voilà ton mobile.

— Il est écrit ici que « des groupes écologistes locaux ont organisé des manifestations ces dernières semaines contre l'expansion de l'hôtel, arguant que cela détruirait une forêt locale qui présente un intérêt significatif pour les écologistes depuis plusieurs décennies » … Attends, dit Kay, Wallis n'a jamais eu affaire à des groupes écologistes. D'ailleurs, tu n'as pas parlé à quelqu'un de l'hôtel au sujet des travaux de construction ?

— On nous a dit qu'ils étaient à l'arrêt.

— Comment ça ?

— Un des jardiniers à qui on a parlé à l'hôtel a dit qu'ils étaient à court d'argent et que les propriétaires avaient reporté les plans à l'année prochaine.

— Qui vous en a parlé en premier ?

— Kyle Craig, le professeur de tir à l'arc, a mentionné que l'hôtel avait déjà été agrandi. Quelques vieilles remises et dépendances ont été démolies à la fin du mois dernier.

— Tu as remarqué quelque chose de suspect quand tu es allé voir les travaux ?

— Non, il y avait un tas de gravats et le jardinier nous a dit qu'ils provenaient d'un mur de séparation entre le terrain de golf et les dépendances, mais c'est tout. Le truc, c'est que je me suis dit, et si quelqu'un ne voulait pas que l'expansion de l'hôtel se fasse ? Il y a déjà eu des protestations de groupes environnementaux concernant l'empiètement des travaux prévus sur la forêt au-delà de la limite. Si la réputation de l'hôtel était endommagée, les réservations baisseraient, et ils ne pourraient pas se permettre les travaux d'expansion.

Kay se redressa et son regard se posa sur les photos épinglées sur le tableau blanc.

— Avant de tirer des conclusions hâtives, je veux que tu creuses davantage le passé des personnes qui nous intéressent. Regarde surtout si l'une d'entre elles a des liens avec les groupes écologistes locaux qui ont manifesté contre les travaux. Demande à Carys et Debbie de t'aider et fais-moi un point demain matin.

— Ok.

Barnes attendit que Gavin soit retourné à son bureau, puis il se pencha en avant et baissa la voix.

— Tuer deux hommes innocents pour prouver quelque chose sur une question environnementale semble un peu extrême.

— Je sais, mais en l'absence d'autres mobiles ou idées, nous devons au moins écarter cette possibilité. Rends-moi service, examine l'historique du site, les approbations de planification, les permis de construire, ce genre de choses. Vérifie s'il y a eu des problèmes quand l'hôtel a été approuvé pour la première fois, et si quelqu'un à qui nous avons parlé la semaine dernière était impliqué.

Kay fit volte-face en entendant son nom.

Carys repoussa sa chaise de son bureau et se précipita vers eux, son téléphone portable à la main.

— Je crois que je l'ai trouvée, la deuxième victime.

— De qui s'agit-il ? demanda Sharp en les rejoignant depuis son bureau.

— Un homme du nom de Rupert Blacklock. Il n'est pas apparu sur notre radar parce qu'il vient de Cardiff. Il a disparu il y a six mois. Sa femme et ses enfants au Pays de Galles ont été absolument affolés, apparemment, sa disparition était complètement inhabituelle. Je viens d'avoir un appel téléphonique de la police de Cardiff à la suite d'un courriel que j'ai envoyé hier soir demandant aux autres forces de police de vérifier leurs dossiers pour nous.

— Qu'est-ce qu'il faisait dans le Kent ? demanda Kay.

— Il est commercial, répondit Carys. Il travaillait pour une entreprise spécialisée dans l'équipement de cuisines industrielles. Pour les hôtels.

Kay sentit une étincelle d'excitation en entendant les mots de Carys.

— Contacte ses employeurs et obtiens une copie de son agenda et de ses derniers déplacements.

— Je m'en occupe, chef.

Kay attendit que Carys soit retournée à son bureau, puis elle se tourna vers Sharp.

— Deux victimes. Même hôtel. Trop de coïncidences, tu ne crois pas ?

— Je suis bien d'accord. Vous feriez mieux, toi et Barnes, d'y retourner et d'avoir une autre conversation avec le directeur.

CHAPITRE 35

Le lendemain matin, Kay détacha sa ceinture dès que Barnes gara le véhicule, puis elle se dirigea vers les portes de la réception.

Elle reconnut la femme derrière le comptoir, qu'elle avait vue lors des entretiens du samedi, mais elle ne se souvenait pas de son nom. Machinalement, elle brandit sa carte de police.

— Nous devons voir Kevin Tavistock, tout de suite.

La femme pâlit, mais elle tendit la main vers le téléphone devant elle, puis elle composa quatre chiffres et porta le combiné à son oreille, sans quitter Kay et Barnes des yeux. Elle murmura dans le combiné, puis le reposa.

— Il sera là dans quelques minutes. Vous voulez vous asseoir ?

— Non, merci. Nous allons attendre ici.

Kay tourna le dos à la femme tandis que Barnes sortait son carnet de sa veste et feuilletait les pages jusqu'à ce qu'il trouve ce qu'il cherchait.

— Ok, murmura-t-il. Selon sa femme, Rupert Blacklock devait passer la nuit ici lorsqu'il a disparu. Elle dit qu'il l'a appelée après être rentré du dîner ce soir-là et qu'il prévoyait de se coucher tôt à cause du trajet de retour le lendemain matin. L'alerte a été donnée quand il n'est pas arrivé à un rendez-vous prévu à Swindon à onze heures sur le chemin du retour. Comme il n'était toujours pas à Cardiff à vingt et une heures ce soir-là, sa femme a contacté la police locale.

— Est-ce que les agents locaux ont contacté l'hôtel ?

— Oui, mais nous n'avons pas de notes sur ce qui a été dit. Le seul enregistrement dans HOLMES indique que l'appel téléphonique a été passé comme une enquête de routine avant que les informations sur la personne portée disparue ne soient officiellement diffusées. Ils ont suivi la procédure et ont prélevé un échantillon d'ADN sur la brosse à dents que Blacklock avait laissée chez lui.

L'attention de Kay fut attirée par une porte qui s'ouvrait derrière Barnes, et Kevin Tavistock apparut, en train d'ajuster sa cravate en s'approchant.

— Détectives. Je ne m'attendais pas à vous revoir de sitôt.

— Merci de nous recevoir. Est-ce qu'il y a un endroit où nous pouvons parler en privé ?

— Vous avez de la chance. Nous n'avons pas de conférences aujourd'hui, donc nous pouvons utiliser l'une des salles de réunion.

— On vous suit.

Kay et Barnes suivirent le directeur. Il s'arrêta devant une porte fermée, frappa une fois, puis passa la tête par l'embrasure avant de se retourner vers eux.

— C'est libre. Nous pouvons utiliser celle-ci.

Pendant qu'il allumait les lumières, Kay et Barnes prirent place d'un côté de la table et attendirent qu'il les rejoigne. Dès qu'il s'assit, Kay entama son interrogatoire.

— Parlez-moi des travaux de construction qui ont eu lieu à l'arrière de la propriété.

— Tout est à l'arrêt pour le moment, répondit Tavistock. Je ne sais pas si le personnel vous l'a dit lors des entretiens ce week-end, mais les propriétaires de l'hôtel attendent la prochaine réunion des actionnaires en septembre pour prendre une décision finale.

— Pour construire quoi ?

— Une nouvelle salle de mariage. L'hôtel connaît déjà un grand succès avec toutes les activités que nous proposons aux clients. C'est un nouveau concept pour cette région, et ça marche bien, il n'y a rien de comparable dans les environs. Nous sommes aussi très populaires auprès des locaux, car nous offrons de nombreuses opportunités d'emploi.

Kay leva la main.

— Je vous arrête tout de suite, monsieur Tavistock.

Elle sortit une pochette en plastique de son sac et en retira des copies des coupures de presse que Gavin avait trouvées sur les manifestations.

— Pouvez-vous m'expliquer pourquoi ces manifestations ont eu lieu si les habitants des environs étaient si heureux des projets d'agrandissement ?

— Oh, mon Dieu. Ces idiots ? Honnêtement, je n'ai aucune idée de ce qu'ils pensaient faire.

Il secoua la tête.

— S'ils avaient bien regardé les plans, ils auraient vu que la nouvelle salle de mariage n'allait utiliser que le périmètre défini par les dépendances qui ont été démolies. La forêt n'allait jamais être touchée, elle offre le cadre parfait pour les événements. De toute façon, après deux ou trois manifestations, tout s'est essoufflé. Je suppose que quelqu'un dans le groupe a fini par comprendre ce que nous faisions et a décidé que ça ne valait pas la peine de s'en soucier.

— Est-ce que certains des manifestants ont harcelé votre personnel à l'époque ?

— Seulement si vous considérez que brandir des pancartes devant les véhicules en train d'arriver sur le parking du personnel le matin est du harcèlement. Ce n'était pas grand-chose. Les journaux locaux ont essayé de faire croire que la situation était bien pire qu'elle ne l'était réellement, mais même eux ont perdu leur intérêt une fois qu'ils ont réalisé à quel point le groupe était désorganisé. Comme je l'ai dit, après quelques semaines seulement, tout s'est calmé.

Kay posa les bras sur la table et se pencha en avant pour dire d'un ton direct :

— Je vais être complètement honnête avec vous, monsieur Tavistock. J'ai deux victimes de meurtre, toutes deux liées à cet hôtel. À l'heure actuelle, c'est le seul fil conducteur de cette enquête.

Tavistock pâlit.

— Vous ne pouvez pas penser qu'un de mes employés soit un meurtrier !

Kay ne dit rien et attendit.

— Nous effectuons les contrôles de sécurité les plus stricts avant de recruter qui que ce soit, poursuivit-il, l'air troublé. Vous devez comprendre, avec le type de clientèle que nous avons ici, notre personnel doit être digne de confiance.

— Eh bien, pour le moment, tous vos employés sont suspects. À moins que vous n'ayez une autre théorie sur la raison pour laquelle deux de vos clients ont été assassinés ?

Il déglutit, puis secoua la tête.

— Non. Non, je n'en ai aucune idée.

— Très bien, dans ce cas, j'ai besoin d'une copie du planning du personnel pour les trois derniers mois.

— Ce n'est pas un problème. Je vais vous l'envoyer par courriel dans les deux prochaines heures.

— Je vous remercie. Comme vous le comprenez bien, le temps presse.

Il se pencha plus près, baissa la voix dans à un murmure alors qu'il jetait un coup d'œil par-dessus l'épaule de Kay avant de revenir à elle.

— Vous pensez que je suis en danger ?

— Écoutez, la dernière chose que nous voulons, c'est déclencher la panique, dit-elle. Pour l'instant, il semblerait que le tueur ne s'intéresse qu'aux clients de l'hôtel, pas aux membres du personnel. Mais oui, soyez prudent, s'il vous plaît. En attendant, j'ai besoin que vous soyez mes yeux et mes oreilles ici. Si vous entendez quoi que ce soit, ou si vous voyez quelque chose de suspect, je veux que vous appeliez immédiatement ma ligne directe. C'est clair ?

Tavistock hocha la tête, l'air pressé.

— Absolument. Je vais faire tout ce que je peux pour vous aider.

— Merci. Alors, je pense que nous en avons terminé pour le moment.

Alors qu'ils retournaient à la voiture, Barnes ricana.

— J'ai l'impression qu'il apprécie l'idée d'avoir un tueur dans son entourage, dit-il. C'est probablement la chose la plus folle dans sa vie depuis des mois.

Kay étouffa un rire.

— Ian, tu peux être tellement peau de vache parfois.

CHAPITRE 36

Le lendemain matin, Kay se secoua mentalement et redressa les épaules tandis que l'équipe s'installait sur des chaises et des bureaux autour du tableau blanc.

Sharp tira une chaise avant de prendre l'ordre du jour que Debbie lui tendit et de parcourir la page des yeux.

— Bon, commençons, dit Kay alors que la salle devenait silencieuse. Nous avons reçu des mises à jour sur les plannings de la part de Kevin Tavistock à l'hôtel, qui incluent une note sur chaque membre du personnel présent il y a deux mois, lorsque les employeurs de Rupert Blacklock disent qu'il était client à l'hôtel. Encore une fois, il n'y a aucune trace de son séjour à l'hôtel, même si nous avons une preuve de sa présence grâce au devis fourni au chef de cuisine. Carys, tu peux te charger de comparer cette liste avec celle que nous avons d'il y a deux semaines ? Je cherche une note sur les membres du personnel qui sont restés à l'hôtel depuis la disparition de Blacklock. Pour l'instant, mets de côté les membres du personnel qui sont partis entre les deux meurtres, et ceux qui sont arrivés pendant cette période.

— Bien, chef.

— Il faut qu'on avance, et vite.

Elle frappa du poing sur les photos des deux victimes.

— Même si la théorie de Gavin sur le lien entre les deux meurtres et la manifestation contre l'agrandissement de l'hôtel est intéressante, je ne pense pas que ce soit ça. Il y a quelque chose qui déclenche ces meurtres. C'est comme si c'était une réaction à quelque chose. Alors, qu'est-ce qui le motive ? Pourquoi est-ce qu'il tue ?

Le silence emplit la pièce.

Kay poursuivit en arpentant la moquette.

— Pourquoi notre tueur a-t-il commis une erreur aussi grave en perdant le pied qui devait être à l'arrière du pick-up ? Il a été méticuleux en se débarrassant des corps, allant même jusqu'à les démembrer, alors qu'est-ce qui a mal tourné ?

— Peut-être qu'il les cachait quelque part et qu'il a été dérangé ? suggéra Barnes en plaçant son gobelet de café vide dans une poubelle de recyclage près de l'avant de la salle des opérations. Et il a paniqué. Il a réagi instinctivement, il ne maîtrisait plus la situation dans laquelle il se trouvait.

— Et nous n'en savons toujours pas plus de l'endroit d'où il venait, dit Kay en se dirigeant vers la carte du service cartographique de l'État qui était accrochée au mur.

Elle traça un cercle de ses doigts.

— Notre tueur aurait pu venir de plusieurs directions pour atteindre la route où le pied a été trouvé. Je veux dire, il y a de nombreuses routes qui partent de là, et une fois qu'il a atteint la route principale… il pourrait être n'importe où.

Elle réprima le sentiment d'impuissance qui lui serrait l'estomac et se retourna vers l'équipe.

— Pourquoi a-t-il dû voler un véhicule ?

— Peut-être qu'il ne conduit pas habituellement, hasarda Parker. Cela pourrait expliquer en partie pourquoi il ne conduisait pas prudemment et a perdu la botte avec le pied dedans.

— Pas mal. Quoi d'autre ? Des idées ?

Kay pouvait sentir la fatigue dans la pièce, la façon dont ses collègues bougeaient sur leurs sièges et les expressions de défaite sur le visage de certains jeunes agents en uniforme. Elle expira.

— Écoutez, je sais que c'est difficile. Mais voyons les choses autrement. Pourquoi était-il pressé ? Pourquoi risquer de rouler à toute vitesse sur ce tronçon de route ?

Une main se leva du fond de la salle.

— Oui, Morrison ?

— Et s'il travaillait à l'équipe ?

— Ça pourrait être l'un d'entre nous, alors, dit une voix de l'autre côté de la pièce.

Un éclat de rire dissipa une partie de la tension et Kay les laissa se détendre un moment avant de les ramener au briefing.

— Très drôle. Dave a raison, cependant. Si notre tueur travaille à l'équipe, alors il aurait pu essayer de se débarrasser des corps avant d'aller travailler, ce qui expliquerait la vitesse à laquelle il aurait dû rouler pour que la botte tombe. Question suivante, alors : pourquoi est-ce qu'il tue ? Qui étaient nos deux victimes pour lui ?

Debbie feuilleta les papiers sur ses genoux avant de prendre la parole.

— J'ai fait passer quelques analyses dans la base de données, chef, mais il n'y a rien dans les informations que nous avons à ce jour qui puisse suggérer que nos deux victimes se connaissaient.

Carys s'éclaircit la gorge.

— Tu penses qu'il va tuer à nouveau ?

— Oui, je pense que oui, répondit Kay.

Elle se tourna vers le reste de l'équipe, leurs visages étaient captivés.

— Quelles que soient ses raisons d'avoir assassiné ces hommes, je pense que nous manquons de temps. Soit il va tuer à nouveau, soit il va partir, et nous l'aurons raté.

Elle leva les yeux alors que la porte de la salle des opérations s'ouvrait brusquement et que Gavin se précipitait vers elle.

— Que se passe-t-il, Piper ?

Il brandit un bout de papier tout en se frayant un chemin entre les officiers rassemblés autour du tableau blanc.

— J'ai eu des nouvelles de l'équipe qui examine les images de vidéosurveillance. Ils ont trouvé une correspondance pour le pick-up utilisé par le tueur.

CHAPITRE 37

Kay avait travaillé avec des inspecteurs supérieurs au cours de sa carrière dans la police qui ne cédaient jamais la parole à un officier subalterne, et cela l'avait agacée. Pour elle, si des informations urgentes venaient à être découvertes, elles devaient être partagées et discutées en équipe, plutôt que de manière fragmentée. Cela permettait de gagner un temps précieux, et souvent la discussion qui s'ensuivait aboutissait à un résultat plus rapide.

— Explique nous, Piper.

Elle fit signe à Gavin de se tenir devant la salle et de s'adresser à l'équipe.

Gavin pointa du pouce par-dessus son épaule les photographies du pick-up sur le tableau blanc.

— Bon, eh bien malgré notre première impression que les plaques d'immatriculation avaient été complètement retirées, l'équipe de police scientifique d'Andy Grey au QG s'est attelée à nettoyer les images que nous avons obtenues de David Carter, le consultant informatique.

Un grognement provenant du fond de la salle précéda la voix de Barnes qui porta au-dessus des têtes de ses collègues.

— Abrège, Piper. La version courte, si ça ne te dérange pas.

Un éclat de rire épars remplit l'espace et Kay leur lança un regard noir.

Gavin était réputé pour son travail méthodique – le problème c'était que, lorsqu'il expliquait ses réflexions, il fallait souvent un certain temps pour lui soutirer les informations.

— Du calme, dit-elle, puis elle se retourna vers Gavin. Prends ton temps.

— Merci.

Une légère rougeur apparut sur sa mâchoire.

— Donc, comme je le disais, Grey nous a renvoyé des images améliorées, et nous avons réussi à nous concentrer sur la plaque d'immatriculation. Désolé, chef, est-ce que je peux allumer le vidéoprojecteur ?

— Vas-y.

Elle attendit que Debbie se lève de son bureau et tende la télécommande à Gavin.

— Voilà.

Il fit défiler une série d'images, chacune devenant de plus en plus nette à mesure qu'il progressait dans la séquence.

— Il reste un petit morceau de la plaque d'immatriculation à l'avant du véhicule. Elle a dû se casser quand la plaque a été retirée, et notre suspect ne l'a soit pas remarqué, soit il ne s'en est pas soucié. À partir de là, Grey a encore amélioré les images, jusqu'à ce que nous voyions ceci, une lettre partielle et le nom du garage qui a initialement fourni la plaque d'immatriculation.

Kay retint son souffle et fit un pas vers le tableau blanc.

— Tu as réussi à les contacter ?

Gavin se tourna vers elle, les yeux pétillants.

— On a fait encore mieux. Le garage, basé à Ashford, nous a donné le nom de la personne qui l'a achetée à l'origine.

— Comment est-ce qu'ils ont réussi à faire ça ? demanda Carys en fronçant les sourcils. Il doit y avoir une centaine de véhicules comme celui-là dans le coin.

Gavin sourit et tapota l'image de son index.

— Il y en a, mais c'est la lettre « A ».

— C'est une plaque personnalisée, dit Barnes avec une voix qui trahissait son excitation.

— Exactement. Grey a transmis l'information aux agents en uniforme, qui ont contacté l'agence d'immatriculation des véhicules. La plaque a trente ans. Un certain Alan Marchant a été le dernier propriétaire enregistré.

— Le boucher du marché du week-end ?

— Le même type, oui.

Kay tendit la main pour prendre la page que Gavin tenait et elle parcourut des yeux le bref rapport qu'il avait imprimé.

— Il est dit ici qu'il vit de l'autre côté de Sutton Valence.

— L'endroit correspond et il a certainement les outils pour le job, dit Barnes.

Il s'approcha de Gavin et lui donna une tape sur le bras.

— Bon travail, Piper. On dirait que tu as trouvé notre suspect.

— Ok, avant qu'on se précipite là-bas, je veux un examen complet des propriétés environnantes, des routes d'accès et de sortie de la zone, dit Kay.

L'équipe s'éloigna tandis que les instructions

étaient transmises et Kay se rongea un ongle en les regardant former des groupes qui travailleraient sur chaque aspect de l'arrestation coordonnée.

— C'est une sacrée avancée, dit Sharp en la rejoignant au fond de la salle.

— Il a bien travaillé. L'équipe de Grey aussi.

Elle se retourna vers le tableau blanc, les yeux braqués sur les photographies des deux victimes.

— À côté de combien de victimes est-ce que nous sommes passés, Devon ? Quelqu'un comme ça, je n'arrive pas à croire qu'il vient seulement de commencer à tuer. Regarde la façon dont il a démembré nos deux victimes. Sans aucun remords, et nous n'avons toujours pas de mobile.

— Ça pourrait se révéler pendant l'interrogatoire, dit-il. C'est parfois comme ça. On ne comprend pas toujours pourquoi les gens se font ça les uns aux autres.

Kay fronça les sourcils.

— Je sais, mais ce qui est le plus glaçant, c'est que la déclaration qu'il nous a faite dimanche semble si normale. Tu l'as lue ?

— Oui, j'ai parcouru rapidement toutes les déclarations hier après-midi.

Il soupira et fit un geste vers l'équipe qui travaillait activement ou qui faisait des allers-retours vers l'une des trois imprimantes qui fonctionnaient sans arrêt contre le mur du fond.

— Bon, je vais te laisser continuer. Envoie-moi un message quand vous serez en route et tiens-moi au courant dès que possible.

— Pas de problème. Merci, chef.

CHAPITRE 38

Kay s'accrochait à la poignée en plastique au-dessus de la portière du passager tandis que Barnes faisait glisser leur voiture dans un virage, puis elle retint son souffle lorsque la voiture de patrouille devant eux freina pour prendre un virage à droite.

— Bon sang, dit-elle alors que sa ceinture de sécurité lui coupait le sternum.

— Désolé, dit Barnes.

Il appuya à nouveau sur le frein avant de prendre un virage serré qui ne laissait que peu de place à l'erreur.

Kay vérifia le rétroviseur à temps pour voir une autre voiture de patrouille serpenter dans le virage à leur suite. Le visage du conducteur était déterminé alors qu'il accélérait pour suivre ses collègues.

— C'est encore loin ? demanda-t-elle.

— Ça devrait être par là.

La rosée matinale s'accrochait aux bas-côtés, une légère brume s'élevait du lit d'une rivière à gauche de la route et donnait une tonalité feutrée à la campagne environnante.

Après la réunion préparatoire, l'équipe était partie de Maidstone alors que les travailleurs et les écoliers serpentaient à travers l'étalement urbain. Les gyrophares dégageaient un passage pour leurs véhicules afin de leur permettre de traverser la campagne du Kent.

Kay avait ordonné d'éteindre les gyrophares et de couper les sirènes à plusieurs kilomètres de leur destination, craignant d'alerter le suspect.

Elle baissa les yeux vers les pages qu'elle tenait en main. Debbie les lui avait passées alors qu'elle se précipitait hors du bureau après la réunion pour superviser l'arrestation d'Alan Marchant à son domicile, et en parcourant le texte, elle repéra un nom de lieu familier.

— Il est allé dans la même école que ta fille, Emma.

— Vraiment ?

Les yeux de Barnes passèrent de la route aux documents et inversement.

— Quand ?

— En 1983. Il s'est fait prendre pour vol à l'étalage à quinze ans, c'est pour ça que c'est dans son dossier. Après ça, on dirait qu'il a réussi à se reprendre en main. Son père possédait un élevage de poulets près de Paddock Wood, il y a un article de journal d'il y a vingt ans que Debbie a trouvé, et quand son père est mort, Marchant a vendu la ferme et a utilisé l'argent pour monter son propre service d'abattage mobile.

Sa main retomba sur ses genoux et elle fixa le pare-brise.

— Bon sang, Adam le connaît probablement s'il est du milieu agricole.

— Il est marié ?

— Oui. Et il a un enfant apparemment. Là encore, il a pas mal de succès donc il y a eu quelques articles dans les journaux à propos du prix de la Chambre de commerce locale, ce genre de choses.

— D'autres plaintes dans son dossier ?

— Rien depuis le vol à l'étalage, donc rien qui n'indique qu'il ait un côté violent.

— On va quand même y aller doucement en arrivant là-bas, d'accord ? Juste au cas où.

— Je suis d'accord.

Kay savait qu'elle pouvait compter sur Barnes

pour la protéger si nécessaire – ils s'étaient déjà retrouvés dans quelques situations similaires au fil des ans, mais elle espérait que ce serait une arrestation facile. Elle n'avait pas envie de devoir se charger de la paperasse dans le cas contraire.

Néanmoins, ils avaient tous deux apporté des gilets pare-balles à enfiler dès qu'ils sortiraient de la voiture, et étant donné le choix de carrière du suspect, Sharp avait pris la décision à la place de Kay et avait insisté pour qu'une unité d'intervention armée soit présente et procède à l'arrestation avant que la propriété ne soit fouillée.

Elle tendit la main vers la radio alors que le GPS de son téléphone portable indiquait qu'ils approchaient rapidement du hameau où vivait Marchant.

— Ok, on y va doucement, dit-elle. Je ne veux pas aggraver la situation en laissant l'adrénaline prendre le dessus. On fait ça dans les règles.

Un chœur régulier d'affirmations parvint à ses oreilles alors qu'elle replaçait la radio dans son support, et elle se rassit dans son siège en se forçant à rester calme.

— Ça pourrait être la période probatoire d'inspectrice principale la plus courte de l'histoire de la police du Kent si je foire ça, marmonna-t-elle.

Barnes étouffa un rire.

— Tout ira bien. Arrête de t'inquiéter.

Ses mots contredisaient l'expression déterminée qu'il arborait, mais Kay les appréciait quand même.

Elle laissa tomber les pages dans son sac à ses pieds et elle s'accrocha à nouveau à la poignée au-dessus de la porte alors que Barnes prenait le dernier virage en s'approchant du bâtiment où Marchant gérait son entreprise. Puis elle détacha sa ceinture de sécurité alors qu'il arrêtait la voiture en dérapant sur le bas-côté.

Au-delà de la voiture, une cabane en bois délabrée s'appuyait précairement contre une clôture de fil barbelé, tandis qu'à côté, une allée boueuse menait à une maison basse qui épousait un jardin récemment entretenu. À droite de la maison, une structure moderne en tôle ondulée occupait toute la longueur de la ligne de démarcation entre la propriété de Marchant et celle de la petite exploitation voisine, et Kay remarqua la ligne électrique qui allait d'un pylône en bois sur la route à un boîtier de jonction dans les pignons.

L'équipe d'intervention armée avait jailli des portes de leur véhicule avant qu'elle n'ait fini d'enfiler son gilet pare-balles, et elle observa depuis la route alors qu'ils se séparaient autour de la maison.

Deux membres de l'équipe frappèrent à la porte d'entrée une fois que leurs collègues furent en place à l'arrière, tandis que deux autres hommes se précipitèrent à travers les portes du bâtiment annexe au même moment où la porte d'entrée s'ouvrait.

Une femme se tenait sur le seuil, bouche bée face aux hommes qui se trouvaient devant elle. Elle fit un pas en arrière alors que l'équipe d'intervention entrait dans sa maison, et l'un des hommes resta avec elle tandis que son collègue disparaissait.

Un cri venant du bâtiment annexe attira l'attention de Kay et elle se tourna pour voir l'un des officiers lever la main vers elle.

— Il est ici.

Un autre cri vint de l'équipe dans la maison et Kay fit un signe de tête à Barnes qui porta sa radio à ses lèvres.

— Nous avons l'autorisation de procéder. C'est un RAS des deux équipes, dit-il.

Kay n'entendit pas la réponse ; elle marchait déjà à grands pas vers la porte ouverte du bâtiment annexe, ignorant les protestations de la femme alors qu'un officier en uniforme essayait de la calmer pour prendre sa déposition.

Un frisson parcourut Kay lorsqu'elle entra et fit trembler ses épaules. Elle avait imaginé que la structure qui ressemblait à une grange serait un endroit lugubre et elle fut surprise de constater que des lumières vives brillaient depuis le plafond voûté au-dessus de sa tête. Une odeur métallique familière flottait dans l'air et, alors qu'elle emboîtait le pas à Barnes, elle remarqua que la porte à l'arrière de la remorque était ouverte et qu'un tuyau d'arrosage était abandonné à côté de la roue arrière.

L'agent Morrison était un homme corpulent, mais elle jeta un coup d'œil à son visage pâle et pointa la porte du doigt.

— Va dehors prendre l'air.

Il partit au trot, laissant son collègue monter la garde auprès de l'homme qu'elle reconnut comme étant Marchant.

Elle l'ignora pour le moment et jeta un coup d'œil à l'arrière de la remorque.

Elle ne put retenir le hoquet qui s'échappa de ses lèvres.

Le sol de la remorque était couvert d'éclaboussures de sang ; l'eau d'un tuyau ruisselait sur la surface et formait des filets qui s'écoulaient sur le sol en béton à ses pieds.

Elle fit un pas en arrière et leva les yeux vers le plafond de la remorque. Une série de crochets y était suspendue, mais c'était la vue de la carcasse ensanglantée qui la fit porter la main à sa bouche.

Malgré l'odeur persistante de désinfectant qui émanait du seau à ses pieds, il était impossible d'empêcher ses sens de se révolter à la vue et à l'odeur du mouton mort qui tournait sur le crochet.

Barnes jura à voix basse.

Marchant se dégagea de la main que l'agent Stewart avait posée sur son épaule et il fronça les sourcils.

— Que diable se passe-t-il ? Qu'est-ce que vous faites ici ?

Barnes sortit les documents de la poche de sa veste et les lui tendit.

— Ceci est un mandat pour perquisitionner vos locaux dans le cadre d'une enquête pour meurtre.

Pendant qu'il lisait la mise en garde officielle à Marchant, Kay passa rapidement devant la remorque et se dirigea vers un coffre verrouillé à roues.

— Ouvrez ceci, s'il vous plaît, monsieur Marchant.

Le boucher fouilla dans ses poches avant d'en extraire une clé et de l'insérer dans la serrure.

Lorsqu'il souleva le couvercle, le cœur de Kay fit un bond.

Des couteaux, des maillets et des couperets brillaient sous l'éclat des lumières au plafond.

— Quelqu'un d'autre a-t-il accès à ces outils ? demanda-t-elle.

— Non. Seulement moi.

Barnes la rejoignit et émit un long sifflement avant de faire un geste vers trois congélateurs qui avaient été placés contre le mur du fond.

De la condensation coulait le long de l'un d'entre eux, les moteurs ronronnaient tandis que les thermostats luttaient contre la chaleur étouffante de la dépendance.

Un pressentiment étreignit le cœur de Kay.

Elle parcourut le couvercle des yeux, puis jeta un coup d'œil par-dessus son épaule.

— Qu'est-ce qu'il y a là-dedans ?

— Rien, dit Marchant. Je veux dire, juste de la viande.

Elle se retourna pour croiser le regard de Barnes, fit un léger signe de tête, puis observa Barnes prendre une profonde inspiration et tendre la main vers la poignée du plus grand des trois coffres en acier inoxydable.

CHAPITRE 39

— Du steak ?

Kay jura entre ses dents et se détourna des morceaux de viande soigneusement emballés dans le congélateur. Le soulagement chassa l'angoisse qui lui avait étreint le cœur.

— De l'agneau, plus précisément.

— Bon sang.

Barnes rabattit le couvercle et se dirigea d'un pas lourd vers l'endroit où se tenait Marchant, dont la bouche tressaillait.

— Ce n'est pas drôle, gronda le détective plus âgé.

— J'ai essayé de vous le dire.

— Ça suffit.

Kay traversa le hangar à grands pas jusqu'au deux

hommes. Elle congédia les agents en uniforme qui essayaient d'étouffer leur rire et elle attendit que le hangar redevienne silencieux.

— Le pick-up qui est enregistré à cette adresse—

— A été volé il y a quelques semaines.

— Pourquoi est-ce que vous ne l'avez pas signalé ?

Il haussa les épaules.

— Il n'avait pas de certificat de contrôle technique et il n'était pas homologué. Je ne l'utilisais que pour me déplacer sur la propriété et il était complètement foutu. Ce n'était qu'une question de temps avant qu'il ne tombe en panne complètement. Celui qui l'a volé m'a rendu service, pour être honnête. Ça m'a évité de payer les frais de la casse.

— Les plaques d'immatriculation du véhicule avaient été retirées. Est-ce que—

— C'était moi. Je les ai enlevées il y a quelques mois. Je prévoyais de les vendre en ligne, mais celle de devant s'est fissurée quand j'ai dévissé la vis, donc c'était foutu. J'étais agacé, pour être honnête, c'étaient celles de mon père et je pense que j'aurais pu en tirer quelques centaines de livres.

Kay réprima un gémissement et cligna des yeux pour se reconcentrer.

Elle entendait Morrison et Stewart bavarder à

l'extérieur, leurs voix étaient pleines d'humour. Elle chassa la pensée de ce que Barnes allait devoir endurer au poste de la part de ses collègues. Sans aucun doute, l'histoire du raid raté atteindrait des proportions légendaires d'ici l'après-midi, mais Barnes s'en remettrait. Il donnait autant qu'il recevait des rangs en uniforme quand il s'agissait d'humour, et la théorie de Gavin était solide, basée sur les preuves qu'il avait obtenues grâce à ses recherches.

Elle leva à nouveau les yeux vers Marchant.

— Quand est-ce que vous avez remarqué que le pick-up avait été volé ?

— Mercredi soir, la semaine dernière. Celui qui l'a pris s'est souvenu de refermer le loquet du portail du pré, donc au moins le troupeau ne s'est pas échappé.

Kay se tourna vers Barnes, mais il se dirigeait déjà vers la sortie.

— Demande à Stewart de délimiter ce portail avec du ruban et fais venir Harriet et son équipe dès que possible. Nous pourrons peut-être récupérer des preuves, étant donné qu'il n'a pas plu dernièrement.

Barnes leva la main par-dessus son épaule en disparaissant et elle l'entendit aboyer des ordres aux deux agents de police à l'extérieur.

Ils perdraient sans doute rapidement leur sens de l'humour.

Bien qu'il semblât qu'ils avaient le mauvais suspect, elle devrait quand même s'assurer qu'une équipe de la police scientifique se rende sur la propriété dès que possible pour écarter tout acte criminel.

Tandis qu'elle parcourait du regard la collection de scies et de couteaux sur un établi en face des réfrigérateurs, elle refusa de rejeter la faute sur qui que ce soit d'autre qu'elle-même.

Après tout, c'était la meilleure piste qu'ils avaient eue dans l'enquête jusqu'à présent, et au moins ils pouvaient écarter Marchant comme suspect.

Elle se retourna vers lui.

— Monsieur Marchant, je m'excuse pour le désagrément. Cependant, nous sommes au milieu d'une enquête importante pour meurtre, et je vous demanderais de vous abstenir de contacter les médias. Toute tentative de votre part de parler à la presse ne sera pas considérée de manière favorable par mes supérieurs, car cela pourrait alerter le tueur sur nos mouvements et la nature de notre enquête. Est-ce compris ?

L'homme fit la moue un instant avant que ses épaules ne s'affaissent et il hocha la tête.

— D'accord.

— Merci. L'un de mes collègues va prendre votre déposition concernant le vol du véhicule. S'il vous plaît, n'hésitez pas à rejoindre votre femme dans la maison.

En guise de réponse, il pointa du pouce par-dessus son épaule.

— En fait, si ça ne vous dérange pas, je dois m'occuper de découper ça. Si je ne le fais pas, la chaleur va finir par gâcher la viande.

Kay acquiesça, puis sortit du bâtiment annexe en respirant l'air frais à pleins poumons alors qu'elle s'approchait de Barnes.

— Ne dis pas un mot, gronda-t-il alors qu'elle s'approchait.

Malgré elle, Kay ne put s'empêcher d'esquisser un sourire en coin.

— Ça arrive. Tu t'en remettras. Harriet arrive dans combien de temps ?

— Dans environ une heure. Stewart a établi une scène de crime près du pré.

— Ok, il n'y a pas grand-chose d'autre que nous puissions faire ici. Retournons briefer les autres.

— J'ai hâte, dit Barnes, avant de s'éloigner d'un pas lourd devant elle.

CHAPITRE 40

— Tu fais une tête d'enterrement.

Kay laissa tomber son sac au sol à côté de l'escalier et essaya de sourire à Adam alors qu'il passait la tête par la porte de la cuisine.

— Ce n'est pas si terrible, vraiment.

— Tu n'as donc pas besoin d'un verre de vin ?

— Très drôle.

Elle traversa le couloir vers lui, desserra son chemisier de la ceinture de son pantalon et se débarrassa de sa veste alors qu'elle s'asseyait sur l'un des tabourets de l'îlot central.

Il se retourna, une bouteille de bourgogne blanc à la main, et Kay saliva presque à la vue de la condensation qui brillait sous les spots encastrés dans le plafond.

— Que s'est-il passé ? demanda-t-il en versant deux généreuses rasades dans des verres avant d'en glisser un vers elle.

— Merci. Nous nous sommes trompés de suspect. Je crois.

Elle prit une gorgée et ferma les yeux en réprimant l'envie de gémir et d'appuyer son front sur le plan de travail. Au lieu de cela, elle passa une main dans ses cheveux, puis concentra son attention sur son compagnon, qui l'observait attentivement par-dessus le bord de son verre.

— Parle-moi de ta journée.

Il sourit en voyant qu'elle ne voulait pas parler de son propre travail, mais il joua le jeu quand même.

— Nous avons réussi à trouver un nouveau foyer pour Misha, dit-il.

— Oh, où ça ?

— Il y a un refuge pour chèvres juste au sud de Maidstone et l'un de leurs contacts a proposé de l'accueillir. Un couple marié, leurs enfants sont tous à l'université, alors je pense qu'ils ont quelques animaux dans leur petite exploitation près de Headcorn pour compenser. Ça les occupe pendant les périodes scolaires. Ils sont sur le point de partir en Espagne pour une courte pause, mais Misha pourra emménager chez eux à leur retour.

— Au moins, tes herbes dans le jardin seront saines et sauves.

— Oui, Dieu merci, elle a failli s'en prendre au laurier ce matin.

Kay rit malgré elle. Il était rare qu'Adam perde patience avec un animal, mais elle savait combien de temps et d'efforts il avait consacré à rendre le sol de leur jardin parfait pour la culture des légumes, et le jardin d'herbes aromatiques était la fierté d'Adam.

— Bon, assez de bavardages. Tu veux bien me raconter ce qui s'est passé aujourd'hui ?

Kay prit une autre gorgée de vin, puis reposa le verre en soupirant.

— Je pensais qu'on le tenait, Adam, vraiment. Je n'en veux à personne, je ne reprocherai jamais à un membre de l'équipe quoi que ce soit, mais tout pointait vers lui, et je me suis laissée emporter par leur enthousiasme. Il avait les moyens, il était dans les parages au moment des meurtres—

— Mais ?

Kay entreprit de lui raconter la descente dans la propriété et ses épaules se détendirent au fur et à mesure que la bouche d'Adam tressaillait, jusqu'à ce qu'il ne puisse plus se retenir et qu'il éclate de rire.

— Oh mon Dieu, dit-il en s'essuyant les yeux. J'imagine bien les têtes que vous avez dû faire.

Malgré sa frustration, Kay ne put s'empêcher de rire.

— La tête de Barnes valait bien le détour. Je ne pense pas que Morrison et Stewart le laissent oublier ça.

Adam redevint sérieux.

— Donc, votre suspect court toujours.

— Oui.

Elle secoua la tête et se redressa, ce qui soulagea les nœuds des muscles de ses épaules.

— Et plus j'y pense, plus je crois qu'il va tuer à nouveau. Il est trop doué pour ça, Adam. Ce que je n'arrive pas à comprendre, c'est comment il a réussi à rester caché si longtemps.

— Tu penses qu'il attend que tout ça se tasse ? Tu penses qu'il va patienter ?

Elle hocha la tête.

— Oui.

Les yeux d'Adam s'assombrirent.

— Et, entre-temps, tu penses aux autres personnes qu'il a peut-être tuées.

Il tendit la main vers elle et elle enroula ses doigts autour des siens. Elle avait besoin de ce contact humain pour la rassurer, pour lui faire savoir que tout irait bien et qu'elle allait trouver le monstre qui avait émergé des ombres.

Kay cligna des yeux, puis elle fixa la surface tachetée du plan de travail, le regard dans le vide.

— Hé.

Elle leva les yeux vers lui au son de sa voix.

— Tout va bien se passer, Hunter.

— Merci.

Il lui serra la main.

— Qu'est-ce que Sharp dit dans tout ça ?

— Il a été fantastique, pour être honnête. J'ai l'impression qu'il me protège de beaucoup de critiques venant du quartier général, ils doivent être sur les nerfs. Bien sûr, plus il nous faut de temps pour trouver le bon suspect, plus la machine à rumeurs tourne.

Adam fit un geste vers le journal local plié à l'autre bout du plan de travail.

— Il doit faire du bon travail, la plupart des reportages là-dedans cette semaine et aux infos du soir ont été des mises à jour générales, rien de plus. Je n'ai rien vu qui pourrait constituer des spéculations.

— Je ne pense pas qu'ils osent après ce qui s'est passé avec Suzie Chambers.

Il contourna le plan de travail jusqu'à ce qu'il soit derrière elle, puis il tendit les mains et lui massa les épaules.

— J'ai une excellente idée. Ce sera calme au pub

à cette heure de la semaine. Va te changer et on va aller dîner là-bas. Le changement de décor te fera du bien, et ça te changera les idées pendant une ou deux heures.

Kay sentit un pincement de culpabilité lui étreindre la poitrine, puis elle soupira.

— Tu sais quoi ? Tu as raison. Je vais rester assise ici à m'inquiéter sinon, n'est-ce pas ?

Elle pivota sur le tabouret pour lui faire face et fut récompensée par l'un de ses sourires malicieux.

— Je ne sais pas pourquoi tous ces gourous de la santé promeuvent le yoga et tout ça pour la relaxation, dit-il. Tout ce que j'ai à faire, c'est de mentionner le pub, et tu te transformes complètement.

Elle rit et lui donna une tape sur le bras en glissant du tabouret pour se diriger vers le couloir.

— Rien que pour ça, c'est toi qui invites.

CHAPITRE 41

Patrick Lenehan vérifia ses boutons de manchette, puis il se tourna vers le miroir et sourit d'un air dément.

Ça avait été si facile.

Il ne se souvenait pas de la dernière fois qu'il avait eu une telle femme entre ses mains.

Son anticipation était douloureuse ; délicieusement douloureuse.

En se détournant de son reflet, il se dirigea vers un petit réfrigérateur, ouvrit la porte, puis s'accroupit et examina le contenu.

Du vin ou de la bière ?

Patrick jeta un coup d'œil à sa montre.

De la bière. Et il se brosserait les dents à nouveau.

Il se redressa, replia la languette métallique sur le dessus de la canette, il y eut un subtil pop et le pétillement du liquide pressurisé à l'intérieur titilla ses papilles.

Il prit une longue gorgée satisfaisante et rota.

En se déplaçant vers une table ronde près de la fenêtre, il appuya sur une touche de l'ordinateur portable et regarda l'écran s'allumer. Il vérifia que la connexion sans fil était bien active, puis il déplaça le curseur vers une icône dans le coin supérieur gauche de l'écran et double-cliqua dessus.

Il parcourut du regard les nouveaux courriels, en rejeta la plupart et referma l'ordinateur portable. Il pouvait se permettre d'oublier le travail pendant quelques heures.

Après tout, il avait des choses plus importantes à faire.

Patrick ferma les yeux et passa sa main sur sa nuque, puis il porta de nouveau la canette à ses lèvres, en se concentrant sur le miroir à côté du lit. Il leva la main et desserra sa cravate, la jeta sur la table à côté de son ordinateur, puis défit le bouton du haut de sa chemise, laissant son col s'ouvrir.

Il supposait qu'il n'était pas trop mal pour un homme de son âge. Pour être honnête, il s'était un peu laissé aller l'année passée, mais voyager d'un endroit à l'autre et rendre visite à des clients dans tout le pays avait bouleversé sa vie.

Il s'approcha du mur et appuya sur l'interrupteur pour éteindre les lumières principales de la pièce, les lampes de chevet donnaient une douce lueur à l'espace. Ses yeux semblaient un peu fatigués, oui, mais peut-être qu'elle ne le remarquerait pas.

Il se gratta la mâchoire et se demanda s'il avait le temps de se raser, puis il y renonça.

Certaines femmes trouvaient qu'un peu de barbe était attrayant, n'est-ce pas ?

Il faillit crier quand le téléphone portable sur la table derrière lui se mit à sonner bruyamment.

Agacé, il traversa la pièce en trois enjambées et le saisit.

— Quoi ?

La voix au bout du fil le réprimanda ; il était en retard pour l'appel.

Il ferma les yeux et serra les dents.

À vrai dire, il avait oublié, mais il ne le dirait pas à son interlocuteur.

Il n'oserait pas.

— J'ai été occupé, répondit-il à la place.

Il écouta les instructions monotones ; où aller, quoi faire, quand le faire.

— Pas de problème.

Son esprit vagabonda, il pensait à l'évasion.

Il s'était retrouvé piégé, victime de circonstances qu'il avait lui-même créées, et ce n'était pas quelque chose qui lui convenait. Il avait besoin d'une issue — un moyen de recommencer et d'oublier le passé.

Il l'avait déjà fait une fois, et cela le contrariait d'être celui qui devait partir.

L'appel se termina et il répéta les mots de routine, puis il laissa retomber son téléphone sur la table et passa une main sur ses yeux fatigués.

Il tira une chaise et s'y laissa tomber dans un soupir, puis il tendit le bras vers la canette de bière et prit une autre gorgée.

Il repassa ses plans dans sa tête une fois de plus. Le temps était crucial. Il regarda sa montre et réalisa que seules quelques minutes de plus s'étaient écoulées, puis il se mit à arpenter à nouveau la pièce.

Et s'il avait fait une erreur ?

Et s'il se faisait prendre ?

Il sourit en y pensant, car ça faisait partie du jeu, n'est-ce pas ?

Il vida la bière, froissa la canette et la jeta dans la corbeille à papier, puis il se dirigea vers la salle de bain. Le ventilateur se mit en marche lorsqu'il appuya sur l'interrupteur.

Il prit son temps pour se brosser les dents, perdu

dans son geste tandis qu'il arpentait le sol et réfléchissait à la soirée.

Cela s'était mieux passé que ce à quoi il s'était attendu – les personnes qu'il avait rencontrées avaient quitté le dîner de bonne humeur, et avant de retourner dans sa chambre, il avait profité de l'occasion pour prendre un dernier verre au bar de l'hôtel.

C'est là qu'il l'avait vue.

Il cracha le dentifrice dans le lavabo et se rinça la bouche à l'eau froide avant de tamponner ses lèvres sur l'une des serviettes blanches à côté des robinets.

Un coup à la porte le sortit de ses pensées et son cœur fit un bond.

C'était le moment.

Un sourire prédateur s'afficha sur ses lèvres alors qu'il retirait la chaîne de sécurité avant de tourner la poignée de la porte.

— Bonjour, dit-il.

Elle sourit et entra dans la pièce en retirant le badge de la poche gauche de son chemisier. Elle le jeta sur la table à côté de ses clés de voiture.

Alors qu'elle déboutonnait son chemisier, il passa une main sur son épaule nue, puis il se pencha pour embrasser la peau pâle de son cou.

— Tu es prête à passer un bon moment ? murmura-t-il.

En scrutant le mince espace entre la porte et le cadre, elle cligna des yeux devant la lumière vive du couloir au-delà.

Le doux ronronnement du système de climatisation de l'hôtel lui parvenait, mais aucun son de voix. Aucun bruit de pas.

Elle ouvrit encore la porte et se glissa par l'ouverture, puis elle jeta un coup d'œil par-dessus son épaule vers la chambre silencieuse, le corps de l'homme étendu sur les draps froissés, son visage tourné.

Un sourire se dessina au coin de sa bouche.

Elle rajusta sa jupe, épingla à nouveau son badge sur le devant de sn chemisier, puis elle ferma la porte et enfila ses chaussures sur ses pieds nus. En balançant son sac sur son épaule, elle se dépêcha le long du couloir moquetté, sans prêter aucune attention aux ronflements qui provenaient des autres portes qu'elle dépassait et en ignorant les points rouges clignotants des détecteurs de fumée fixés au plafond alors qu'elle passait en dessous.

Elle regarda sa montre. Vingt minutes d'avance.

Elle réprima l'envie de paniquer. Si elle paniquait, elle ferait une erreur, et ce serait la fin.

Elle expira, un souffle tremblant qui la prit au dépourvu.

Alors qu'elle tournait à un coin du couloir, l'adrénaline lui traversa le corps et elle ralentit délibérément son allure.

Elle serra les poings, ses ongles égratignèrent la peau tendre de ses paumes, puis elle redressa la tête et marcha d'un pas décidé vers la porte au bout.

L'objectif d'une caméra de surveillance brillait dans la lumière d'une lampe posée sur une table dans le coin, mais elle l'ignora. Cela ne lui causerait pas de souci ; pas ce soir.

Elle plongea la main dans son sac, en sortit un mouchoir en papier, puis l'enroula autour de son index.

Elle s'approcha de la porte et appuya sur le

clavier. Le code avait été changé plus tôt dans la journée, mais elle l'avait deviné.

Tout ce qu'elle avait à faire était d'attendre et observer.

Un léger clic parvint à ses oreilles et elle s'appuya contre la surface en bois.

La porte céda sous sa pression et s'ouvrit devant l'air nocturne.

Deux marches menaient à une surface pavée, et une fois le seuil franchi, elle repoussa la porte dans son cadre et attendit d'entendre le verrou se réenclencher.

Le véhicule était garé près du mur, loin des regards indiscrets des caméras montées sur des poteaux métalliques à des endroits stratégiques autour du périmètre de l'hôtel.

Personne d'autre n'aimait se garer là ; en été, les arbres répandaient leur pollen et leurs fleurs sur la carrosserie, et en hiver c'était trop loin de l'entrée de l'hôtel. Elle le savait, elle s'était fait avoir plus d'une fois et elle avait été trempée jusqu'aux os par la pluie froide qui avait fouetté la campagne.

Mais ça en valait la peine.

Elle leva les yeux vers le ciel, une teinte plus claire tachait le bleu profond, le solstice d'été n'était que dans quelques semaines.

Des points lumineux – des étoiles – parsemaient l'horizon tandis qu'un croissant de lune flottait au-dessus.

Elle ferma les yeux et inspira le doux parfum de l'hibiscus qui avait été planté dans la bordure sous les fenêtres aux rideaux tirés du bâtiment, puis elle se reconcentra.

Elle attendit d'avoir atteint la voiture avant d'insérer la clé dans la serrure de la portière du conducteur. Elle aurait pu utiliser la clé à distance, mais l'alarme avait la fâcheuse habitude d'émettre un *bip* chaque fois qu'elle était désactivée, et elle ne voulait pas attirer l'attention.

Elle se détendit en se glissant sur le siège derrière le volant, avant que ses pensées ne la ramènent brusquement à l'homme qu'elle avait laissé dans la chambre d'hôtel.

Elle cligna des yeux pour chasser cette pensée, mit la clé dans le contact, mais ne démarra pas tout de suite. À la place, elle alluma la lumière intérieure, vérifia que ses cheveux étaient bien coiffés et que son rouge à lèvres n'avait pas bavé.

Satisfaite, elle éteignit la lumière et enroula ses doigts autour du volant.

Quinze minutes.

Elle tendit la main et démarra, un doux ronronnement émanait de sous le capot.

Elle sortit doucement la voiture et roula lentement en manœuvrant à travers le parking jusqu'à la sortie.

La route au-delà était déserte.

Elle risqua un coup d'œil dans le rétroviseur en accélérant, tout en restant légèrement en dessous de la limite de vitesse pour éviter d'attirer l'attention sur elle.

Il l'avait amusée un peu, c'est tout.

Et, grâce aux mesures qu'elle avait prises, il n'y aurait aucune trace de lui le lendemain matin.

Aucune trace du tout.

CHAPITRE 43

Kay leva les yeux de son écran d'ordinateur et sourit lorsque Barnes lui tendit une tasse de thé fumante.

— C'est toujours bon pour ce soir ? demanda-t-il. Le barbecue chez moi, tu te souviens ?

Kay se retourna sur sa chaise pour voir Gavin et Carys debout près du tableau blanc, plongés dans une conversation tout en pointant les diverses photos et en passant en revue les preuves recueillies à ce jour après le briefing du matin.

À sa gauche, un flot constant d'agents en uniforme et de personnel administratif entrait et sortait de la salle, leurs conversations étouffées formaient un bruit de fond permanent qui ne se dissiperait pas avant que l'affaire ne soit résolue.

Elle soupira. Elle savait qu'elle menait un combat perdu d'avance contre la bureaucratie du quartier général qui commencerait à remettre en question les effectifs pour les meurtres.

Sharp était parti une heure plus tôt pour une autre réunion avec leurs supérieurs, en promettant de faire tout son possible pour maintenir l'équipe unie.

En plus de cela, Jonathan Aspley lui avait laissé quatre messages en l'espace de douze heures. Elle allait devoir le rappeler et lui donner quelque chose sur quoi travailler, sinon il perdrait patience et publierait un article qui pourrait entraver l'enquête – ou pire, alerter leur tueur de leurs progrès.

— Chef ?

Elle secoua la tête pour se reconcentrer.

— Désolée.

— Ce soir. Barbecue. Chez moi.

— Tu crois qu'on devrait ?

Barnes tira une chaise laissée libre par son propriétaire qui était plongé dans la paperasse près du photocopieur de l'autre côté de la pièce. Il posa sa tasse sur le bureau à côté de la sienne et se pencha en avant, les coudes sur les genoux.

— Oui, je pense que oui. Premièrement, c'est notre tradition. Une fois par mois, chacun notre tour,

et nous n'en avons jamais manqué un. Deuxième-
ment, nous avons besoin de décompresser. De nous
détendre. Tu sais aussi bien que moi que c'est souvent
dans ces moments-là que nous avons nos meilleures
idées.

Il jeta un coup d'œil par-dessus son épaule avant
de se retourner vers elle.

— Ce n'est pas parce qu'on s'accorde quelques
heures sans penser à nos victimes qu'on ne s'en
soucie pas, Kay.

Elle expira et sentit une partie de la tension
qu'elle avait accumulée quitter son corps.

Barnes avait raison, bien sûr. Il avait su exactement ce qu'elle pensait, et elle réfléchissait à l'idée
d'annuler l'invitation à dîner depuis qu'elle était
arrivée ce matin. Elle ne savait tout simplement pas
comment aborder le sujet avec ses collègues, sachant
qu'ils seraient déçus.

— Ok.

— Bien.

Barnes frappa ses cuisses de ses mains, puis se
leva et prit une gorgée de thé.

— Ne t'inquiète pas pour la nourriture. Pia et moi,
on s'en occupe. J'imagine que Gavin et Sharp vont
apporter de la bière, alors si tu veux prendre du vin en
passant, ça devrait suffire.

Ils se retournèrent en voyant Debbie s'approcher en agitant une liasse de papiers vers eux.

— Harriet a envoyé par courriel les résultats préliminaires du pré sur la propriété de Marchant, dit-elle en leur tendant à chacun un exemplaire. Pas d'empreintes digitales, elle suggère que le suspect portait des gants, mais il y avait des traces d'une empreinte partielle de pas dans la boue près du poteau du portail. Le sol est assez mou là-bas malgré le temps chaud que nous avons eu. Elle pense qu'il s'agit d'une semelle qu'elle a déjà vue sur une marque de chaussures de tennis, mais elle doit véri-fier. Elle nous tiendra au courant dès qu'elle pourra.

— Merci, Debs, dit Kay en parcourant le rapport des yeux tandis que l'agente de police retournait à son bureau. Ça ne nous donne pas grand-chose sur quoi travailler, Ian.

— Chef !

Le cri fit taire la salle et elle leva les yeux pour voir Phillip Parker debout à l'autre bout, un téléphone à la main.

— J'ai Robert Wilson du conseil municipal de Maidstone au téléphone. Ils ont retrouvé le pick-up, il a été incendié et abandonné dans un terrain vague près de Headcorn.

Kay repoussa sa chaise et attrapa sa veste sur le

dossier en faisant signe à Barnes alors qu'elle se précipitait vers la porte.

— Dis-lui qu'on arrive.

———

KAY RETINT un gémissement en sortant de la voiture et elle se dirigea vers le groupe d'enquêteurs de la police scientifique qui examinaient déjà la carcasse calcinée du pick-up.

Quand elle avait reçu les détails de Parker, sa première pensée avait été de s'étonner que ses collègues des pompiers ne l'aient pas contactée pour lui parler de l'incendie. En arrivant sur les lieux, elle comprit pourquoi.

Malgré les années écoulées depuis la récession, il restait encore des sites abandonnés dans le comté – la casse où le véhicule avait été abandonné en faisait partie.

Des tags de graffitis couvraient les murs de briques d'un bâtiment en béton qui avait dû être autrefois le bureau des derniers propriétaires et parmi les carcasses décrépites et rouillées, le pick-up avait été incendié.

Elle examina ce qu'il en restait.

Les flammes de l'incendie avaient fissuré le pare-brise, et il était sorti de son cadre du côté gauche. Une masse noire et figée s'étendait autour de ce qui avait été les pneus, les restes de la bande en caoutchouc étaient collés à la dalle de béton devant le bâtiment.

Elle fut comme submergée par l'odeur de carburant brûlé, de plastique fondu et les relents chimiques de l'intérieur carbonisé.

Des marques de brûlures s'accrochaient à ce qui restait des phares, donnant l'impression d'yeux aveugles, tandis que ce qui restait de la peinture d'origine avait bouillonné avant de refroidir, laissant un effet tacheté sur la carrosserie.

Le véhicule était posé dans un angle anormal et elle devina qu'à un moment donné pendant l'incendie, la chaleur était devenue si intense que les amortisseurs d'un côté avaient fondu.

La porte du côté conducteur du pick-up était ouverte et un enquêteur en combinaison était accroupi au niveau du plancher pour essayer de collecter des échantillons pour l'analyse. L'intérieur de la portière avait été complètement calciné, avec des trous béants là où se trouvaient autrefois des poignées et des accoudoirs en plastique.

Barnes parlait à Robert Wilson du conseil municipal et elle s'approcha alors que Harriet les rejoignait.

— Qui vous a dit que le véhicule était ici, monsieur Wilson ?

— L'entreprise qui a été nommée administrateur judiciaire, répondit-il. Les doubles grilles que vous avez franchies en voiture sont normalement verrouillées, mais lorsqu'un de leurs agents de sécurité a effectué sa vérification mensuelle, il a trouvé le cadenas brisé et il a décidé de jeter un coup d'œil à l'intérieur. C'est une chance que les flammes ne se soient pas propagées aux mauvaises herbes qui poussent ici. Avec le temps sec que nous avons eu, ça aurait pu prendre et détruire ce qui reste du bâtiment.

Kay plissa le nez.

— Je pense que celui qui a fait ça a fait attention à ce que cela n'arrive pas. Il ne pouvait pas se permettre d'attirer l'attention.

— J'aurai tendance à être d'accord, dit Harriet. Nous en saurons plus une fois que nous aurons effectué quelques tests, mais j'ai l'impression qu'il a utilisé juste assez d'essence pour détruire toute preuve de sa présence dans le véhicule, et pas plus.

— Vous pensez qu'il est expert dans ce genre de choses ? demanda Wilson, les yeux écarquillés.

— Non. Il lui suffirait de regarder la télévision, dit Barnes. Pas besoin d'être un génie pour mettre le feu à un véhicule.

— Il faut quand même avoir assez de jugeote pour ne pas se mettre le feu à soi-même, répliqua Harriet, avant de retourner là où son équipe travaillait méticuleusement sur l'épave.

— Je présume qu'il n'y a pas de caméras de sécurité par ici, dit Barnes.

— Vous avez raison. Vu l'état des lieux, je suis surpris qu'ils se donnent la peine d'avoir un agent de sécurité, dit Wilson.

Kay s'approcha de l'endroit où Harriet avait établi un périmètre autour du véhicule pendant que son équipe travaillait. Elle observa la progression lente des enquêteurs qui rassemblaient les maigres preuves qu'ils réussissaient à trouver.

Barnes la rejoignit un instant plus tard.

— M. Wilson a accepté de remplacer le cadenas une fois que Harriet aura terminé. On dirait qu'on ne va pas obtenir grand-chose, n'est-ce pas ?

— Non, en effet. Ça me pousse à me demander s'il y a mis feu juste après s'être débarrassé des corps à la décharge, ou s'il l'a gardé quelque part pendant quelques jours avant.

— Qu'est-ce que tu veux faire ensuite ?

— Je pense qu'il faut qu'on parle à Sharp. Je vais lui demander de travailler avec le service des relations médias pour publier un communiqué cet après-midi et demander des informations au grand public sur ce véhicule.

Kay soupira.

— Il y a peu de chances, mais peut-être que quelqu'un a vu quelque chose.

CHAPITRE 44

Six heures plus tard, Pia McLeod ouvrit la porte de la maison de Barnes avec un grand sourire.

— Je me doutais que ce serait vous deux. Entrez, Carys et Gavin sont déjà là.

— Et Devon et Rebecca ? demanda Kay en suivant Pia dans le couloir.

— Ils sont en route. Ils ne devraient pas tarder.

— Quoi que Ian ait mis sur ce barbecue, ça sent bon.

— Il a acheté de la viande chez un boucher bio, il veut l'essayer.

— Pas—

— Non, répondit Pia en souriant. Pas celui que tu as arrêté. Quelqu'un à Linton.

On toqua à la porte et cela interrompit leurs rires. Adam leva la main.

— Je vais ouvrir, continuez toutes les deux. Ce sont probablement les autres.

Alors qu'il quittait la cuisine, Kay se tourna vers Pia.

— Merci d'avoir organisé ça, j'avais hâte.

Pia tendit la main et lui tapota le bras.

— Ian ressent la même chose, il était tellement déçu en rentrant hier soir. Je pense que vous avez tous besoin d'une pause dans l'enquête, même si ce n'est que pour un petit moment.

— Tu as raison. On a tous besoin de recharger nos batteries.

Elles terminèrent leur conversation au moment où Devon Sharp et sa femme, Rebecca, entrèrent dans la cuisine.

Kay était tellement habituée à le voir dans ses costumes repassés avec une précision militaire qu'elle fut choquée de le voir en short et t-shirt.

— Allez, tout le monde dehors, dit Pia en les poussant vers la porte du jardin. Je vous connais, vous allez rester ici à parler boulot sinon. Allez, ouste.

Ils se dirigèrent vers l'extérieur où Barnes, Gavin et Carys riaient et plaisantaient.

Carys se détourna d'une grande marmite en inox quand Kay s'approcha de la table et elle brandit une bouteille de vin rouge avant de sourire et de la verser entièrement dans le mélange qu'elle remuait.

— Gavin a eu l'idée géniale de faire de la sangria.

— Bon sang, Carys, tu vas tous nous faire souffrir d'une gueule de bois à ce rythme-là.

— Ça va aller. Je ne l'ai pas faite trop forte. Ça a l'air pire que ça ne l'est.

Kay regarda la rangée de bouteilles vides au coin de la table.

— Qui conduit ?

— Gavin a dit qu'il prendrait un taxi pour rentrer, donc je me ferai déposer en chemin. On commence tard demain, non ?

— Petit malin. D'accord. Huit heures, pas sept.

— Aïe.

— Qu'est-ce que vous complotez toutes les deux ? demanda Sharp en s'approchant.

— Rien, chef.

Carys sourit, tendit la cuillère en bois qu'elle utilisait à Kay, puis ramassa les bouteilles vides et se dirigea vers la poubelle de recyclage.

Sharp regarda d'un air suspicieux la cuillère dans la main de Kay.

— Elle sait que tu ne cuisines pas, n'est-ce pas ?

— Je ne vais quand même pas rater la préparation d'une sangria, non ?

Il ricana.

— Je crois que je vais prendre une bière.

— C'est dur.

— Comment tu tiens le coup ?

Kay donna un dernier coup de cuillère au mélange de cocktail, puis elle posa la cuillère sur une assiette à côté de la marmite.

— Ça va. Frustrée, mais c'était prévisible.

— Réponse sensée. Tu l'as répétée ?

Elle sourit.

Sharp regarda par-dessus son épaule, puis se retourna vers elle, le visage sérieux.

— Quand tout ça sera terminé, il faudra qu'on parle de ta promotion.

Kay fit un pas en arrière, le cœur battant.

— Il y a un problème ?

Il leva une main.

— Non, ne panique pas. C'est juste que si tu veux garder un rôle opérationnel dans les enquêtes, on va devoir trouver un moyen de gérer ça. La direction ne va pas apprécier.

Elle fronça les sourcils.

— C'est vrai.

Il lui fit un clin d'œil.

— Réfléchis-y. Aide-moi à trouver une stratégie, et je t'aiderai à éviter certaines des réunions les plus ennuyeuses.

— Marché conclu.

Elle sourit et regarda par-dessus son épaule alors qu'Adam s'approchait et tendait une bière à Sharp.

— Assez parlé. Bois.

Carys les rejoignit avec Rebecca et servit le contenu de la marmite avec une louche qu'elle avait trouvée dans la cuisine, versant des fruits dans leurs verres à vin avant qu'ils ne se dirigent tous vers la zone pavée devant la porte.

— Pile à l'heure, dit Gavin, et il pointa du pouce par-dessus son épaule vers Barnes qui se tenait à côté du barbecue en retournant une sélection de viandes. C'est presque prêt.

Kay regarda Barnes utiliser les longues pinces pour remuer les morceaux de charbon sous la grille. Elle ignora la conversation autour d'elle alors qu'elle essayait de saisir la pensée qui lui avait traversé l'esprit.

— Attends.

Elle s'avança vers lui et lui arracha les pinces en acier des mains.

— Qu'est-ce que tu fais ?

Elle ne répondit pas et plongea plutôt les pinces dans les charbons sous la grille métallique. Elle les retourna, fascinée un instant, puis pivota sur ses talons pour faire face à Barnes.

— Où est-ce que tu as acheté le charbon ?

— Je suis passé à la station-service près du boulot et je l'ai acheté plus tôt aujourd'hui. J'ai réussi à avoir le dernier sac. Pourquoi ?

— C'est comme ça qu'il s'y prend.

Adam fronça les sourcils.

— Qui ? Quoi ?

— Le tueur. Comment il se débarrasse des corps. Il les transforme en charbon.

Un silence choqué suivit ses paroles.

Au bout d'un moment, Carys s'éclaircit la gorge.

— Tu peux nous expliquer, chef ?

Kay cligna des yeux.

— C'est parfait. Tout ce qu'il a à faire, c'est d'amener le corps sur le site, d'allumer le feu et de le laisser brûler. C'est pour ça que les restes trouvés à la décharge étaient calcinés.

— Et ensuite il mélange les restes avec du vrai charbon pour les disperser, ajouta Gavin avec sa main au-dessus de son verre de vin. Génial. Il peut les jeter ou même les vendre. Personne ne les retrouvera jamais.

Barnes prit les pinces des mains de Kay, jeta un coup d'œil aux autres, puis revint aux saucisses et aux steaks qui grésillaient au-dessus du combustible fumant. Il plissa le nez.

— Je suppose que personne n'a envie de commander chinois à la place ?

CHAPITRE 45

Kay étala les rapports de preuves du site de la décharge sur la table, elle aligna les photos prises par l'équipe de Harriet et Barnes pendant qu'elle parlait avec l'opérateur de la pelleteuse, puis elle reporta son attention vers les visages captivés de ses collègues.

Leur repas du soir écourté, ils se réunissaient maintenant sous les lumières vives de la salle des opérations, avec la musique enjouée d'un pub voisin qui filtrait à travers les vitres et contrastait de manière frappante avec les sombres crimes sur lesquels ils enquêtaient.

— Voici ce que je pense. Pour une raison quelconque, les deux victimes attirent l'attention de notre tueur. Pour se débarrasser des corps, il les démembre puis brûle les restes. Je pars du principe qu'il n'a nulle part où les enterrer ou les cacher. Barnes, que sait-on de Travis Stevens, le forgeron ? Où est-ce qu'il vit ?

— Il vit seul. Après avoir pris sa déposition le week-end dernier, un agent a entré ses coordonnées dans le système. Son permis de conduire est enregistré à une adresse près de Warmlake, j'ai effectué une recherche en ligne et la photo satellite montre que c'est un petit cottage. Pas grand-chose comme jardin à l'arrière, et assez isolé de la route principale.

— Ça colle avec ma théorie, alors. Il a probablement entendu d'Alan Marchant qu'il avait un vieux pick-up sur sa propriété. Il y voit une opportunité de le voler pour déplacer les corps.

— Pourquoi les brûler comme ça ? demanda Sharp. Je vois où tu veux en venir avec la méthode d'élimination, ça a du sens, mais pourquoi tuer quelqu'un puis se donner tout ce mal pour démembrer son corps et le réduire en charbon ?

Kay prit une profonde inspiration avant d'agiter la main au-dessus des photos du site de la décharge qui montraient les restes calcinés.

— Je pense que c'est symbolique pour lui. Il fait ça pour une raison. Je n'arrive pas à comprendre quel est son mobile pour tuer Clive Wallis et Rupert Blacklock, mais faire ça ? Il veut faire passer un message.

— À qui ?

— Je ne sais pas. Pas encore.

Elle se pencha en avant et tapota sur les plans de l'agrandissement de l'hôtel qu'elle avait obtenus de Kevin Tavistock.

— L'agrandissement de l'hôtel impliquait de démolir de vieux bâtiments annexes ici. Il est trop tard maintenant pour enquêter sur cette zone, car toute preuve d'autres victimes gardées là aura été détruite. Stevens tue à nouveau, mais il n'a nulle part où se débarrasser du corps de Wallis. Alors, il panique. Il vole le véhicule et l'utilise pour déplacer le corps quelque part où il peut brûler les restes.

Kay fit une pause et parcourut des yeux la carte étalée sur la table.

Carys s'éclaircit la gorge.

— Mais il a sûrement besoin d'un terrain où il peut faire ça ? On ne peut pas simplement aller allumer des feux n'importe où, si ?

— Ce n'est pas comme ça qu'il fait, dit Gavin. Par ici, les gens coupent leur propre bois et font du charbon depuis des siècles. Tout ce dont tu as besoin, c'est de la permission du propriétaire et tu peux y aller. Beaucoup de fermiers du coin qui possèdent des bois aiment que les gens le fassent, ça encourage la pousse et ça entretient tous les vieux arbres, ce qui les empêche d'être dangereux pour les promeneurs et les animaux.

Barnes leva un doigt.

— Attendez. Si vous dites que Stevens brûle les corps des victimes pour se débarrasser des preuves, où sont toutes leurs affaires ? Vous savez, les vêtements et tout ça. S'il brûle les corps, il doit aussi brûler toutes les autres preuves.

Kay tourna son attention vers Carys.

— Est-ce que le rapport de Harriet sur le site de la décharge mentionne des traces chimiques d'acryliques, de coton, de cuir, quoi que ce soit de ce genre ?

— Non.

La jeune détective fronça les sourcils.

— Elle a dit que les… euh… morceaux étaient trop petits pour en extraire quoi que ce soit. On a eu de la chance d'obtenir les résultats des dents.

— Merde.

Kay fit un pas en arrière et examina les documents et les images devant elle.

Elle savait quand elle avait avancé sa théorie que c'était un coup de chance, mais le fait qu'elle n'avait pas de nouvelles preuves pour l'étayer la frustrait.

Ils étaient si proches, elle pouvait le sentir.

Elle repensa à la conversation qu'elle et Barnes avaient eue avec lui au centre artisanal.

Travis Stevens se trouvait dans les environs immédiats des deux victimes avant leur mort, et il avait les moyens de se débarrasser des corps.

Mais pourquoi les tuer ?

Qu'est-ce que les deux hommes lui avaient fait pour mériter la mort ?

— Très bien, lui dit Sharp. Sur la base de ce que tu as, je suis d'accord pour qu'on fasse venir Travis Stevens pour l'interroger.

— Merci, chef. Tu veux observer ?

— Oui. Si tu as raison à son sujet et qu'il a déjà fait ça avant, alors je veux m'assurer d'être en mesure de prévenir le quartier général que cette enquête pourrait être plus importante que ce qu'on avait envisagé. On va devoir gérer les médias en conséquence.

— Compris.

— Ok. Vous tous, allez chercher notre homme dès demain matin.

CHAPITRE 46

Wendy Gibson porta deux doigts à sa bouche et émit un sifflement perçant qui fit fuir, choqué, un pivert tacheté d'un châtaignier voisin.

— Bailey !

Un jappement excité parvint à ses oreilles.

Elle jura à voix basse.

— Fichue chienne.

Elle consulta sa montre – elle était déjà en retard, et l'homme de l'entreprise de plomberie avait été très clair : s'il ne la trouvait pas chez elle à son passage à sept heures ce matin-là, il ne l'attendrait pas.

— Je suis complet pour les trois prochaines semaines, avait-il dit sans la moindre trace d'excuse. C'est maintenant ou jamais, ma belle.

Wendy soupira et appela la chienne une fois de

plus. Elle détestait qu'un parfait inconnu l'appelle « ma belle », mais elle soupçonnait que ce plombier agaçant appelait toutes ses clientes ainsi, et tous ses clients masculins « mon pote ». Cela lui évitait de retenir tous leurs noms, supposait-elle.

Heureusement, son patron s'était montré compréhensif quand elle l'avait appelé pour l'informer qu'elle arriverait en retard, allant même jusqu'à lui suggérer de travailler de chez elle le reste de la journée.

— On sait tous comment sont les plombiers, avait-il dit. Il pourrait en avoir pour un moment, soyons honnêtes.

Elle sourit. Travailler pour un cabinet de conseil en marketing familial avait ses avantages, et elle adorait la flexibilité de son poste. Elle devrait sans doute travailler un samedi prochainement de toute façon, vu le nombre de projets qu'ils acceptaient, mais cela ne la dérangeait pas.

Après son divorce, elle s'était concentrée sur sa carrière comme pour se prouver que les quinze dernières années n'avaient pas été une perte de temps. Dépoussiérer son diplôme en communication et se mettre à jour sur les pratiques actuelles ne l'avait pas intimidée non plus.

Wendy adorait apprendre.

Le bois lui donnait un peu de réconfort face au stress causé par le chauffe-eau en panne ces trois derniers jours. Elle détestait le froid, et l'idée de se doucher à l'eau glacée pour un quatrième jour l'avait poussée à accepter sans discuter les frais de déplacement exorbitants du plombier.

— Bailey !

La chienne gémit et Wendy accéléra le pas.

Quelque chose dans la réticence de la chienne à revenir quand elle l'appelait attisa sa curiosité, et elle jura en trébuchant sur une racine d'arbre exposée dans sa hâte de découvrir ce qui se passait.

Le vent changea de direction et elle perçut l'odeur distincte de fumée dans la brise qui lui caressait le visage.

Son cœur battait fort et un frisson de peur lui étreignit la poitrine.

Quelqu'un n'avait quand même pas été assez stupide pour allumer un feu ?

Son regard se posa sur l'herbe haute et sèche de chaque côté du sentier envahi par la végétation ; si un feu se déclarait, il se propagerait rapidement et elle n'aurait nulle part où aller.

Elle essaya de se rappeler le chemin qu'elle avait emprunté. Depuis que les travaux de construction avaient commencé aux confins du domaine de l'hôtel, son itinéraire habituel avait été forcément modifié. Là où elle pouvait autrefois prendre un raccourci autour du périmètre du terrain de tir à l'arc, elle devait maintenant se frayer un chemin entre de jeunes arbres pour atteindre un sentier qui s'étendait sur quelques kilomètres et bifurquait à mi-parcours pour rejoindre un chemin secondaire vers le centre artisanal local.

À peine un quart d'heure après le début de sa promenade ce matin-là, Bailey était partie comme une flèche à la vue d'un lapin et elle ne l'avait pas revue depuis.

Un autre jappement excité traversa les arbres avant que Wendy ne repère une brèche dans le feuillage où elle pouvait se faufiler.

En glissant sa main dans la manche de sa veste pour se protéger des épines qui pourraient lui égratigner la peau, elle poussa ses bras à travers les fines branches et se retrouva dans une clairière bordée par de grands arbres.

La chienne se tenait de l'autre côté, la langue pendue au coin de la gueule comme si elle lui souriait.

— Viens ici ! ordonna-t-elle, et satisfaite que la chienne allait obéir cette fois-ci, elle se concentra sur ce qui semblait être un grand cercle de tôle métallique.

Bailey la rejoignit alors qu'elle s'approchait de la

structure et Wendy se pencha pour attacher la laisse de la chienne à son collier au cas où elle repartirait encore une fois.

En se redressant, elle remarqua un autre sentier envahi par la végétation au départ de la clairière, et elle fronça les sourcils.

Plusieurs branches avaient été cassées pour faciliter la sortie vers les bois et elle remarqua deux sillons profonds creusés dans l'herbe haute, comme si quelque chose avait été traîné vers le cercle de métal.

Une fumée bleue s'échappait d'une cheminée cylindrique installée au sommet du cercle et lorsque la brise changea de direction une fois de plus, ses yeux s'écarquillèrent d'horreur.

Elle recula en titubant puis partit en courant, traînant la chienne avec elle jusqu'à ce qu'elle s'arrête, épuisée, près d'un tronc d'arbre tombé.

Elle avait essayé de repousser ce souvenir au fil des années, suivant les conseils des psychologues consultés par ses parents, mais elle n'oublierait jamais la puanteur de la chair humaine brûlée.

CHAPITRE 47

Debbie détacha sa ceinture de sécurité tandis que Harry Davis garait la voiture de patrouille sur la surface irrégulière.

Elle descendit de la voiture, ajusta son gilet aux couleurs vives et posa son képi sur sa tête, puis traversa le bas-côté jusqu'à un pompier qui vérifiait les vannes d'un camion.

— Bonjour, Steve.

Il leva les yeux, son air dur fut remplacé par un sourire lorsqu'il la vit.

— Salut, Debbie. Tu as tiré la courte paille ?

Elle sourit.

— J'ai été enfermée dans la salle des opérations pendant les deux dernières semaines. Aujourd'hui je remplace le coéquipier de Harry. Il a rejoint l'équipe il y a un mois seulement, et il est déjà en arrêt maladie.

Le pompier se retourna vers son collègue.

— Vous l'avez déjà épuisé ?

— Très drôle. Qu'est-ce qu'on a ?

Steve pointa du pouce par-dessus son épaule vers l'endroit où une femme accompagnée d'un dalmatien parlait avec un autre membre de l'équipe de pompiers.

— Quelqu'un a allumé un feu de camp dans une clairière là-bas. Elle l'a signalé parce qu'elle n'a jamais rien vu de tel dans les bois auparavant, et ça sent bizarre. Gardez vos distances jusqu'à ce qu'on vous fasse signe, d'accord ?

— Compris, dit Debbie.

De là où ils se tenaient, le faible grondement de la circulation sur la route au-delà des bois parvenait aux oreilles de Debbie, et la normalité des gens qui vaquaient à leurs occupations quotidiennes contrastait fortement avec la scène devant elle.

Deux engins avaient été dépêchés pour l'incendie, mais en arrivant sur les lieux, l'officier supérieur des pompiers avait évalué la situation, jugé la seconde équipe inutile, et elle regardait le conducteur du véhicule manœuvrer prudemment l'énorme camion le long du chemin forestier jusqu'à la route.

Debbie ouvrit la marche vers la femme qui observait l'autre équipe de pompiers, sa chienne à ses côtés.

— Excusez-moi, madame Gibson ?

La femme se retourna.

— Dieu merci, vous êtes là. Je craignais que personne ne me prenne au sérieux.

Perplexe, Debbie sortit son carnet de son gilet et l'ouvrit sur une page vierge tandis que Harry s'accroupissait et câlinait la chienne.

— Est-ce que ça vous dérange si je vous pose quelques questions ?

— Pas du tout.

— Pouvez-vous me raconter ce qui s'est passé ce matin avec vos mots ?

— Je promenais Bailey, nous avons notre itinéraire habituel, mais nous n'avons pas pu emprunter le chemin que je prends normalement parce qu'il a été clôturé il y a un moment et je n'ai pas eu l'occasion d'en explorer un autre jusqu'à aujourd'hui. Je ne connais pas très bien ces bois, nous n'avons emménagé ici que depuis trois mois. J'étais pressée. Je devais être de retour à la maison il y a vingt minutes pour un rendez-vous avec un plombier. Je ne pourrai probablement pas obtenir de rendez-vous avant trois semaines maintenant. Quoi qu'il en soit, Bailey s'est enfuie, je suppose qu'avec le nouveau parcours, elle avait toutes sortes d'odeurs différentes à explorer, le temps que je la rattrape, je l'ai trouvée là-bas.

La femme fit une pause, l'air troublé.

— Je ne sais pas ce que c'était. Quelque chose ne semblait pas normal, et puis quand j'ai senti ce qui brûlait, j'ai appelé les pompiers.

Debbie fronça les sourcils.

— Qu'est-ce que vous voulez dire ? Qu'est-ce que vous avez senti ?

Elle inclina légèrement la tête pour essayer de capter la brise, mais la fumée s'était dissipée – l'équipe de pompiers avait utilisé de la mousse pour étouffer les bords extérieurs de la structure circulaire en métal, et seul un mince ruban de fumée bleue s'échappait de ce qui ressemblait à une cheminée sur le dessus.

La femme sortit un vieux mouchoir de sa poche et se moucha.

— La seule autre fois où j'ai senti quelque chose de semblable, c'était quand mon frère jouait avec un feu de camp quand il avait sept ans, et que le feu est devenu incontrôlable.

Elle frissonna, puis pointa du doigt la structure métallique.

— Ça sentait comme de la chair brûlée.

Harry se redressa, ses yeux croisèrent ceux de Debbie, et elle referma brusquement son carnet.

— Ok, madame Gibson. Pouvez-vous attendre près de la voiture de patrouille un moment, s'il vous plaît ?

La femme saisit la laisse de la chienne et s'éloigna rapidement.

— Qu'est-ce que tu en penses ? demanda Harry.

Debbie ne répondit pas. À ce moment-là, l'un des pompiers leur fit signe d'approcher et ils se dirigèrent vers l'équipe qui rangeait son matériel.

Elle cligna des yeux alors que les rayons du soleil perçaient à travers les arbres et elle protégea ses yeux tandis que ses bottes foulaient le chemin à travers les sous-bois luxuriants.

Les branches vertes des arbres s'élevaient au-dessus de sa tête et l'environnement paisible l'aida à calmer ses nerfs.

Au loin, un faisan poussa un cri avant qu'un autre oiseau ne lui réponde dans la profondeur des bois.

— Ça a suffisamment refroidi pour qu'on puisse l'ouvrir, dit Steve alors qu'ils s'approchaient. On y va ?

Un coup fort retentit de l'intérieur de la structure et ils firent un bond en arrière.

— Qu'est-ce que c'était ? demanda Debbie.

Elle se tourna vers Harry comme pour se rassurer et fut alarmée de constater qu'il avait l'air aussi effrayé qu'elle.

— Qu'est-ce qui se passe ?

Il secoua la tête et porta sa radio à ses lèvres.

— J'ai un mauvais pressentiment, Debs.

CHAPITRE 48

Kay longea le périmètre de la clairière boisée, elle ne voulait pas passer sous le ruban jaune et blanc de la scène de crime qui flottait dans la brise légère avant qu'on ne lui dise que c'était sûr de le faire.

Une équipe de pompiers travaillait à l'autre bout de la clairière, leurs voix étouffées tandis qu'ils enroulaient les tuyaux et inspectaient les sous-bois environnants pour s'assurer qu'aucune braise fumante n'avait échappé à leur attention.

Elle se mordilla le pouce et jeta un coup d'œil vers l'endroit où Debbie et son collègue en uniforme s'étaient réunis à l'extrémité de la zone bouclée.

Ils semblaient perdus dans leur conversation, le sergent restait proche de sa jeune collègue comme pour la protéger.

Kay détourna les yeux pour leur laisser un peu d'intimité.

Chacun d'entre eux avait développé un mécanisme d'adaptation différent au fil du temps et de l'exposition aux diverses situations dans leur métier, mais si c'était la première fois que Debbie voyait un corps brûlé, cela allait probablement la hanter pendant longtemps, voire pour toujours.

Le visage de la jeune femme était encore pâle lorsqu'elle s'approcha de Kay.

— Il a dû mourir dans d'atroces souffrances, dit-elle en essuyant ses yeux. Il était recroquevillé en position fœtale, chef. Ses mains étaient comme des griffes agrippées à sa poitrine.

Kay tendit la main et la posa sur le bras de la jeune femme.

— Debs, c'est un phénomène naturel qui se produit lorsqu'un corps humain brûle. J'espère que Harriet le confirmera, mais il y a de grandes chances qu'il ait déjà été mort avant d'être placé à l'intérieur.

Debbie cligna des yeux.

— Tu crois ?

— Oui, j'en suis persuadée.

Elle regarda par-dessus l'épaule de la jeune femme vers Harriet qui parlait avec le chef de l'équipe des pompiers.

— Je ne pense pas que notre tueur aurait pu le mettre dans ce cercle de métal autrement. Je pense que c'était sa méthode pour se débarrasser du corps, mais pas la façon dont il l'a tué.

— Alors, qu'est-ce qui a produit le bruit qu'on a entendu ?

— C'était probablement la contraction des os sous l'effet de la chaleur.

Debbie frissonna.

— Je n'avais jamais eu affaire à un corps calciné avant. C'est la première fois.

Kay lui serra le bras avant de le lâcher.

— Ça va aller ?

— Oui, je crois. Merci.

— Tu sais où me trouver si tu as besoin de moi.

— Merci, chef.

Elles interrompirent leur conversation lorsqu'un des assistants de Harriet s'approcha du ruban et fit signe à Kay de s'approcher.

— Je reviens dans une minute, dit-elle à Debbie avant de se dépêcher de rejoindre l'équipe de la police scientifique.

À sa droite, Barnes accéléra le pas pour la rattraper, son téléphone portable collé à l'oreille.

— Carys confirme qu'une voiture de patrouille est en route pour arrêter Travis Stevens.

Kay serra les poings. Elle était arrivée trop tard pour sauver l'homme dont les restes gisaient dans le four, et elle savait que cela la hanterait.

— Ok, merci. Tu viens avec moi ?

Il raccrocha, rangea le téléphone dans la poche de sa chemise et enfila la combinaison en plastique que Kay lui tendit dans une boîte. Ils signèrent tous deux le formulaire que Harry Davis leur présenta, puis pénétrèrent dans la zone bouclée.

— Tu es prêt ? murmura Kay en observant l'équipe de Harriet qui s'affairait en les attendant.

— Toujours, dit Barnes. Debbie va bien ?

— Elle dit que oui. Je vais la surveiller de près.

Il fit un geste vers les pompiers qui retournaient maintenant vers leur véhicule.

— Ils t'ont dit comment ils ont éteint le feu ? J'imagine que Harriet ne sera pas ravie s'ils ont trempé les preuves.

— Apparemment, la structure a des trous tout autour de l'extérieur, près du bas. Ils n'ont eu qu'à les sceller et le feu s'est rapidement éteint après avoir été privé d'oxygène. Harriet a été appelée ici en même temps que toi, donc elle a pu aider à superviser la préservation du corps.

Ils se turent alors que l'herbe haute frôlait leurs

jambes, et Kay balaya la scène du regard tandis que la femme s'approchait d'eux.

— Qu'est-ce qu'on a, Harriet ?

La chef de la police scientifique abaissa son masque tandis que son équipe commençait à dégager le contenu de la structure métallique.

— Bon, eh bien malgré le rétrécissement des os causé par le feu, je dirais qu'il s'agit d'un homme adulte, à en juger par la taille du corps. Il est là depuis un moment ; peut-être six heures.

Elle fit un geste vers le cercle de tôle ondulée.

— Et, avant que vous ne vous emballiez tous les deux, malgré le fait qu'il soit en un seul morceau, celui-ci ne va pas livrer ses secrets si facilement, dit Harriet.

Elle leur fit signe de s'approcher du cercle métallique.

Kay déglutit et retint son souffle. Elle aurait vraiment voulu ne pas regarder, mais elle savait par expérience qu'elle aurait une meilleure compréhension de la méthode du tueur si elle essayait d'en apprendre le plus possible sur la scène de crime.

— Tu as dit « il » ?

Harriet acquiesça.

— En plus, je ne pense pas qu'une femme aurait pu soulever la victime par-dessus le bord, et encore moins la traîner à travers les sous-bois pour arriver jusqu'ici.

— Vous avez trouvé des traces de traînée ? demanda Barnes en tendant le cou pour voir au-delà du ruban à l'arrière de la scène de crime.

— Par là. Cette zone que nous avons délimitée indique que quelqu'un a marché ici en portant un poids important, l'herbe a été écrasée et on peut voir la terre nue. La structure est là depuis un moment, elle a été conçue pour qu'une personne puisse la retourner et la faire rouler, mais nous n'avons trouvé aucune preuve que cela ait été fait récemment.

— Des empreintes de pas ? demanda Kay, incapable de cacher la trace d'excitation dans sa voix.

— Désolée, mais non, le sol est trop dur à cause du manque de pluie ce mois-ci.

Harriet s'arrêta à côté du cercle métallique et leur fit signe de regarder à l'intérieur.

Kay expira, puis jeta un coup d'œil par-dessus le bord métallique dentelé.

Le cercle lui-même lui arrivait à la poitrine et formait une large structure devant elle.

Elle laissa échapper un gémissement.

Les restes brûlés d'un homme adulte étaient recroquevillés en position fœtale, exactement comme Debbie l'avait décrit.

Quand le feu s'était refroidi, ses os s'étaient fissurés et avaient éclaté, ce qui donnait l'impression d'un puzzle humain. Kay détourna le regard en luttant contre la nausée.

— Est-ce qu'il est mort ici ?

— Non, répondit Harriet.

Elle grimpa sur une échelle appuyée contre la structure, se pencha et pointa du doigt le crâne de la victime.

— Blessure traumatique contondante ici. Évidemment, il faudra attendre la confirmation de Lucas, mais à mon avis, c'est le coup fatal.

— Donc, il essaie de brûler le corps pour cacher les preuves, dit Kay.

— Pas si vite, dit Harriet. Ce feu n'allait jamais atteindre la température nécessaire pour détruire complètement un corps.

— Qu'est-ce que tu veux dire ?

— Regarde comment le corps a été placé au-dessus de tout le reste ici. D'accord, il a brûlé et il s'est rétracté, mais le feu a été allumé avec du bois sec, puis il semble que des branches d'arbres ont été ajoutées, votre tueur les a empilées pour que le feu brûle tout doucement. Je vais faire analyser les restes de bois, mais le fait qu'il y ait encore des restes carbonisés ici suggère qu'il s'agit d'un bois dur comme le noisetier.

Barnes s'éloigna de la structure métallique.

— C'est quoi ce truc, de toute façon ? Un tas de compost ?

— Non, c'est un four. Charlie là-bas dit qu'il en voyait tout le temps quand il était gamin.

— Un four ? dit Barnes. Comme pour la poterie ?

— Non, pour faire du charbon de bois, répondit Harriet. C'est devenu une industrie artisanale dans le coin maintenant, mais c'était autrefois un moyen pour les locaux de gagner un peu d'argent pendant les mois de printemps et d'été. Ils coupaient le bois pour l'entretenir et stimuler de nouvelles pousses, tout en vendant ce qu'ils produisaient, soit en utilisant le bois pour les clôtures, soit en le transformant en charbon de bois. C'est quelqu'un qui sait ce qu'il fait.

CHAPITRE 49

Kay leva les yeux des notes qu'elle avait placées dans un dossier pour voir Sharp s'avancer vers elle, Barnes et Carys sur ses talons.

— Tu es prête ? demanda Sharp.

— Oui. Le sergent Hughes l'a enregistré il y a quelques heures, les agents en uniforme l'ont arrêté pendant que nous étions sur la scène de crime. Il n'a rien dit ; je pense qu'il pourrait être en état de choc.

— Qui est son avocat ?

— Un type nommé Hargreaves d'un cabinet d'Ashford.

— Très bien. Je vais observer et Carys va prendre des notes supplémentaires. Je ne veux pas que celui-ci nous échappe, Kay. Nous devons l'arrêter, et nous devons l'arrêter maintenant.

— C'est compris, chef.

Elle attendit que Sharp, Carys et Gavin entrent dans la salle d'observation, leur laissant quelques instants pour allumer les moniteurs qui leur fournissaient une liaison en direct via la caméra avec la salle d'interrogatoire, puis elle se tourna vers Barnes qui hocha la tête et passa sa carte sur le verrou.

Il lui tint la porte ouverte, puis il se dirigea vers l'équipement d'enregistrement avant de s'asseoir à côté d'elle. Une fois la mise en garde formelle lue, Kay ouvrit le dossier devant elle et leva les yeux vers Travis Stevens.

Il avait le front qui suait et une ride profonde marquait son visage tandis qu'il grattait une croûte sur le dos de sa main. Ses yeux se tournèrent vers la porte, puis revinrent sur elle.

— Quand nous vous avons parlé la semaine dernière, vous avez déclaré avoir travaillé tard les nuits de mercredi et jeudi. Qu'avez-vous fait en quittant le centre artisanal ?

— Pas grand-chose. J'étais fatigué, donc quand je suis rentré chez moi, j'ai juste regardé un peu la télé.

— À quelle heure êtes-vous rentré ?

Son front se plissa davantage et il frotta le dos de sa main une dernière fois avant de se pencher en arrière sur sa chaise et de croiser les bras sur sa poitrine.

— Eh bien, ça ne prend qu'une demi-heure environ, donc je suppose que ça devait être vers huit heures et demie, neuf heures moins le quart, quelque chose comme ça.

— Le charbon de bois que vous utilisez à la forge. D'où est-ce qu'il vient ?

— J'en fabrique la plupart moi-même au printemps. C'est trop cher de l'acheter pendant l'été parce que tout le monde par ici fait un barbecue dès qu'il fait beau. Je suis généralement trop occupé au centre artisanal pendant l'été de toute façon, donc je n'ai pas l'occasion d'en fabriquer à ce moment-là.

— Où est-ce que vous le fabriquez ?

— Pourquoi est-ce que vous voulez savoir ça ? Que se passe-t-il ?

— Répondez à la question, monsieur Stevens.

Il jeta un coup d'œil à son avocat, mais l'homme se contenta de lever les sourcils en réponse.

— Il y a un bout de forêt privée près de chez mes parents à Biddenden. Le propriétaire me laisse couper ce dont j'ai besoin après l'hiver, ça lui évite le travail.

Kay fit une pause pour vérifier dans ses notes.

— Il s'agit de la forêt qui donne sur l'A262 ?

— Ouais.

— Qu'est-ce que vous utilisez pour fabriquer le charbon de bois ?

— Un four, bien sûr. Mon père et moi en avons fabriqué un il y a quelques années avec de vieilles tôles ondulées.

— Qu'advient-il du four quand vous ne l'utilisez pas ?

— Je ne sais pas. Je le laisse simplement là-bas. Avant, on le mettait sur une remorque et on le ramenait chez mes parents après chaque fournée, mais c'était franchement pénible.

— Vous avez d'autres fours dans la région ?

— Non, pourquoi est-ce que j'en aurais d'autres ?

— Quand y êtes-vous allé pour la dernière fois, dans les bois à Biddenden ?

Son front se plissa et il se frotta la mâchoire.

— Ça devait être fin avril. Oui, en avril. J'ai fait une dernière fournée pour tenir jusqu'à fin août.

— Où est-ce que vous stockez votre charbon de bois ?

— Chez un pote à moi.

— Pourquoi ne pas le garder à la forge ? Ça n'aurait pas plus de sens ?

Il haussa les épaules en guise de réponse, les yeux baissés.

— Nous allons avoir besoin d'un nom.

Kay attendit que Barnes griffonne les détails dans son carnet, puis elle reporta son attention sur Stevens.

— Où étiez-vous entre midi hier et neuf heures ce matin ?

— Chez moi.

L'espoir brilla dans ses yeux.

— Vous pouvez demander à ma sœur et à son mari. Ils sont restés chez moi parce qu'ils descendaient à Ashford pour prendre le train pour la France ce matin. Ils sont partis juste avant que vos collègues n'arrivent.

— Vous avez leur numéro de téléphone ?

Il récita un numéro de portable de mémoire et Kay laissa son regard errer vers la caméra fixée à un support au plafond derrière Stevens, avant de se tourner vers Barnes et d'acquiescer.

— L'entretien est suspendu.

Elle sortit de la pièce et fit les cent pas dans le couloir tandis que Barnes fermait la porte derrière eux. Sharp sortit de la salle d'observation.

— Qu'est-ce que tu en penses ? demanda-t-il.

Elle passa une main sur sa nuque.

— J'aimerais le garder pour la durée maximale autorisée. Ça donne le temps à l'équipe de la forge de s'occuper de la scène de crime et de revenir vers nous.

— Tu penses que c'est lui ?

— Il ment, c'est certain. Il était évasif pendant l'entretien.

— J'aurais tendance à être d'accord, dit Barnes. Peut-être que nous avons deux tueurs, pas un, et qu'il protège quelqu'un.

— D'accord, dit Sharp en vérifiant sa montre. Nous allons signer les papiers pour le garder en garde à vue pour l'instant. Ça vous donne encore quelques heures pour trouver quelque chose.

— Attendez.

Carys apparut à la porte de la salle d'observation et brandit une note.

— J'ai appelé le numéro qu'il a fourni. Son alibi tient la route, sa sœur et son beau-frère sont venus du Worcestershire il y a deux jours. Apparemment, ils ont tous dîné ensemble chez Stevens hier soir avant de partir pour Ashford à huit heures ce matin.

Kay jeta un coup d'œil à Barnes, puis de nouveau à Sharp.

— Ce n'est donc pas notre homme. Il dit la vérité. Il n'aurait pas pu se rendre dans les bois et rentrer chez lui dans ce laps de temps.

— Tu crois que quelqu'un d'autre était au courant pour son four ? demanda Carys.

— Ça doit être le cas.

Elle pivota sur ses talons.

— Barnes, viens avec moi.

Elle ouvrit brusquement la porte de la salle d'interrogatoire, appuya sur le bouton « enregistrer » et se retourna pour faire face à Stevens.

— Qui est au courant pour le four ?

— Hein ?

— Vous m'avez bien entendue. Qui d'autre utilise ce four ?

— Je ne sais pas.

Barnes le fusilla du regard.

— Une autre victime a été découverte ce matin, Travis, brûlée vive dans un four à charbon de bois. Je ne comprends vraiment pas pourquoi vous êtes si évasif si vous affirmez que vous êtes innocent. Vous savez quelque chose, et à moins que vous ne vouliez que je vous inculpe pour entrave à la justice, vous devriez parler.

L'avocat de l'homme s'éclaircit la gorge, et quand son client se tourna vers lui, il haussa un sourcil et fit un signe de tête en direction des deux détectives.

Stevens pâlit, mais parvint à faire un léger signe de tête.

— D'accord. Écoutez, quand vos collègues sont arrivés, j'ai paniqué, d'accord ? Je... je cultive quelques plans de marijuana derrière la forge.

Il leva les mains.

— Je ne la vends pas. C'est uniquement pour mon usage personnel. Ça m'aide pour l'arthrite de mes poignets. Si je ne peux pas travailler, je ne gagne rien.

Kay expira et secoua la tête, ébahie.

— Pourquoi diable ne nous avez-vous pas dit cela avant ?

— Comme je l'ai dit, j'ai paniqué. Je ne peux pas me permettre de perdre mon entreprise. En plus, je ne suis pas le seul à fabriquer du charbon de bois dans le coin. Quand j'en ai besoin, je dois en acheter, je n'ai pas le temps de faire une fournée pendant les mois d'été car c'est à ce moment-là que je travaille le plus.

Kay plissa les yeux.

— À qui est-ce que vous achetez votre charbon ?

— Derek Flinders. Pourquoi ?

CHAPITRE 50

Carys se tenait la tête entre les mains et son teint était d'une pâleur maladive alors que Kay concluait le briefing de l'après-midi.

— J'aurais dû le savoir. J'aurais dû m'en rendre compte quand nous lui avons parlé.

Kay remarqua que Gavin arborait une expression tout aussi affligée.

La révélation que Derek Flinders pourrait bien être leur principal suspect les avait tous choqués, en particulier les deux détectives qui l'avaient interrogé dans le cadre de l'enquête initiale au centre artisanal deux semaines auparavant.

— Bon sang, dit Gavin en passant une main dans ses cheveux blonds hérissés. Il a tué quelqu'un d'autre depuis. On aurait pu l'arrêter. Je n'ai même pas envisagé qu'il puisse faire du charbon de bois avec le bois qu'il coupe. Je pensais qu'il ne fabriquait que le matériel d'archerie et les objets artisanaux qu'on a vus dans son atelier.

— Stop, arrêtez tout de suite, dit Kay en s'appuyant contre un bureau à côté d'eux.

Elle les regarda tous les deux avant de poursuivre.

— Nous avons affaire à un tueur qui a des tendances sociopathes. Vous avez suivi la même formation que moi et vous savez à quel point quelqu'un comme ça peut être sournois. J'ai lu la déposition que vous avez prise de lui, et vous n'avez rien fait de mal. Les questions que vous avez posées étaient pertinentes, et ses réponses ne laissaient rien transparaître. Il est intelligent, et il nous a tous dupés.

Elle leva les yeux par-dessus l'épaule de Gavin alors que Sharp les rejoignait.

— Kay a raison, dit-il. Tirez les leçons de cette expérience, mais ne la laissez pas vous ronger. Nous devons nous concentrer et constituer un dossier contre lui avant de le convoquer pour l'interroger.

— Bien, chef, dit Carys, les yeux baissés.

— Allez, dit Kay en se levant. Comme je l'ai dit lors du briefing, nous devons retracer nos pas à partir de cet entretien et vérifier ses antécédents professionnels. Gav, tu peux appeler le type qui gère le bureau du centre artisanal et savoir si Derek Flinders est là aujourd'hui ?

— Je m'en occupe.

Kay se tourna vers Carys.

— Comme Sharp l'a dit, remets-toi en selle. J'ai besoin que tu consultes à nouveau la base de données pour voir s'il y a des cas similaires dans le pays. Élargis la recherche initiale que nous avons menée la semaine dernière. Quelqu'un comme lui a de l'expérience, j'en suis certaine.

— Entendu, chef.

Satisfaite que le travail de ses collègues occuperait leur esprit pendant un moment, Kay retourna à son bureau, Sharp à sa suite.

Son téléphone commença à sonner alors qu'ils approchaient et il s'éloigna en hâte vers son bureau pour répondre.

— Probablement le service des relations médias, lança-t-il par-dessus son épaule.

Kay s'affala dans son fauteuil et regarda vers Barnes, assis en face d'elle.

— Ian, où en est l'analyse de la scène de crime de ce matin ?

— Étonnamment bien conservée, répondit-il en levant les yeux de son écran d'ordinateur. L'équipe de Harriet a envoyé un courriel préliminaire pour dire qu'ils ont récupéré ce qui ressemble à des restes d'un portefeuille en cuir, de petits morceaux, attention, et une boucle de ceinture en métal. Deux bagues en or ont également été retrouvées dans le four, sûrement une alliance et une chevalière.

Kay expira bruyamment. La réalité accablante qu'elle devrait informer une femme que son mari avait été assassiné la hantait.

— Quoi d'autre ?

Barnes secoua la tête.

— Ils sont encore en train d'analyser la scène.

Kay se frotta les tempes en essayant de se concentrer. Ils étaient si proches maintenant – toutes les preuves commençaient à désigner Flinders comme le tueur, mais encore une fois, elle n'avait aucune idée de ce qui le motivait.

Elle tendit la main vers sa souris d'ordinateur, la bougea pour réveiller son écran et afficha la transcription de l'entretien que Carys et Gavin avaient mené au centre artisanal avec l'homme.

Elle avait eu raison – il n'y avait rien de suspect dans les réponses de l'homme, et aucun des deux détectives n'avait noté quelque réticence de sa part à répondre à leurs questions, mais elle soupira en lisant la dernière phrase.

— Ça va ?

Elle leva les yeux en entendant la voix de Barnes.

— Selon ces notes, c'est Flinders qui a recommandé les hot-dogs du camion du boucher au centre artisanal.

— Salopard. Il l'a piégé.

— Ça nous a bien détournés de sa piste pendant un moment, n'est-ce pas ?

Gavin se précipita vers eux.

— J'ai parlé au centre artisanal. Ils n'ont pas vu Flinders depuis plus de quarante-huit heures. Personne ne sait où il est et il ne répond pas à son numéro de portable.

— Tu veux que je lance une alerte ? demanda Barnes.

— Oui, répondit Kay. À tous les ports aussi, tu as son adresse personnelle, Gav ?

— Je l'ai déjà transmise aux agents en uniformes.

— Bien. S'il n'est pas là, dis-leur d'attendre.

— D'accord.

Il fila vers son bureau.

— Donc, poursuivit Barnes. Il recommande les hot-dogs et il a l'audace de voler le pick-up du boucher pour déplacer deux corps, ou des membres de ceux-ci.

— Contacte Alan Marchant et demande-lui s'il a eu un accrochage avec Flinders récemment, Ian. Ce n'est peut-être rien, mais il y a peut-être un lien là que nous n'avons pas encore découvert.

Carys leva la main.

— J'ai déjà un résultat. Sur la base de données, je veux dire.

— Vas-y.

— J'ai étendu la recherche au-delà du Sussex, du Surrey et de la ville. Il y a environ quatre ans, des parties de corps brûlées de manière similaire ont été trouvées éparpillées sur un chantier désaffecté à Bristol. Des dents ont été utilisées pour identifier un vendeur de Plymouth qui avait disparu. J'ai aussi deux autres hommes disparus qui ont été vus pour la dernière fois à Bristol il y a cinq ans, un de Nottingham et un de Bedford. Aucun reste n'a jamais été découvert.

Kay fronça les sourcils, puis elle se tourna vers Barnes.

— Bristol ? Où est-ce que j'ai entendu ça avant ?

— Attends.

Barnes saisit son carnet et feuilleta les pages.

— Voilà. Trudy Evans. Quand nous lui avons parlé, elle a dit qu'elle était arrivée à l'hôtel il y a trois ans et demi. Elle était à Bristol avant ça.

— Fais-la venir, dit Kay. Immédiatement.

CHAPITRE 51

Lorsque Kay entra dans la salle d'interrogatoire numéro deux devant Barnes, sa première impression fut que Trudy Evans semblait terrifiée.

Les yeux écarquillés, elle observait les deux détectives s'installer sur leurs sièges et son souffle s'échappait par à-coups tandis qu'une goutte de sueur à la racine de ses cheveux captait la lumière des néons au plafond.

Barnes termina la mise en garde formelle et Kay se tourna vers la femme.

— Trudy, vous voulez un verre d'eau ou autre chose avant que nous commencions ?

— N-non.

Kay jeta un coup d'œil à la femme assise à côté de

Trudy, une avocate commise d'office d'un des cabinets locaux de Mill Street, et elle haussa un sourcil.

L'avocate fit un léger signe de tête négatif.

Elle était visiblement préoccupée par la nervosité de sa cliente, mais elle gardait néanmoins un visage impassible. Le fait que l'avocate, comme sa cliente, ait été tirée de son sommeil une demi-heure avant minuit et qu'elle essayait maintenant de réprimer un bâillement n'arrangeait probablement pas les choses.

— Très bien. Commencez par nous raconter avec vos mots ce qui s'est passé le jour où Clive Wallis est arrivé à l'hôtel avec ses collègues.

— Je vous l'ai déjà dit, répondit Trudy, les sourcils froncés en regardant tour à tour Kay et Barnes.

— Il s'agit maintenant d'un interrogatoire formel, expliqua Barnes. Nous avons besoin que vous précisiez officiellement ce que vous nous avez dit dans votre déposition, car nous avons d'autres questions.

— Oh. D'accord. Euh, donc oui, tout le monde de l'entreprise est arrivé plus ou moins en même temps ce mercredi-là. Comme je l'ai dit, c'était la pagaille.

— Pouvez-vous confirmer à quelle heure ils ont commencé à arriver ?

— Vers une heure.

— Est-ce que vous avez quitté la réception à un moment donné pendant votre service ?

— Kevin s'est enfin souvenu que j'allais avoir besoin d'une pause toilettes. C'était vers trois heures. Je ne suis partie que dix ou quinze minutes.

— Quelles toilettes de l'hôtel avez-vous utilisées ?

Trudy leva les yeux au ciel.

— Celles à côté de la réception, bien sûr. Ce sont les plus proches.

Barnes fit glisser la photo de Clive Wallis sur la table.

— Veuillez confirmer pour l'enregistrement, est-ce que vous reconnaissez cet homme ?

— Oui. C'est celui dont vous m'avez parlé.

— Et où l'avez-vous vu auparavant ?

— Il était avec les autres. Quand ils ont fait leur check-in.

— Est-ce que vous avez réussi à vous souvenir de son nom depuis notre dernière conversation ?

— Non, désolée. Je vois tellement de clients, je ne me souviens pas de tous leurs noms. Sauf s'ils se démarquent, par exemple, s'ils sont grossiers ou particulièrement polis.

— L'avez-vous vu à un autre moment entre mercredi après-midi et vendredi matin ?

Trudy secoua la tête.

— Vous devez répondre pour l'enregistrement, s'il vous plaît.

— Non, c'était la dernière fois que je l'ai vu en vie.

— C'est une façon étrange de parler, dit Barnes. Vous pouvez expliquer ?

— Je ne l'ai pas tué, balbutia Trudy.

Ses yeux s'écarquillèrent quand aucun d'eux ne répondit et elle se tourna vers son avocate.

— Ils pensent que je l'ai tué ?

La femme à côté d'elle resta impassible mais fit un geste apaisant de la main, et sa cliente se retourna pour faire face aux détectives.

Kay ouvrit le dossier devant elle et parcourut la page des yeux.

— Vous avez déménagé ici de Bristol il y a trois ans. Pourquoi, Trudy ?

— J'avais envie de changement, pour être honnête.

Tous les sens de Kay s'éveillèrent à la formulation de la réponse de la femme et elle leva les yeux en poussant une coupure de journal sur la table vers elle.

— Il semble que pendant que vous étiez à Bristol, deux hommes aient disparu. De l'hôtel où vous travailliez.

— Quoi ?

Trudy prit la coupure, ses yeux parcouraient les mots tandis que son visage pâlissait davantage. Elle finit par la laisser retomber sur la table, les mains tremblantes.

— Je n'ai jamais tué personne. Vous devez me croire.

— Pourquoi êtes-vous venue dans le Kent ?

— Je ne sais pas. J'en avais marre de là où j'étais.

— De l'hôtel où ces hommes ont disparu.

— Ouais. C'était un centre de conférences en ville. Le salaire était correct, je suppose, mais c'est galère de se déplacer en ville, et c'est cher de louer. Les prix ne cessent d'augmenter, vous savez ? Quand l'opportunité s'est présentée, j'ai accepté un poste dans le nouvel hôtel de l'entreprise dans le Kent, j'ai pensé que c'était une bonne excuse pour partir.

— Comment avez-vous postulé le poste ?

Les yeux de Trudy s'illuminèrent et un sourire se dessina sur ses lèvres. Elle oublia ses nerfs un instant alors qu'elle se redressait.

— Je n'ai pas postulé, j'ai été contactée, dit-elle, une note de fierté dans la voix alors que ses joues retrouvaient des couleurs.

— Par qui ?

— Bettina. La supérieure à qui je rends des

comptes maintenant. On avait travaillé ensemble à Bristol jusqu'à ce qu'elle parte trois mois avant moi pour aider au lancement de l'hôtel ici. C'est l'établissement phare de l'entreprise, et ils voulaient qu'elle soit à bord dès le début. Une fois qu'elle s'est installée, elle m'a appelée et elle m'a offert le poste. Je n'allais pas refuser, hein ?

Kay jeta un coup d'œil à Barnes, qui arborait la même expression perplexe qu'elle était sûre d'avoir sur son propre visage. Il se reprit plus vite qu'elle cependant.

— Depuis combien de temps connaissez-vous Bettina Merriweather ? demanda-t-il.

Trudy haussa les épaules.

— Environ six ans, je suppose. Elle m'a recrutée à Bristol, j'en avais marre de travailler dans les pubs et je voulais changer d'air. La paye était aussi plus élevée à l'époque. J'étais célibataire quand l'opportunité ici s'est présentée, alors j'ai sauté dessus.

Kay fit un signe à Barnes et il se pencha vers l'équipement d'enregistrement.

— Interrogatoire interrompu à vingt-heures sept.

— Qu'est-ce que tu en penses ? demanda-t-elle une fois qu'ils furent dehors et qu'il eut fermé la porte de la salle d'interrogatoire derrière eux.

Il se gratta le menton.

— Un peu pratique qu'elle ait suivi sa supérieure quelques mois après son déménagement dans le Kent, non ?

— Peut-être. Mais si c'était Bettina qui avait effacé le nom de Clive Wallis du système ? Elle peut le faire, vu qu'elle est la supérieure de Trudy, non ?

— Donc, tu veux dire que Trudy dit la vérité, elle a bien entré les noms de tous les clients dans le système, mais c'est sa supérieure qui a supprimé les informations ?

— Oui.

Kay pianota sur le dossier contre sa jambe en contemplant la moquette usée.

— Chef ?

Elle leva la tête au bruit de pas précipités et elle aperçut Gavin foncer vers elle dans le couloir.

— Qu'est-ce qui se passe ?

— On vient de recevoir un appel de la patrouille en uniforme qui s'est rendue chez Derek Flinders. Il n'est pas là, mais sa femme oui.

— Ok. Et ?

— Kay, c'est le mari de Bettina Merriweather.

CHAPITRE 52

Kay tira une chaise devant la femme frêle assise à côté d'un avocat commis d'office à l'air maussade, puis elle laissa tomber un dossier sur le bureau et les documents atterrirent avec un claquement qui fit sursauter Bettina Merriweather. Elle releva le menton.

Son avocat fronça les sourcils en direction de Kay, sa moustache jaunâtre dissimulant la moue qu'il lui adressait en raison de l'heure tardive. Elle lui lança un regard noir, attendit que Barnes ait lancé l'enregistrement et énoncé la mise en garde officielle, puis elle commença.

— Veuillez décliner vos nom et adresse complets pour l'enregistrement.

— Bettina Merriweather. Rosewell Cottage,

Sutton Valence. Où est mon fils ? Il n'a que quinze ans.

— Nos agents en uniforme ont parlé à vos voisins. Mark est avec eux pour le moment.

— Ok.

— Où est-ce que vous travaillez ?

— À l'hôtel Belvedere.

— Depuis combien de temps y travaillez-vous ?

— Trois ans.

— En quoi consiste votre rôle là-bas ?

— Je suis responsable de la gestion du personnel de réception, de la coordination générale des événements en entreprise, et une fois que la salle de mariage sera terminée, je la gérerai également.

— Pourquoi n'utilisez-vous pas le nom de famille de votre mari ?

— C'est ce que nous avons convenu quand nous nous sommes mariés. J'aimais mon nom de jeune fille, et ça ne le dérangeait pas.

— Comment se passe votre mariage, Bettina ?

— Quoi ?

La femme resta bouche bée et se pencha en arrière sur la chaise en plastique dur.

— En quoi est-ce que ça vous regarde ?

— Répondez à la question.

— C'est... c'est...

Les yeux de la femme se remplirent de larmes.

— C'est nul, en fait.

— Est-ce qu'il vous bat ?

— Mon Dieu, non.

Bettina se pencha et prit un mouchoir dans la boîte près de l'équipement d'enregistrement pour se moucher avant de continuer.

— C'est fini, c'est tout. Même si Derek ne l'accepte pas. Je veux le quitter depuis des années, mais tant que Mark n'est pas assez grand pour se débrouiller tout seul, je ne peux pas.

Kay ne dit rien et croisa les mains sur le bureau en attendant que la femme continue.

Les épaules de Bettina finirent par s'affaisser.

— Derek est… Mon Dieu, comment expliquer ? J'ai peur de ce qu'il fera si je le quitte. Je suis piégée, si je partais et qu'il faisait quelque chose de stupide, je me sentirais tellement coupable. Je m'en voudrais.

— Qu'est-ce que vous entendez par « quelque chose de stupide » ? demanda Kay.

Un souffle tremblant s'échappa des lèvres de Bettina.

— Il n'aime pas qu'un autre homme me regarde, même de manière furtive. Si je mentionne les maris de mes amies dans une conversation, il perd son sang-froid. Et on a déjà plus beaucoup d'amis.

— Pourquoi pas ?

— Il en a menacé un, il y a environ un an. Nous étions à l'anniversaire de l'une des mères de l'école de Mark, dans ce grand pub sur High Street. Je discutais avec son mari, et tout ce qu'il a fait, c'est de me complimenter sur les boucles d'oreilles que je portais. Derek a entendu, s'est approché de nous, et l'a frappé. Lui et sa femme, et tous les autres, ne nous ont plus adressé la parole depuis.

— Est-ce qu'ils ont porté plainte ?

— Non.

— Qu'est-ce que Derek a dit à ce sujet ?

— Il a dit que le type le méritait et qu'il ne voulait pas que je fréquente ce genre de personnes. Je ne sors presque plus maintenant. C'est stupide, je n'aime même plus qu'il me touche. On ne fait que se disputer. Je ne me souviens même plus pourquoi je suis tombée amoureuse de lui au départ, dit-elle en tamponnant ses yeux. C'est pathétique, n'est-ce pas ? Tout ce que je voulais, c'était me sentir aimée.

— Est-ce que c'est pour ça que vous avez commencé à avoir des liaisons avec des clients de l'hôtel ?

Bettina hoqueta et laissa tomber ses mains sur ses genoux en fixant Kay.

— Comment est-ce que vous—

— C'est vous qui avez supprimé les noms des clients du système informatique, n'est-ce pas ?

La femme étouffa un sanglot, puis hocha la tête.

— J'ai besoin que vous le disiez pour l'enregistrement, Bettina.

— Oui, croassa-t-elle. C'était moi.

— Pourquoi ?

— Je ne peux pas me permettre de perdre mon emploi. Mon fils doit suivre des cours spéciaux deux fois par semaine pour l'aider dans son travail scolaire afin qu'il ne prenne pas de retard, et Derek ne gagne jamais assez pour couvrir les frais.

— Dites-moi ce que vous avez fait.

Bettina renifla, puis déglutit et se pencha en avant en croisant les bras sur la table.

— Je n'ai jamais couché avec les hommes qui payaient avec leur carte de crédit personnelle, ça aurait déclenché une sacrée alerte sur le système. Seulement avec ceux qui me plaisaient et dont les factures étaient payées par leurs employeurs. Ça n'avait pas d'importance dans ce cas-là.

— Pourquoi accuser Trudy ?

— Parce qu'elle a déjà fait des erreurs. Je la couvre tout le temps.

— Derek est-il au courant de vos liaisons ?

Les yeux de Bettina s'écarquillèrent.

— Il… il ne peut pas. J'ai été si prudente.

— Vous en êtes sûre ?

— Oui. Je veux dire… il aurait dit quelque chose, non ?

— Qu'est-ce que vous lui dites ? Il doit être au courant de vos horaires, alors comment avez-vous réussi à le tromper ?

— Je lui dis que je dois travailler tard. Je n'ai jamais couché avec personne pendant mes services de jour, il y a trop de monde. Nous avons besoin de l'argent supplémentaire, alors il n'a jamais remis en question mes heures supplémentaires.

— Et si l'un de vos collègues le lui avait dit ?

— Quoi ? Non, ils ne le feraient pas. Ils ne savent pas ce que j'ai fait, n'est-ce pas ?

— Que croyez-vous qu'il ferait s'il l'apprenait ?

— Je ne sais pas.

— Je pense que si.

Kay prit une profonde inspiration et ouvrit le dossier, dont la couverture était encore chaude des pages fraîchement imprimées à l'intérieur. Elle en sortit une photographie et la fit pivoter pour la montrer à l'autre femme.

— Vous reconnaissez ces bagues ?

Les yeux de Bettina s'écarquillèrent avant qu'elle

ne porte une main tremblante à sa bouche. Elle hocha la tête.

— Comment s'appelle-t-il, Bettina ?

De grosses larmes coulèrent sur les joues de la femme, qu'elle essuya avec la paume de sa main avant de prendre une inspiration saccadée.

— Patrick Lenehan. Je l'ai rencontré l'autre soir. Il a dit qu'il avait un vol tôt pour Cork. Un taxi devait venir le chercher à trois heures hier matin pour l'emmener à l'aéroport.

— Quel aéroport ?

— Je ne sais pas. Je ne lui ai pas demandé.

— Quelle compagnie de taxi ?

— Alpha Limousines. Je l'ai réservé pour lui.

— Entretien terminé à une heure quarante-cinq. Barnes, suis-moi.

Kay repoussa sa chaise et se précipita vers la porte, puis elle l'ouvrit brusquement et faillit percuter Sharp qui sortait en trombe de la salle d'observation avec Carys sur ses talons.

— Nous devons contacter la compagnie de taxi et savoir s'il a été récupéré à l'hôtel, dit-elle.

— Je m'en occupe, chef, dit Carys en tapant frénétiquement les détails sur son téléphone.

— Vérifie aussi s'il a pris ce vol, ajouta Kay. Ça

doit être l'une des compagnies aériennes au départ de Luton.

Carys leva le pouce en guise de réponse et se dirigea vers le bout du couloir alors qu'on répondait à son appel.

Kay arpentait le sol carrelé, incapable de rester immobile.

— J'ai passé en revue tous les entretiens qui ont été menés à l'hôtel et au centre artisanal, chef. Comment est-ce que j'ai pu passer à côté du fait qu'elle et le fournisseur de matériel d'archerie étaient mariés ?

— Calme-toi, Kay. Nous l'avons tous raté, parce qu'aucun d'eux ne nous l'a dit volontairement. On se demande depuis combien de temps le mariage est fini, n'est-ce pas ?

— Pour elle, peut-être, dit Kay en secouant la tête. Je ne pense pas que ce soit le cas pour lui.

— Tu penses que son mari a tué Lenehan et que c'est lui qu'on a retrouvé brûlé dans le four ? demanda Sharp, les yeux gris emplis d'inquiétude.

— Oui, c'est ce que je pense. D'après ce qu'elle nous a dit, je suis prête à parier qu'il est bien au courant de ses aventures. Je suis aussi prête à parier que plutôt que de la confronter, il tue les hommes avec qui elle couche.

— Chef !

Le sergent Hughes se précipita vers elle.

— Qu'est-ce qu'il y a ?

— J'ai pensé que vous deviez savoir : un rapport de véhicule volé est arrivé tôt ce matin. J'ai remarqué l'adresse quand j'ai enregistré Mme Merriweather et j'ai pensé l'avoir déjà vue. C'est une berline argentée à quatre portes.

Kay prit la note de sa main tendue et parcourut la page des yeux.

— Bon sang. Elle a signalé le vol de sa voiture ce matin.

Barnes jura à voix basse.

— Ils partagent un véhicule. C'est pour ça qu'il a volé le pick-up pour déplacer les corps. Elle devait avoir la voiture pour aller au travail.

— Kay !

Carys leva son téléphone.

— La compagnie de taxi dit que Lenehan ne s'est pas présenté. Le chauffeur est arrivé à l'heure, mais comme il n'a pas vu Lenehan devant l'hôtel, il a demandé au réceptionniste de nuit où il était. J'ai appelé l'hôtel et obtenu le numéro du type. Il s'en souvenait parce que le chauffeur de taxi était furieux. Lenehan avait été récupéré par une de ces voitures de covoiturage vingt minutes avant.

— Quel genre de voiture ?

— Il n'a aucune idée de la marque ou du modèle, il faisait trop sombre pour voir, mais il dit que c'était une voiture quatre portes argentée—

Kay fit volte-face et passa sa carte sur le mécanisme de verrouillage de la salle d'interrogatoire. Barnes était juste derrière elle.

L'avocat commis d'office s'interrompit dans sa conversation avec sa cliente lorsque Kay traversa la pièce en trombe et les yeux de Bettina s'écarquillèrent.

— Bettina, vous avez signalé le vol de votre voiture ce matin. Pourquoi est-ce que vous ne nous l'avez pas dit ?

La lèvre inférieure de la femme trembla.

— J'ai o-oublié. J'avais peur.

— Racontez-moi ce qui s'est passé.

— Je l'ai garée devant notre maison comme d'habitude quand je suis rentrée de l'hôtel avant-hier soir. Quand je me suis réveillée hier matin, elle avait disparu. Derek était sorti quand je suis rentrée et il n'est pas revenu avant hier soir, donc je ne l'ai pas vu. Il dormait quand je me suis réveillée ce matin et la voiture n'avait toujours pas réapparu. Il ne l'avait manifestement pas utilisée, alors j'ai appelé la police pour signaler le vol.

Des larmes coulaient sur les joues de la femme.

— Il était furieux quand il s'est réveillé et que je lui ai dit ce que j'avais fait. Je ne l'avais jamais vu comme ça auparavant.

Un sentiment de terreur s'insinua dans le corps de Kay.

— Bettina, où est votre mari ?

CHAPITRE 53

Une demi-heure plus tard, Kay claqua la portière de la voiture de service et se précipita vers l'endroit où Dave Morrison et Aaron Stewart se tenaient à côté de leur véhicule.

Leur voiture de la police du Kent les avait devancés de quelques minutes à peine, ils étaient en patrouille dans le secteur lorsque l'ordre d'arrêter Derek Flinders avait été donné.

— Vous avez eu un signe de lui ?

— Non.

Kay pinça les lèvres tandis que Barnes la rejoignait et s'adressait aux agents :

— Vous avez eu le temps de fouiller l'endroit ?

— Pas encore. L'atelier est fermé à clé. Est-ce qu'on doit le délimiter avec du ruban ?

— Dans un instant. Nous allons d'abord jeter un coup d'œil. Vous pouvez nous donner un coup de main ?

Il acquiesça et il se hâta vers son collègue qui transmettait une mise à jour au centre de commandement par radio, pour lui relayer les instructions de Kay.

— Des nouvelles concernant l'arrestation de Flinders ?

— Rien pour l'instant, répondit Carys en tendant à Kay une paire de surchaussures de protection. J'ai demandé à Debbie d'appeler mon portable au cas où nous ne l'entendrions pas à la radio.

— Merci.

Elle prit une paire de gants jetables que Barnes lui tendait et les enfila.

— Bien. Allons voir.

Elle lança par-dessus son épaule :

— Dave, toi et Aaron pouvez faire le tour par derrière au cas où il serait là et tenterait de s'enfuir ? Nous cherchons aussi une voiture.

Elle leur donna la marque et le modèle et regarda les faisceaux de leurs lampes de poche balayer le sol devant eux.

Lorsqu'ils disparurent au coin du bâtiment, Kay ouvrit la marche vers les doubles portes de l'entrée, en s'assurant que les autres suivaient ses pas et restaient sur le chemin délimité. Harriet ne la remercierait pas s'ils piétinaient une scène de crime potentielle.

Le clair de lune facilitait leur approche, le ciel d'été nocturne était dégagé et on entendait le murmure de la brise dans les arbres au-dessus d'eux.

Kay essaya de se remémorer l'animation des environs pendant le marché et elle se demanda quels événements infernaux avaient pu s'y dérouler à l'insu de ceux qui fréquentaient le centre.

Car elle était certaine que c'était ici que les trois hommes étaient morts.

Un frisson lui parcourut l'échine et elle se secoua pour chasser ces pensées. Elle devait se concentrer. Ils avaient besoin de preuves et ils devaient s'assurer que personne d'autre n'avait été enlevé par Flinders. Bettina leur avait assuré que Patrick Lenehan était le dernier homme qu'elle avait rencontré, mais Kay ne voulait rien laisser au hasard.

— C'est fermé, dit Barnes en pointant un cadenas robuste fixé au loquet métallique. Tiens ça.

Gavin prit sa lampe de poche tandis que Barnes sortait son kit de crochetage de la poche de sa veste et se mettait au travail.

En quelques instants, il avait ouvert le cadenas et tiré sur la porte de droite.

Elle s'ouvrit sans effort.

— Il a bien huilé les charnières, dit Carys.

— Bien. Vous deux, restez en arrière, dit Barnes en reprenant sa lampe à Gavin. Piper, viens avec moi. On vous appellera quand ce sera dégagé.

Kay savait qu'il ne servait à rien de discuter. Au lieu de cela, elle et Carys se tinrent sur le seuil et éclairèrent l'obscurité avec leurs lampes.

Tandis que Barnes et Gavin se déplaçaient entre les établis et les étagères, Kay tenta de maîtriser l'adrénaline qui parcourait son corps.

Elle devait rester calme pour le bien de son équipe.

À côté d'elle, Carys s'agitait d'un pied sur l'autre, incapable de tempérer son impatience, et Kay tendit la main pour l'apaiser. Aucune ne dit mot ; elles étaient trop absorbées par la progression de leurs collègues dans l'atelier.

Soudain, la voix de Barnes perça le vide.

— L'une de vous peut-elle trouver un interrupteur ? Je ne vois rien du tout.

Elles se mirent toutes deux en action et quelques instants plus tard, une explosion de lumière emplit l'espace. Kay cligna plusieurs fois des yeux pour éclaircir sa vision.

Barnes était de l'autre côté de la pièce et il éteignit sa lampe quand leurs regards se croisèrent.

— Rien pour l'instant, dit-il.

— Continue à chercher.

— Bien, chef.

Elle fit volte-face lorsqu'Aaron Stewart apparut et lui fit signe.

— J'ai trouvé la voiture.

— Carys, viens avec moi. On te suit, Aaron.

Elles le suivirent autour du hangar jusqu'à l'endroit où se tenait Morrison, sa main gantée agrippée au bord d'une épaisse bâche.

— Montre-moi, dit Kay.

Il souleva la bâche de la masse qu'elle recouvrait et exposa une plaque d'immatriculation.

— Bien. Il n'a pas eu le temps de s'en débarrasser. Enlève ça et ouvre l'arrière.

Elle recula tandis que Morrison actionnait la poignée et le léger sifflement des vérins hydrauliques parvint à ses oreilles alors que la porte arrière du véhicule se levait dans les airs.

Morrison dirigea le faisceau de sa lampe vers l'intérieur sombre et laissa échapper un cri de triomphe.

— Regardez.

Il se pencha et saisit un morceau de tissu déchiré sur un démonte-pneu métallique, le tenant à la lumière dans sa main gantée. Une tache de sang couvrait un bord du tissu.

— Quelqu'un a été là-dedans.

— Très bien, dit Kay. Il faut sceller ce morceau.

La radio sur le gilet de Carys grésilla et elle monta le volume.

— C'est Hughes.

— Qu'est-ce qu'il y a ?

— On l'a eu, chef, dit le sergent. Les agents en uniformes l'ont arrêté à Charing Heath. Apparemment, il essayait d'arrêter une voiture pour se faire conduire, mais quand il a réalisé que c'était la police, il s'est enfui. Il a dû être maîtrisé, il s'est sacrément débattu.

— Bon travail.

— Kay !

Ils se retournèrent en entendant la voix de Barnes et ils coururent vers l'atelier.

— Qu'est-ce qui se passe ? demanda Kay en faisant irruption par la porte.

Barnes se tenait au milieu de l'espace et leur fit signe d'approcher.

— Aidez-moi à déplacer l'établi. Il y a quelque chose en dessous.

— Piper, Carys, aidez-le.

Les deux détectives traversèrent la pièce jusqu'à l'endroit où se tenait Barnes et l'aidèrent à tirer l'établi sur le sol.

— Qu'est-ce qui se passe, Ian ?

En réponse, il pointa le sol du doigt.

— J'ai déjà vu quelque chose comme ça, quand j'étais jeune flic, dit-il. Le suspect avait enterré sa victime sur un terrain abandonné. Nous ne l'avons trouvée que parce que la terre s'était tassée après la pluie. Elle s'était affaissée comme ça.

Kay fit signe aux deux agents en uniforme qui se tenaient sur le seuil.

— Reculez. Faites venir l'équipe de Harriet le plus vite possible. Ce sol doit être ouvert. Maintenant.

Ils quittèrent le bâtiment en courant, le plus âgé tenant sa radio à la bouche pour relayer les instructions.

— On attend Harriet? demanda Carys.

Kay réfléchit à la question. Si elle attendait, elle ne pourrait pas vivre avec le fait qu'une autre victime gisait sous la structure, à attendre que quelqu'un vienne l'aider.

— Non, finit-elle par dire. On enlève ces planches.

Gavin lui tendit un pied-de-biche.

— J'ai trouvé ça sur l'établi là-bas. Ça devrait nous faciliter la tâche.

— Ces clous sont neufs, Kay, dit Barnes.

— Il les remplace à chaque fois, dit-elle en appliquant le pied-de-biche sur le clou le plus proche. Quoi qu'il y ait eu là-dessous, ce n'était pas censé en sortir.

Ils se turent à ses mots, puis s'accroupirent et s'attaquèrent aux clous enfoncés dans les planches.

Une à une, les planches furent retirées et un léger bruit leur parvint.

— Qu'est-ce que c'est ? chuchota Carys avant de pousser un cri.

Un essaim de mouches jaillit de la cavité et envahit l'atelier. Kay les chassa d'un geste alors qu'elles s'approchaient trop près de son visage.

Elle observa ses collègues. Chacun d'eux avait l'air choqué et dégoûté tandis que les insectes bourdonnaient autour d'eux avant de s'échapper par les portes ouvertes.

— Kay, regarde.

Son regard se posa sur la planche que Gavin tenait sur ses genoux et Barnes jura à voix basse.

Une série de marques de griffures était gravée dans le bois, du sang séché striait la surface qui avait fait face au sol.

— Quelqu'un a essayé de s'échapper, dit-elle.

L'odeur la frappa ensuite et elle fit un pas en arrière pour s'éloigner du trou qui commençait à se former dans le sol.

— Tu l'as déjà dit une fois, dit Carys, les yeux écarquillés. C'est la peur.

— C'est la mort. C'est ici qu'il cachait les corps, dit Barnes d'une voix rauque.

— Ian, reste ici, dit Kay. Carys, Gavin, allez près de la porte, quoi qu'il arrive, vous restez là. Nous n'allons pas contaminer cette scène plus que nécessaire.

Elle attendit que ses deux collègues s'éloignent, puis elle se retourna vers Barnes.

Sans un mot, Barnes hocha la tête, puis il s'attaqua aux dernières planches et les empila derrière l'endroit où ils étaient accroupis.

En travaillant, Kay réalisa que la fondation en béton d'origine avait été brisée et qu'un trou profond avait été creusé dans le sol sous le plancher de l'atelier.

Elle estima que la crevasse mesurait un peu plus que la longueur de son propre corps et elle frissonna.

Derek Flinders avait fait un cercueil du plancher de son atelier.

Alors que la dernière planche se soulevait dans

ses mains, Barnes la poussa sur le côté et leva les yeux vers Kay.

— Tu es prête ?

— Pas le choix.

Elle prit une profonde inspiration avant de regarder dans le trou peu profond qu'ils avaient découvert.

Quoi qu'il arrive ensuite, elle savait qu'elle ne l'oublierait jamais.

Elle alluma sa lampe torche, puis la dirigea dans l'espace en dessous.

Elle recula devant le carnage sanglant qui tapissait la cavité de fortune, se couvrant le visage alors qu'un deuxième essaim de mouches s'élevait dans les airs, puis elle cligna des yeux pour essayer d'effacer la vision des asticots grouillants qui infestaient l'espace où Flinders avait gardé les corps de ses victimes avant de brûler leurs restes.

— Nom de Dieu, j'avais raison, dit Barnes.

CHAPITRE 54

Un frisson parcourut les épaules de Kay alors qu'elle évaluait leur suspect.

L'homme assis devant elle aux premières heures du matin la fixait de ses yeux vert profond sous une frange brun foncé. Son expression neutre ne laissait rien transparaître et ne donnait aucun indice du mal qui l'avait poussé à tuer, démembrer et brûler trois hommes innocents.

Et il ne s'agissait que de ceux qu'ils avaient retrouvés.

Lors d'un interrogatoire plus approfondi, Bettina Merriweather avait fourni les noms de deux autres hommes avec lesquels elle avait couché au cours de l'année passée ; des hommes dont les détails figuraient dans la base de données des personnes disparues, évaporées sans laisser aucune trace.

Derek Flinders avait refusé de fournir les coordonnées d'un avocat pour le représenter, un avocat commis d'office s'était donc présenté. Ce dernier avait retenu son choc après avoir feuilleté les notes que Kay lui avait transmises dans le couloir.

— Veuillez décliner votre nom et adresse pour l'enregistrement, dit Barnes.

— Derek Flinders, Rosewell Cottage, Sutton Valence.

— Est-ce que vous êtes le mari de Bettina Merriweather ?

— Oui.

— Est-ce que vous possédez ou louez d'autres propriétés, monsieur Flinders ?

— Je loue un atelier au centre artisanal.

— Quelqu'un d'autre a-t-il accès à cet atelier ?

— Non. Je suis le seul à avoir la clé.

Kay poussa sur le bureau une photographie de la scène de crime de l'atelier de l'homme, prise pendant la nuit.

— Est-ce que vous pouvez confirmer qu'il s'agit bien de l'atelier que vous louez ?

— Oui.

— Vous pouvez nous expliquer pourquoi nous

avons trouvé des traces de sang et de matières fécales dissimulées sous le plancher ?

Flinders cligna des yeux.

— Je n'ai aucune idée de ce dont vous parlez.

— Comment est-ce que vous vous êtes senti lorsque vous avez su que votre femme couchait avec les clients de l'hôtel ? demanda Kay.

Un tic apparut au coin de l'œil droit de Flinders et Kay recula sur sa chaise une fraction de seconde avant qu'il ne bondisse de son siège et ne crache là où elle était juste avant.

Barnes se leva avant que la porte ne s'ouvre et que le sergent Hughes ne fasse irruption dans la pièce.

Kay repoussa sa chaise tandis que les deux hommes maîtrisaient Flinders. Le visage de l'avocat commis d'office exprimait le choc.

L'air satisfait de Kay face à la réaction de leur suspect s'estompa lorsqu'ils le rassirent. Elle remercia d'un signe de tête Hughes qui nettoyait la surface avec du désinfectant avant de se tenir à côté d'eux au cas où Flinders tenterait autre chose.

Maintenant qu'elle avait eu un aperçu du tempérament qui se cachait sous son calme apparent, ils devaient obtenir suffisamment d'informations de sa part pour étayer les preuves et porter des accusations à son encontre.

Barnes reprit sa place à côté d'elle et croisa les bras sur la table.

— Essayons à nouveau, dit-il après avoir demandé à Hughes de citer son nom, son grade et son numéro pour l'enregistrement. Est-ce que vous avez tué Patrick Lenehan ?

Flinders fit craquer son cou avant que ses yeux ne se fixent sur Barnes.

— Oui.

— Pourquoi ?

— Parce qu'il le méritait. Il a couché avec ma femme.

— Il l'a avoué ?

— À la fin.

Kay remarqua l'expression paniquée dans les yeux de l'avocat et elle eut pitié de l'homme.

Non seulement il avait été tiré du lit de bon matin pour se rendre au poste de police, mais il se retrouvait maintenant à représenter un tueur qui semblait défier l'accusation.

Sans remords, en fait.

Il y eut un silence, la pendule sur le mur égrena les secondes et Kay réalisa qu'elle ne pourrait plus jamais entendre ce bruit sans se rappeler les aveux glaçants de Flinders.

— Clive Wallis et Rupert Blacklock. Qui étaient-ils pour vous ? demanda Barnes.

— Ils ont couché avec ma femme.

— Comment le savez-vous ?

Flinders soupira, se tortilla sur sa chaise et sourit.

— Parce que sans que ma femme ne le sache, j'ai compris ce qu'elle faisait il y a bien longtemps. De temps en temps, elle me mentait en me disant qu'elle travaillait tard. Au début, je pensais qu'elle disait la vérité, qu'elle faisait des heures supplémentaires parce que nous avions besoin d'argent, mais j'ai commencé à avoir des soupçons quand elle est rentrée tard un soir. Je pouvais le sentir sur elle. L'odeur des hommes après le sexe. La fois d'après où elle m'a menti, je suis allé à vélo jusqu'à l'hôtel et j'ai attendu. À l'heure où son supposé service devait se terminer, elle est sortie de l'hôtel. J'ai failli la rater, elle a utilisé une porte latérale. Mais si elle avait vraiment fini plus tard, pourquoi est-ce qu'elle aurait pris cette sortie-là ?

Il n'attendit pas de réponse.

— Peu après, un homme est apparu aux portes de la réception. Il attendait visiblement un taxi. J'ai poussé mon vélo vers lui et j'ai fait semblant d'aller travailler. Je pouvais sentir le parfum de ma femme sur lui. Je l'entends même dans sa voix aussi maintenant, ça l'excite quand elle me dit qu'elle doit travailler tard. Quel genre de personne s'excite à cette idée ?

Flinders se pencha en avant et frappa du poing sur la table, ce qui les fit sursauter.

— Une menteuse, voilà ce qu'elle est. Une menteuse.

— Pourquoi le charbon de bois ? Pourquoi brûler les corps de ces hommes après les avoir démembrés ? Pourquoi ne pas simplement les enterrer ? demanda Kay.

Un sourire mauvais s'afficha sur ses lèvres.

— Parce qu'elle insiste toujours pour faire des barbecues l'été. Quel parfait moyen de les utiliser. Quelle parfaite façon de les lui servir.

Kay déglutit pour lutter contre la nausée, et elle sut au grognement que Barnes émit qu'il avait lui aussi du mal à digérer ce qu'ils entendaient.

Au bout d'un moment, quand elle en fut capable, elle leva à nouveau les yeux vers Flinders.

— Vous voulez dire que vous lui avez servi les restes des hommes que vous avez assassinés ?

— Sans commentaire.

Kay serra les dents et insista.

— Il y a des travaux à l'hôtel, c'est pour ça que vous avez dû déplacer les corps avec le pick-up, n'est-ce pas ?

Il renifla en guise de réponse.

— Ils n'étaient pas censés démolir les vieux bâtiments annexes avant la fin de l'année. Ils ont dit que l'agrandissement était suspendu, donc j'étais parfaitement en sécurité là-bas. Personne ne l'aurait su. J'avais tout mon temps, et puis Bettina a surpris quelqu'un qui parlait à la réception de l'hôtel et elle a réalisé que les travaux de démolition n'étaient finalement pas à l'arrêt, mais seulement la construction.

— Pourquoi est-ce que vous avez volé le pick-up ?

Il soupira, comme si c'était un inconvénient que d'avoir à tout leur expliquer.

— Parce que ma femme utilise la voiture pour aller travailler. Je ne peux l'utiliser que quand elle rentre. Je vais au centre artisanal à vélo. J'aurai eu du mal à déplacer un corps sur un vélo, n'est-ce pas ? De toute façon, dit-il en contemplant un de ses ongles, je savais qu'Alan ne le signalerait pas comme volé. Il se vante depuis deux ans de ne pas avoir payé la taxe pour ce véhicule, alors il n'allait pas vous appeler, n'est-ce pas ? C'est dommage que la suspension se soit cassée. Autrement, je n'aurais pas perdu ce foutu pied.

— Pourquoi est-ce que vous avez utilisé la voiture

de votre femme pour transporter Lenehan ? demanda Barnes.

Les pupilles de Flinders brillèrent.

— J'ai pensé qu'elle apprécierait cette ironie. En plus, c'était facile. Elle était si fatiguée d'avoir couché avec lui qu'elle s'est endormie quelques minutes après être rentrée. J'ai simplement pris la voiture et je suis retourné à l'hôtel où il attendait un taxi. Il y a tellement de voitures de covoiturage dans le coin qu'il n'a rien trouvé d'anormal quand je suis arrivé.

— Parlez-moi de Bristol.

— Quoi Bristol ?

— Bettina nous a confirmé qu'elle couchait avec des clients de l'hôtel pendant qu'elle y travaillait. Qu'est-ce que vous avez fait des corps ?

Il eut un sourire sournois.

— Sans commentaire.

Kay se pencha en arrière sur sa chaise et contempla l'homme qu'elle avait devant elle.

— Nous avons suffisamment de preuves pour vous inculper des meurtres de trois hommes et nous allons porter d'autres accusations une fois nos enquêtes terminées, monsieur Flinders. Vous n'éprouvez aucun remords pour ce que vous avez fait ?

— Je vous l'ai dit. Ils le méritaient, ils ont couché avec ma femme.

— Vous l'avez épargnée, elle, dit Kay.

— Elle est à moi. Elle m'appartient. À personne d'autre.

— Et pourtant elle a couché avec tous ces hommes.

Flinders serra les poings mais resta silencieux.

Quelques minutes plus tard, l'entretien était terminé, Kay et Barnes se tenaient dans le couloir, sous le choc.

— Nous allons conclure l'entretien une fois que j'aurai eu l'occasion de discuter des accusations avec Jude Martin du ministère public, dit Kay, mais je n'ai jamais rencontré quelqu'un d'aussi horrible de toute ma vie. Je veux dire, il a pris du plaisir à infliger ça à ces hommes, et quant à ce qu'il aurait pu faire avec les restes…

Barnes passa sa main sur ses yeux fatigués et soupira.

— N'importe quelle personne normale aurait divorcé.

CHAPITRE 55

— Tu crois qu'elle savait ? demanda Carys tandis qu'elles regardaient Hughes emmener Bettina vers les cellules.

— Oui. Je pense que oui, répondit Kay. Mais je crois qu'elle a choisi d'ignorer ce qui se passait. Elle trouvait probablement pratique que ces hommes disparaissent sans laisser de traces.

Elles se dirigèrent vers la cage d'escalier, puis remontèrent vers la salle des opérations. Les rayons du soleil inondaient les fenêtres et Kay réprima un bâillement.

— Je me demande pourquoi elle ne lui a pas parlé, dit Carys.

— Peut-être qu'elle avait peur de voir ses soupçons confirmés, répondit Kay.

— Ou alors, elle avait peur qu'il ne la tue, ajouta Gavin.

Kay poussa la porte et se dirigea vers le tableau blanc. Son regard parcourut les photographies des victimes tandis que l'agitation continuait autour d'elle.

Sharp avait inscrit le nom de Patrick Lenehan dans l'espace sous le grand point d'interrogation qu'elle avait dessiné après la découverte du troisième corps, et elle réalisa qu'il avait probablement pris l'initiative de faire identifier les photos des bagues et de la boucle de la ceinture par la famille de l'Irlandais avec l'aide des services de police de Cork.

Comme pour confirmer qu'elle avait raison, le commandant divisionnaire passa la tête par la porte de son bureau.

— Bien, tu es là. Où est Barnes ?

— Il est allé chercher un café. Il sera là dans une minute.

— Commençons le briefing final dès qu'il arrive, alors. Je pense que tout le monde mérite de finir plus tôt, vu que c'est le week-end.

Ils attendirent près du tableau blanc pendant que leurs collègues allaient se chercher des canettes de boisson énergisante au distributeur de la cafétéria ou du café – peu importe ce qu'ils buvaient, ils avaient besoin de tenir pendant les derniers instants de l'enquête – puis Sharp émit un court sifflement pour attirer leur attention et il fit signe à Kay de commencer.

— Je tiens à vous remercier tous pour le temps et le dévouement que vous avez consacrés à cette affaire, dit-elle en s'assurant d'établir un contact visuel avec chacun de ses collègues. Je sais que certains d'entre vous ont des enfants à la maison et que ça n'a pas été facile avec les horaires que nous avons eus, mais c'est grâce à vos efforts que nous sommes parvenus à ce résultat. Vous pouvez être fiers de vous.

Une salve d'applaudissements remplit la pièce.

— Derek Flinders a été inculpé pour les meurtres de Clive Wallis, Rupert Blacklock, et Patrick Lenehan. À partir de lundi, nous allons commencer à travailler avec le ministère public pour nous assurer qu'on lui applique la peine la plus longue possible lorsque l'affaire sera jugée. Nous travaillerons également avec nos collègues d'Avon et de Somerset pour déterminer s'il était responsable de leurs affaires non résolues. Préparez-vous à une semaine chargée, mais en attendant, rentrez chez vous et profitez du reste du week-end avec vos familles. Chef, vous avez quelque chose à ajouter ?

Sharp leva les yeux de ses notes.

— Tout d'abord, pour compléter ce que Kay a déjà dit, il s'agit probablement de l'une des enquêtes les plus éprouvantes que certains d'entre vous aient connues dans leur carrière jusqu'à présent.

Il fit un signe de tête à Debbie avant de poursuivre.

— Vous apportez tous une contribution précieuse à cette équipe, et je sais que vous communiquez entre vous. Mais, et c'est important, si les circonstances de ces meurtres vous troublent, demandez de l'aide. Vous pouvez le faire de manière anonyme, mais pour l'amour du ciel, n'essayez pas de gérer tout ça seuls, d'accord ?

— Entendu, chef.

— Oui, chef.

Sharp posa ses notes sur la table derrière lui, puis il se retourna pour faire face à la salle une fois de plus.

— Maintenant que nous avons réglé cette question, j'ai une annonce à vous faire. Comme vous le savez tous, Kay et moi avons passé des entretiens ces dernières semaines avec des candidats pour le poste d'inspecteur. Ça n'a pas été facile, car nous sommes un groupe très soudé et il était impératif de trouver quelqu'un qui pourrait jouer ce rôle sans troubler le groupe. Je suis heureux de vous annoncer que nous avons trouvé la personne parfaite pour le poste.

Perplexe, Kay se retourna pour lui faire face.

— Ah bon ?

Il lui fit un clin d'œil.

— En effet. Ian Barnes, félicitations pour votre promotion.

Le hoquet de surprise de Kay fut noyé par les acclamations et les sifflements de ses collègues qui se pressaient autour de Barnes.

Depuis là où il se tenait, à la fenêtre, il croisa son regard et sourit avant de s'approcher d'elle.

— Espèce de cachottier, dit-elle en lui serrant la main. Pourquoi tu ne m'as pas dit que tu avais changé d'avis ?

Il rit.

— Je voulais que ce soit une surprise. Et puis, tu avais déjà assez de choses à gérer ces derniers temps avec cette affaire.

— Je suis contente que tu aies accepté le poste.

— Moi aussi. Ça aurait été bizarre d'avoir un parfait inconnu qui rejoigne l'équipe, non ?

L'équipe s'agitait autour d'eux et leur lançait des au revoir en se dirigeant vers la sortie. Elle jeta un coup d'œil par-dessus l'épaule de Barnes vers Gavin et Carys qui rangeaient leurs bureaux.

Il se retourna pour voir ce qu'elle regardait.

— Tu crois qu'ils vont s'en remettre ? Je veux dire, ce n'était pas leur faute si Derek Flinders nous a tous bernés, mais je ne suis pas sûr qu'ils s'en rendent compte.

Kay regarda Gavin tapoter le dos de Carys alors qu'il lui ouvrait la porte et qu'ils disparaissaient de sa vue.

— Oui, ça va aller. Ils forment une bonne équipe, tous les deux.

— Bon, eh bien je vais y aller, moi aussi. On se voit lundi ?

— Frais comme des gardons.

Une demi-heure plus tard, Kay dirigea sa voiture dans la circulation du samedi en fin de matinée et elle mit le cap vers chez elle.

Elle baissa la vitre et laissa la brise jouer avec ses cheveux, chassant le brouillard de son esprit tandis qu'elle roulait sur l'A20 en direction de Bearsted.

Elle étouffa un bâillement. L'adrénaline qui l'avait maintenue éveillée ces derniers jours s'estompait rapidement.

Alors qu'elle engageait la voiture dans le chemin qui séparait le lotissement moderne de la partie historique de Weavering, elle freina avant le dernier virage puis soupira en se garant dans l'allée de sa maison.

— Dieu merci. Enfin à la maison, marmonna-t-elle en parvenant à peine à sortir de la voiture.

Un spasme se saisit de ses muscles dorsaux endoloris. Elle allait prendre un long bain relaxant, elle était sûre qu'elle ne réussirait pas à garder les yeux ouverts assez longtemps pour lire un livre après. Elle tourna la clé dans la serrure de la porte d'entrée et jeta son sac dans les escaliers.

— Je suis là !

Adam passa la tête par la porte de la cuisine, le visage triste.

— Avant que tu ne dises quoi que ce soit, je suis désolé, d'accord ?

Le cœur de Kay se serra, elle se demanda ce qui avait bien pu se passer. Tout ce qu'elle voulait, c'était enlever ses talons, enfiler un short et s'asseoir sur la terrasse avec un très grand verre de vin blanc bien frais.

— Qu'est-ce qui se passe ? Qu'est-ce qui ne va pas ?

Elle se précipita dans la cuisine alors qu'il retournait vers le plan de travail et brandissait un tas de chiffons en lambeaux.

— Attends. Ce n'est pas la robe que je devais porter pour l'anniversaire d'Abby ?

Adam hocha la tête, les joues presque aussi rouges que le tissu.

— Misha s'est échappée. Elle a mangé le linge qui séchait sur la corde.

FIN

BIOGRAPHIE DE L'AUTEUR

Rachel Amphlett est l'auteure de romans policiers et de thrillers d'espionnage les plus vendus par USA Today, et la plupart de ses livres ont été traduits dans le monde entier.

Ses romans sont disponibles en format numérique, en version imprimée et en livres audio dans les bibliothèques et chez les détaillants, ainsi que sur son site web.

Grande voyageuse et détective privée par accident, Rachel possède les nationalités australienne et britannique.

Pour en savoir plus sur les livres de Rachel, rendez-vous à l'adresse suivante : www.rachelamphlett.com.

www.ingramcontent.com/pod-product-compliance
Lightning Source LLC
Chambersburg PA
CBHW010420170726
48283CB00011B/2983